Jo Nesbø

HEADHUNTER

Thriller

Eder & Bach

Lizenzausgabe des Verlags Eder & Bach GmbH, München
1. Auflage Februar 2018
© 2008 by Jo Nesbo.
Deutsche Ausgabe: © 2010 by Ullstein Buchverlage GmbH, Berlin
Erschienen im Ullstein Taschenbuch Verlag in der Übersetzung von Günther Frauenlob.
Covergestaltung: hilden_design, München
Satz: Satzkasten, Stuttgart
Druck und Verarbeitung: CPI – Ebner & Spiegel, Ulm
ISBN: 978-3-945386-51-4

Prolog

EINE KOLLISION ZWISCHEN ZWEI FAHRZEUGEN ist ganz einfache Physik. Alles ist dem Zufall überlassen, doch sämtliche Zufälle lassen sich in der Gleichung »Kraft mal Zeit = Masse mal Geschwindigkeitsänderung« in einen logischen Zusammenhang bringen. Setzt man die Zufälle in diese Gleichung ein, bekommt man eine ebenso einfache wie gnadenlose Geschichte. Eine Geschichte, die einem vielleicht erklärt, was geschieht, wenn ein voll beladener Lastzug mit 25 Tonnen Gewicht und einer Geschwindigkeit von 80 km/h mit einem PKW mit 1800 kg Gewicht und gleicher Geschwindigkeit zusammenstößt. Ausgehend von Zufällen wie Treffpunkt, Beschaffenheit der Karosserie oder der Position der Körper zueinander gibt es unzählige Varianten. Doch etwas haben all diese Varianten gemeinsam: Es sind Tragödien. Und der PKW hat definitiv ein Problem.

Es ist merkwürdig still, ich höre den Wind in den Bäumen und das Rauschen des Flusses. Mein Arm ist gelähmt, und ich hänge irgendwie kopfüber eingeklemmt zwischen Fleisch und Stahl. Vom Türholm über mir tropfen Blut und Benzin. Auf dem karierten Autodach unter mir liegen eine Nagelschere, ein abgerissener Arm, zwei tote Menschen und ein offenes Beautycase. Die Welt kennt keine Schönheit, nur Beauty. Die weiße Prinzessin existiert nicht mehr, ich bin ein Mörder, und in diesem Auto atmet niemand mehr. Auch ich nicht, deshalb werde ich bald sterben. Die Augen schließen und aufgeben. Aufgeben ist ein gutes Gefühl. Ich bin das Warten leid. Und deshalb eilt es, diese Geschichte zu erzählen, diese Variante von der Position zweier Körper zueinander.

TEIL I

Erstes Gespräch

Kapitel 1

Der Bewerber

DER BEWERBER WAR NERVÖS.

Er trug eine Rüstung von Herrenausstatter Gunnar Øye: einen grauen Ermenegildo-Zegna-Anzug, ein handgenähtes Hemd von Borelli und einen burgunderroten Schlips mit Samenzellenmuster, vermutlich Cerruti 1881. Bei den Schuhen war ich mir jedoch ganz sicher, das waren handgenähte Ferragamo. So ein Paar hatte ich selbst einmal besessen.

Die Unterlagen vor mir besagten, dass der Bewerber ein Top-Examen der Norwegischen Handelshochschule in Bergen vorzuweisen hatte, eine Amtszeit als Parlamentsabgeordneter der Bürgerlichen Partei und eine vierjährige Erfolgsstory als Leiter eines mittelgroßen norwegischen Industrieunternehmens.

Trotzdem war Jeremias Lander nervös. Auf seiner Oberlippe glänzte der Schweiß.

Er griff nach dem Wasser, das meine Sekretärin ihm hingestellt hatte.

»Ich möchte ...«, begann ich und lächelte. Nicht das offene, bedingungslose Lächeln, mit dem man einen Fremden ins Haus bittet, in die Wärme. Nicht das unseriöse, sondern das höfliche, unverbindliche Lächeln, das laut Fachliteratur die Kompetenz des Gesprächsleiters zum Ausdruck bringt und seine Objektivität und analytischen Fähigkeiten betont. Das fehlende gefühlsmäßige Engagement des Fragenden lässt den Bewerber auf dessen Integrität vertrauen, wodurch er – auch wieder laut Fachliteratur – nüchterner und objektiver Auskunft gibt. Man vermittelt ihm damit das Gefühl, dass man jegliche Schauspielerei und Übertreibung durchschaut und dass jedes Taktieren bestraft wird. Aber ich lächle nicht so, weil es die Fachliteratur so empfiehlt. Dieser Berg mehr oder weniger qualifizierter Bullshit ist mir egal, ich halte mich bloß an das neunstufige Befragungsmodell von Inbaud, Reid und Buckley. Und ich lächle so, weil ich so bin: professionell, analytisch und ohne gefühlsmäßiges Engagement. Ich bin Headhunter. Das ist nicht sonderlich schwer. Aber ich bin der Beste von allen.

»Ich möchte«, wiederholte ich, »… dass Sie mir als Nächstes von Ihrem Leben außerhalb der Arbeit erzählen.«

»Gibt es so etwas?« Sein Lachen lag anderthalb Töne höher, als es sollte. Wenn man einen derart trockenen Witz in einem Bewerbungsgespräch macht, sollte man es vermeiden, selbst zu lachen, dabei sein Gegenüber anzustarren und auf eine Reaktion zu hoffen.

»Das hoffe ich doch«, sagte ich, woraufhin sein Lachen in ein Räuspern überging. »Ich glaube, die Leitung des Unternehmens legt Wert darauf, dass der neue Geschäftsführer ein ausgeglichenes Leben führt. Sie suchen jemanden, der ein paar Jahre bleibt, einen Langstreckenläufer, der sich seine Zeit einzuteilen weiß. Nicht jemanden, der nach vier Jahren ausgebrannt ist.«

Jeremias Lander nickte und trank noch einen Schluck Wasser.

Er war etwa 14 Zentimeter größer als ich und drei Jahre älter. Also 38. Etwas zu jung für den Job. Und das wusste er, nur deshalb hatte er sich die Haare an den Schläfen unauffällig grau getönt. Ich sah so etwas nicht zum ersten Mal. Hatte schon Bewerber erlebt, die derart unter schwitzenden Händen litten, dass sie sich ein bisschen Kalk in die rechte Jackentasche gestreut hatten und mir den trockensten, weißesten Händedruck aller Zeiten boten. Landers Hals gab einen unfreiwilligen Gluckslaut von sich. Ich notierte auf meinem Fragebogen: MOTIVIERT, LÖSUNGSORIENTIERT.

»Sie wohnen also hier in Oslo?«, fragte ich.

Er nickte. »Skøyen.«

»Und Sie sind verheiratet mit …« Ich blätterte durch die Unterlagen und setzte die irritierte Miene auf, die den Bewerbern signalisiert, dass sie jetzt die Initiative übernehmen sollen.

»Camilla. Wir sind seit zehn Jahren verheiratet und haben zwei Kinder. Sie gehen zur Schule.«

»Und wie würden Sie Ihre Ehe charakterisieren?«, fragte ich, ohne aufzublicken. Ich gab ihm zwei lange Sekunden Zeit, und als ich bemerkte, dass er sich noch nicht gesammelt hatte und mir die Antwort schuldig bleiben würde, fuhr ich fort: »Glauben Sie, dass Sie noch immer zusammen sind, wenn Sie die nächsten sechs Jahre zwei Drittel ihres wachen Lebens mit der Arbeit verbringen?«

Ich blickte auf. Sein Gesicht strahlte die erwartete Verwirrung aus.

Ich war mit voller Absicht inkonsequent gewesen. Ausgeglichenes Leben. Totaler Anspruch. Das passte nicht zusammen. Es vergingen vier Sekunden, bis er antwortete. Mindestens eine Sekunde zu viel.

»Das hoffe ich doch.«

Sicheres, routiniertes Lächeln. Aber nicht routiniert genug. Nicht für mich. Er hatte meine eigenen Worte verwendet, und ich hätte ihm das als Pluspunkt angerechnet, wäre die Ironie beabsichtigt gewesen.

In diesem Fall handelte es sich aber nur um das unbewusste Nachäffen einer Person, die er als überlegen einstufte. SCHLECHTES SELBSTBILD, notierte ich. Und er »hoffte« – das hieß, er war sich nicht sicher, skizzierte keine Visionen, blickte in keine Kristallkugel und schien sich nicht darüber im Klaren zu sein, dass eine der Mindestanforderungen an eine Führungsperson darin bestand, jederzeit den Eindruck hellseherischer Fähigkeiten vermitteln zu können.

KEIN IMPROVISATIONSTALENT. KEIN CHAOSPILOT.

»Arbeitet sie?«

»Ja, in einer Anwaltskanzlei im Zentrum.«

»Jeden Tag, von neun bis vier?«

»Ja.«

»Und wer bleibt zu Hause, wenn eines der Kinder krank ist?«

»Sie. Aber das passiert zum Glück höchst selten, Niclas und Anders sind ...«

»Sie haben also keine Haushaltshilfe oder sonst irgendjemanden, der Ihnen tagsüber zur Hand geht?«

Er zögerte, wie es Bewerber tun, wenn sie unsicher sind, welche Antwort die richtige ist. Trotzdem lügen sie enttäuschend selten. Jeremias Lander schüttelte den Kopf.

»Sie sehen so aus, als würden Sie etwas für Ihre Fitness tun?«

»Ja, ich treibe regelmäßig Sport.«

Dieses Mal kein Zögern. Jeder weiß, dass Firmen keine Manager wollen, die bei den ersten Schwierigkeiten einen Herzinfarkt bekommen.

»Jogging und Langlauf vielleicht?«

»Ja, die ganze Familie ist gern auf dem Land. Und wir haben eine Hütte im Norefjell.«

»Ah ja, dann haben Sie sicher auch einen Hund.«

Er schüttelte den Kopf.

»Nicht? Sind Sie allergisch?«

Energisches Kopfschütteln. Ich notierte mir: EVENTUELL ETWAS HUMORLOS.

Dann lehnte ich mich zurück und legte die Fingerspitzen der beiden Hände aneinander. Natürlich eine übertrieben arrogante Geste. Was soll ich sagen? Ich bin so.

»Was meinen Sie, welchen Wert hat Ihr Renommee, Lander? Und wie sind Sie versichert?«

Er zog seine bereits verschwitzte Stirn in Falten und versuchte, meine Frage zu verstehen. Nach zwei Sekunden fragte er resigniert:

»Wie meinen Sie das?«

Ich seufzte, als läge das auf der Hand. Sah mich um, als suchte ich nach einer pädagogischen Allegorie, auf die ich noch nicht zurückgegriffen hatte. Und fand sie schließlich wie immer an der Wand.

»Interessieren Sie sich für Kunst, Lander?«

»Nicht sehr. Aber meine Frau.«

»Meine auch. Sehen Sie das Bild dort?« Ich zeigte auf »Sara gets undressed«, ein mehr als zwei Meter hohes Gemälde auf Latex, das eine Frau in einem grünen Rock darstellte, die sich gerade einen roten Pullover über den Kopf zog. »Ein Geschenk von meiner Frau. Der Künstler heißt Julian Opie, und das Bild ist eine Viertelmillion Kronen wert. Haben Sie irgendwelche Kunstwerke in dieser Preisklasse?«

»Ja, die habe ich tatsächlich.«

»Gratuliere. Sieht man diesen Bildern auch an, wie viel sie wert sind?«

»Eine gute Frage.«

»Nicht wahr? Das Bild dort drüben besteht aus ein paar wenigen Strichen, der Kopf der Frau ist ein bloßer Kreis, eine Null ohne Gesicht, und die Farbgebung ist monoton und ohne Textur. Es ist überdies auf einem Computer erstellt worden und könnte durch einen einfachen Tastendruck millionenfach ausgedruckt werden.«

»Wow.«

»Das Einzige – und es gibt wirklich keinen anderen Grund – das Einzige, was dieses Bild so wertvoll macht, ist das Renommee des Künstlers. Sein Ruf. Das Vertrauen des Marktes in die Genialität dieses Mannes. Dabei ist es schwierig, diese Genialität konkret zu beschreiben, nichts ist sicher. So ist das auch mit Führungspersönlichkeiten, Lander.«

»Ich verstehe. Renommee. Es geht um das Vertrauen, das ein Chef weckt.«

Ich notierte: KEIN IDIOT.

»Genau«, fuhr ich fort. »Davon hängt alles ab. Nicht nur der Lohnscheck, sondern auch der Börsenwert eines Unternehmens. Darf ich fragen, was für ein Kunstwerk Sie haben und wie viel es wert ist?«

»Es ist eine Lithographie von Edvard Munch. ›Die Brosche‹. Den genauen Preis kenne ich nicht, aber ...«

Ich wedelte ungeduldig mit der Hand.

»Bei der letzten Auktion lag der Preis etwa bei 350 000 Kronen«, sagte er.

»Und wie haben Sie diesen Wertgegenstand gegen Diebstahl versichert?«

»Das Haus hat eine gute Alarmanlage«, sagte er. »Tripolis. Die haben alle in der Nachbarschaft.«

»Tripolis ist gut, aber teuer, ich benutze das System selbst«, sagte ich. »Etwa 8000 im Jahr. Und wie viel lassen Sie sich die Sicherheit ihres persönlichen Renommees kosten?«

»Wie meinen Sie das?«

»20 000? 10 000? Weniger?«

Er zuckte mit den Schultern.

»Keinen roten Heller«, sagte ich. »Ihr Lebenslauf und Ihre Karriere sind zehnmal mehr wert als das Bild, von dem Sie sprechen. Pro Jahr. Trotzdem lassen Sie all das von niemandem versichern, weil Sie es für unnötig halten. Sie glauben, die Resultate der Gesellschaften, die Sie leiten, sprächen für sich. Nicht wahr?«

Lander antwortete nicht.

»Nun«, sagte ich, beugte mich vor und senkte die Stimme, als wollte ich ihm ein Geheimnis anvertrauen. »So ist es nicht ganz. Ihre Resultate sind Opie-Bilder, ein paar simple Striche, ergänzt durch ein paar Nullen ohne Gesicht. Bilder sind nichts, das Renommee ist alles. Und das ist es, was wir anbieten.«

»Renommee?«

»Sie sitzen hier vor mir als einer der sechs besten Kandidaten für eine Führungsposition. Ich glaube nicht, dass Sie diese Position bekommen werden. Weil Ihnen das Renommee für einen solchen Job fehlt.«

Er öffnete den Mund, als wollte er protestieren. Aber er tat es nicht. Ich ließ mich mit meinem ganzen Gewicht zurückfallen, sodass die hohe Lehne meines Stuhles aufschrie.

»Mein Gott, Sie haben sich um diese Stelle beworben! Wissen Sie, was Sie hätten tun sollen? Sie hätten einen Strohmann bitten sollen, uns auf Sie aufmerksam zu machen, und dann, wenn wir mit Ihnen Kontakt aufgenommen hätten, so tun, als wüssten Sie von nichts. Ein Topmanager muss von Headhuntern akquiriert werden und darf sich nicht selbst anbieten.«

Ich sah, dass meine Worte die beabsichtigte Wirkung nicht verfehlten. Er war zutiefst erschüttert. Meine Äußerung passte nicht ins übliche Schema, hatte nichts zu tun mit Cuté, Disc oder einem der anderen unbrauchbaren Fragenkataloge, die von mehr oder minder stumpfsinnigen Psychologen erarbeitet worden waren, oder von Human-Ressource-Spezialisten, denen eben diese Ressource fehlte. Ich senkte die Stimme wieder.

»Ich hoffe, Ihre Frau ist nicht allzu enttäuscht, wenn Sie ihr heute Nachmittag erzählen, dass der Traumjob geplatzt ist. Dass Ihre Karriere in diesem Jahr auf Stand-by geschaltet ist. Wie schon letztes Jahr ...«

Er zuckte zusammen. Volltreffer. Natürlich. Denn hier war Roger Brown in Aktion, der hellste Stern, der zurzeit am Headhunterhimmel leuchtete.

»Le... letztes Jahr?«

»Ja, das ist doch richtig, oder? Sie haben sich bei Denja um den Chefsessel beworben. Mayonnaise und Leberwurst, ist das Ihre Kragenweite?«

»Ich dachte, so etwas wäre vertraulich«, sagte Jeremias Lander leise.

»Das ist es auch. Mein Job bedarf aber einer gewissen Recherche. Und ich pflege meine Aufgaben zu erfüllen. Mit allen Methoden, die mir zur Verfügung stehen. Es ist dumm, sich um Stellen zu bemühen, die man nicht bekommt. Besonders in Ihrer Position, Lander.«

»In meiner Position?«

»Ihre Unterlagen, Ihre Resultate, die Tests und der persönliche Eindruck, den ich von Ihnen bekommen habe, sagen mir, dass Sie alles haben, was man für diese Position braucht. Ihnen fehlt bloß das Renommee. Und will man sich ein Renommee aufbauen, basiert das in erster Linie auf Exklusivität. Sich aufs Geratewohl einen Job zu suchen, untergräbt diese Exklusivität. Sie sind eine Führungskraft, die keine kleineren Herausforderungen sucht, sondern die eine, ultimative Aufgabe. Sie suchen den Job Ihres Lebens. Und der muss Ihnen angeboten werden, auf einem Silbertablett.«

»Tatsächlich?«, fragte er und versuchte sich noch einmal an einem kecken, leicht schiefen Grinsen. Es wirkte nicht mehr.

»Ich hätte Sie gerne in unserem Stall. Sie bewerben sich nicht mehr. Sie sagen nicht zu, wenn Sie von anderen Headhuntern angerufen und mit vermeintlich lukrativen Angeboten gelockt werden. Sie halten sich an uns. Verhalten sich exklusiv. Lassen Sie uns Ihr Renommee aufbauen. Und es bewachen. Lassen Sie uns das sein, was Tripolis für Ihr Haus ist. Innerhalb von zwei Jahren kommen Sie mit einem besseren Job als dem, über den wir heute reden, nach Hause zu Ihrer Frau. Das verspreche ich Ihnen.«

Jeremias Lander strich sich mit Daumen und Zeigefinger über das sorgsam rasierte Kinn. »Hm. Das nimmt jetzt eine ganz andere Richtung, als ich erwartet hatte.«

Die Niederlage hatte ihn ruhiger werden lassen. Ich beugte mich zu ihm vor. Breitete die Arme aus. Hielt die Handflächen hoch. Suchte seinen Blick. Forscher haben nachgewiesen, dass 78 Prozent des ersten Eindrucks in einer Bewerbungssituation auf Körpersprache basieren und nicht auf dem, was man sagt. Der Rest geht zurück auf Kleidung, Achselschweiß, Mundgeruch und das, was an den Wänden hängt. Ich hatte eine phantastische Körpersprache. Und genau in diesem Moment strahlte ich Offenheit und Vertrauen aus. Endlich ließ ich ihn herein in die Wärme.

»Hören Sie, Lander. Morgen kommen der Vorstandsvorsitzende und der kaufmännische Geschäftsführer eines unserer Kunden hierher, um einen anderen Kandidaten zu treffen. Ich möchte, dass diese beiden auch Sie treffen. Passt es Ihnen um zwölf Uhr?«

»Ausgezeichnet.« Er hatte geantwortet, ohne so zu tun, als müsste er erst einen Kalender konsultieren. Das machte ihn mir sofort sympathischer.

»Ich möchte, dass Sie gut zuhören, was diese Männer zu sagen haben, und Ihnen dann erklären, warum Sie sich nicht mehr für die Stelle interessieren. Sagen Sie ihnen, dass das nicht die Herausforderung ist, die Sie suchen, und wünschen Sie ihnen viel Glück.«

Jeremias Lander legte den Kopf zur Seite. »Wirkt das denn nicht unseriös, wenn ich auf eine solche Art aussteige?«

»Es wird den Eindruck erwecken, dass Sie sehr ambitioniert sind«, sagte ich. »Man wird Sie als jemanden einschätzen, der seinen Wert kennt. Als einen Menschen, dessen Dienste exklusiv sind. Und das ist der Beginn Ihres ...« Ich wedelte ermutigend mit der Hand.

Er lächelte. »Meines Renommees.«

»Ihr Renommee. Also, schlagen Sie ein?«

»Innerhalb von zwei Jahren, sagten Sie.«

»Das garantiere ich Ihnen.«

»Und wie wollen Sie das garantieren?«

Ich notierte. KOMMT SCHNELL WIEDER IN DIE OFFENSIVE.

»Weil ich Sie für eine der Stellen empfehlen werde, über die ich hier rede.«

»Und wenn schon? Sie treffen doch nicht die Entscheidung.«

Ich schloss die Augen halb. Ein Gesichtsausdruck, bei dem meine Frau Diana immer an einen müden Löwen denken muss, einen satten Herrscher. Das Bild gefällt mir.

»Meine Empfehlung ist deckungsgleich mit der Entscheidung meiner Kunden, Lander.«

»Wie meinen Sie das?«

»Genau so, wie Sie sich nie wieder um eine Stellung bewerben werden, die Sie nicht bekommen, habe ich niemals eine Empfehlung ausgesprochen, die meine Kunden nicht befolgt hätten.«

»Wirklich? Niemals?«

»Ich könnte mich nicht erinnern. Wenn ich mir nicht hundertprozentig sicher bin, dass ein Kunde meiner Empfehlung vertraut, empfehle ich niemanden oder überlasse den Auftrag gleich einem meiner Konkurrenten. Auch wenn ich drei perfekte Kandidaten habe und zu 90 Prozent sicher bin.«

»Warum?«

Ich lächelte. »Die Antwort beginnt mit einem R. Meine ganze Karriere baut darauf auf.«

Lander schüttelte den Kopf und lachte. »Man hat mir gesagt, dass Sie knallhart sind, Brown. Jetzt verstehe ich, wie das gemeint ist.«

Ich lächelte und stand auf. »Und ich rate Ihnen, jetzt nach Hause zu Ihrer hübschen Frau zu gehen und ihr zu sagen, dass Sie diese Stelle ablehnen, weil Sie sich entschlossen haben, höhere Ziele anzupeilen. Ich schätze, Sie haben einen angenehmen Abend vor sich.«

»Warum tun Sie das für mich, Brown?«

»Weil die Provision, die Ihr Arbeitgeber für Sie zahlen wird, einem Drittel Ihres ersten Jahresbruttolohns entspricht. Wussten Sie, dass Rembrandt auf Auktionen gegangen ist, um auf seine eigenen Bilder zu bieten? Warum sollte ich Sie für zwei Millionen pro Jahr verkaufen, wenn ich Sie mit etwas mehr Renommee für fünf verkaufen kann? Die einzige Bedingung ist, dass Sie sich an uns halten. Wollen wir uns darauf einigen?«

Ich streckte ihm die Hand entgegen.

Er schlug begeistert ein. »Ich habe das Gefühl, dieses Gespräch hat sich gelohnt, Brown.«

»Da bin ich ganz Ihrer Meinung«, antwortete ich und beschloss, ihm noch ein paar Tipps zu Intensität und Dauer seines Händedrucks zu geben, bevor er unseren Kunden traf.

Ferdinand rauschte in mein Büro, kaum dass Jeremias Lander gegangen war.

»Igitt«, sagte er, schnitt eine Grimasse und wedelte mit der Hand. »Eau de camouflage.«

Ich nickte und öffnete das Fenster, um durchzulüften. Ferdinand hatte ganz recht, der Bewerber hatte sich in Anbetracht seiner Nervosität extra stark parfümiert, um den Schweißgeruch zu verbergen, der sonst den ganzen Raum erfüllt hätte.

»Aber wenigstens ist es Clive Christian«, meinte ich. »Gekauft von seiner Frau. Genau wie der Anzug, die Schuhe, das Hemd und der Schlips. Und es war ihre Idee, dass er sich die Schläfen grau färbt.«

»Woher weißt du das?« Ferdinand ließ sich auf den Stuhl fallen, auf dem Lander gesessen hatte, sprang aber gleich wieder angeekelt auf, als er die klamme Körperwärme spürte, die noch im Bezug steckte.

»Er wurde totenbleich, als ich das Register Ehefrau gezogen habe«, antwortete ich. »Ich habe ihm gesagt, wie enttäuscht sie sein wird, wenn er ihr erzählt, dass er den Job nicht bekommen hat.«

»›Das Register Ehefrau!‹ Wo hast du das denn wieder her, Roger?« Ferdinand hatte sich auf einen der anderen Stühle gesetzt und die Beine auf das Tischchen gelegt, das einem echten Noguchi-Kaffeetischchen zum Verwechseln ähnlich sah. Er schälte eine Apfelsine, und ein fast unsichtbarer Saftnebel spritzte auf sein frisch gebügeltes Hemd. Ferdinand war erstaunlich unvorsichtig für einen Homosexuellen. Und erstaunlich homosexuell für einen Headhunter.

»Inbaud, Reid und Buckley«, sagte ich.

»Das habe ich schon mal gehört«, erwiderte er. »Aber was ist eigentlich das Geheimnis dieser drei? Was macht sie besser als Cuté?«

Ich lachte. »Das ist das neunstufige Verhörmodell des FBI, Ferdinand. So etwas wie das Maschinengewehr in einer Welt aus Knallerbsen, das Werkzeug, mit dem du dir einen Weg bahnen kannst. Du machst keine Gefangenen, kommst aber trotzdem zu schnellen, handfesten Resultaten.«

»Und wie sehen diese Resultate aus, Roger?«

Ich wusste, worauf Ferdinand hinauswollte, und das war auch in Ordnung. Er war neugierig, welches Geheimnis, welcher unerklärliche Vorsprung dazu führte, dass ich der Beste war und er – vorläufig – nicht.

Und ich ließ ihn an meinem Wissen teilhaben, damit er sein Ziel erreichen konnte. So lauteten die Regeln, man teilt sein Wissen. Andererseits wusste ich aber auch, dass er niemals besser sein würde als ich, weil seine Hemden immer nach Zitrusfrüchten stinken und er sich auch noch in vielen Jahren fragen würde, ob andere eine Methode hatten, ein Geheimnis, das besser war als sein eigenes.

»Unterwerfung«, erklärte ich. »Ehrlichkeit, Wahrheit. Das alles basiert auf ganz simplen Prinzipien.«

»Als da wären?«

»Zum Beispiel, dass du einen Verdächtigen nach seiner Familie befragst.«

»Pah«, sagte Ferdinand, »das mache ich auch. Es gibt ihnen Sicherheit, über etwas zu reden, was sie kennen, was ihnen nahesteht. So öffnen sie sich schneller.«

»Genau. Aber es versetzt dich auch in die Lage, ihre Schwachpunkte zu identifizieren. Ihre Achillesferse. Und auf die kommt man dann im Laufe des Verhörs noch zurück.«

»Nein, wie du dich immer ausdrückst!«

»Wenn es um die schwierigen Themen geht, die konkreten Ereignisse, den Mord, dessen jemand verdächtigt wird, und sich der Verdächtige von allen verlassen fühlt und sich verstecken will, stellst du eine Rolle Küchenpapier so weit seitlich auf dem Tisch, dass er sie nicht erreichen kann.«

»Warum das denn?«

»Weil es in jedem Verhör irgendwann zum Crescendo kommt und es Zeit für die großen Emotionen wird. Dann fragst du, was seine Kinder wohl denken werden, wenn sie erst erfahren, dass ihr Vater ein Mörder ist. Stehen ihm dann die Tränen in den Augen, reichst du ihm die Rolle Papier. Dann bist du der Verständnisvolle, der ihm helfen will, und dem er all die schlimmen Dinge anvertrauen kann. Ja, und auch das Dumme, diesen dummen Mord, der einfach irgendwie passiert ist.«

»Mord? Ich kapiere überhaupt nicht, wovon du redest. Wir rekrutieren doch Leute, oder? Wir wollen sie doch nicht des Mordes überführen?«

»Ich tue das«, sagte ich und nahm meine Jacke vom Stuhlrücken. »Und deshalb bin ich auch der beste Headhunter der Stadt. Außerdem möchte ich dich bitten, morgen das Gespräch mit Lander und dem Kunden zu übernehmen.«

»Ich?«

Ich ging durch die Tür und lief, gefolgt von Ferdinand, über den Flur, vorbei an den 25 anderen Büros der Firma Alfa. Eine mittelgroße Personalvermittlung, die seit 15 Jahren auf dem Markt überlebte und jedes Jahr zwischen 15 und 20 Millionen Kronen erwirtschaftete, die abzüglich einiger viel zu bescheidener Boni für die Besten von uns in den Taschen des Besitzers in Stockholm landeten.

»*Piece of cake*. Die Infos sind alle in seinem File gespeichert. Okay?«

»Okay«, sagte Ferdinand. »Unter einer Bedingung.«

»Bedingung? Ich tue *dir* doch einen Gefallen.«

»In der Galerie deiner Frau ist heute Abend doch so eine Vernissage …?«

»Ja, was ist damit?«

»Kann ich kommen?«

»Bist du eingeladen?«

»Das ist es ja. Bin ich eingeladen?«

»Wohl kaum.«

Ferdinand blieb wie angewurzelt stehen und verschwand damit aus meinem Blickfeld. Ich ging weiter, wohl wissend, dass er jetzt mit hängenden Armen dastand, mir nachblickte und sich ärgerte, dass es ihm wieder einmal verwehrt sein würde, mit dem Jetset der Stadt anzustoßen. Wieder kein Champagner mit den Königinnen der Nacht, den Promis und dem Geldadel. Wieder würde er nicht teilhaben am Glamour, der Dianas Vernissagen umgab, und wieder blieb ihm die Gelegenheit versagt, neue Kontakte mit potenziellen Kandidaten zu knüpfen, sei es nun für eine Stellung, fürs Bett oder eine andere sündige Zusammenkunft. Der Arme.

»Roger?« Es war das Mädchen vom Empfang. »Da waren zwei Anrufe. Einer von …«

»Jetzt nicht, Oda«, unterbrach ich sie, ohne aufzublicken. »Ich bin etwa fünfundvierzig Minuten weg. Nimm keine Nachrichten entgegen.«

»Aber …«

»Die rufen schon wieder an, wenn es wichtig ist.«

Ein hübsches Mädchen, aber sie musste noch einiges lernen. Oda. Oder hieß sie Ida?

Kapitel 2

Tertiärsektor

Der frische, salzige Geschmack der Abgase weckte in mir Assoziationen zu Meer, Ölförderung und Bruttosozialprodukt. Die schräg einfallenden Sonnenstrahlen glitzerten auf den Fenstern der Bürogebäude, die scharf umrissene, rechteckige Schatten auf das alte Industriegelände warfen. Hier war inzwischen ein Stadtteil mit viel zu teuren Geschäften, viel zu teuren Wohnungen, viel zu teuren Büros und viel zu teuren Beratern gewachsen. Von meinem Standpunkt sah ich gleich drei Fitnessstudios, alle ausgebucht von morgens bis abends. Ein junger Typ im Corneliani-Anzug mit cooler Brille grüßte mich ehrerbietig, als wir aneinander vorbeigingen. Ich nickte ihm beiläufig zu, ohne die leiseste Ahnung zu haben, wer er war. Vermutlich arbeitete er in einer der anderen Personalagenturen. Vielleicht bei Edward W. Kelley? Nur Headhunter grüßten Headhunter so unterwürfig. Oder um es anders zu formulieren: Sonst grüßte niemand, sonst wusste niemand, wer ich war. Das lag zum einen sicher an meinem begrenzten sozialen Umfeld, sah man einmal vom Bekanntenkreis meiner Frau Diana ab. Zum anderen arbeitete ich in einer Firma, die – genau wie Kelley – Exklusivität verkörperte und das Rampenlicht mied. Menschen, von denen man nie etwas hörte, ehe man qualifiziert genug für eine der Toppositionen in diesem Lande war und eines Tages von uns angerufen wurde. Dann klingelte bei dem Namen Alfa etwas in den Köpfen der Leute. Wo hatte man diesen Namen bloß schon einmal gehört? Bei einer der Vorstandssitzungen, in Verbindung mit der Ernennung des neuen Abteilungsleiters? Genau, das ist es, man hat eben doch von uns gehört. Aber man weiß nichts. Denn die Diskretion ist unsere wichtigste Tugend. Unsere einzige. Das meiste sind blanke Lügen, wenn man zum Beispiel hört, wie ich am Ende eines Gespräches mein übliches Mantra vorbringe: »Sie sind der Mann, den wir für diesen Job gesucht haben. Diese Position ist Ihnen wirklich auf den Leib geschneidert, sie passt perfekt zu Ihnen. Glauben Sie mir.«

Tja. Glauben Sie mir nicht.

Doch, ich denke, er war von Kelley. Oder Amrop. Mit diesem Anzug konnte er auf keinen Fall in einer der großen, uncoolen, nicht exklusiven Gesellschaften wie Manpower oder Adecco arbeiten. Aber auch in keiner der winzigen, angesagten Agenturen wie Hopeland, denn dann würde ich ihn kennen. Natürlich konnte es auch eines der mittelgroßen, mittelcoolen Vermittlungsbüros wie Mercuri Urval oder Delphi sein, oder eine der kleinen, uncoolen Buden, die Leute für mittlere Positionen suchen und nur manchmal mit uns großen konkurrieren dürfen. Natürlich bloß, um zu verlieren und dann reumütig zu ihren Filialleitern und Buchhaltern zurückzukehren. Leute wie mich grüßten sie voller Ehrerbietung. Vermutlich hofften sie, ich würde mich eines Tages an sie erinnern und ihnen einen Job anbieten.

Es gibt keine offizielle Rangliste für Headhunter, keine Hierarchie des Rufes, wie es sie bei Maklern gibt. Es werden auch keine Preise für die Gurus des Jahres vergeben, wie in der Fernseh- oder Werbebranche. Trotzdem sind wir genau im Bilde. Wir wissen, wer den Ton angibt, wer die Herausforderer sind und wer kurz vor dem Absturz steht. Erfolge spielen sich in unserer Branche im Stillen ab, Beerdigungen in Totenstille.

Der Typ, der mich soeben gegrüßt hatte, wusste, dass ich Roger Brown war, der Headhunter, der nicht ein einziges Mal einen Kandidaten für eine Stelle vorgeschlagen hat, die dieser nicht auch bekommen hätte. Roger Brown, der – wenn nötig – manipulierte, Druck ausübte und seine Kandidaten zurechtbog, und dessen Kunden seiner Einschätzung blind vertrauten und das Schicksal ihrer Firmen ohne Zögern in seine – und nur in seine – Hände legten. Um es anders auszudrücken: Nicht die Osloer Hafenverwaltung hat im letzten Jahr den neuen Verkehrsdirektor eingestellt, AVIS nicht seinen neuen Skandinavienchef und die Stadtverwaltung von Sirdal definitiv nicht den neuen Kraftwerksdirektor.

Sondern ich.

Ich beschloss, mir den Typ zu merken. GUTER ANZUG. WEISS, WEM ER RESPEKT ZOLLEN MUSS.

Ich rief Ove aus der Telefonzelle neben dem Narvesenkiosk an und kontrollierte kurz mein Handy. Acht Nachrichten. Ich löschte sie.

»Wir haben einen Kandidaten«, sagte ich, als Ove endlich den Hörer abgenommen hatte. »Jeremias Lander, Monolitveien.«
»Soll ich überprüfen, ob der bei uns ist?«
»Nein, das weiß ich schon. Er ist morgen für ein zweites Gespräch eingeladen. Von zwölf bis zwei. Zwei Uhr exakt. Gib mir eine Stunde. Hast du das?«
»Klar, sonst noch was?«
»Schlüssel. In zwanzig Minuten im Sushi & Coffee?«
»In einer halben Stunde.«

Ich schlenderte über die kopfsteingepflasterte Straße zum Sushi & Coffee. Vermutlich haben sie sich hier aus Gründen der Idylle für einen lauteren Straßenbelag entschieden, der nicht nur teurer ist, sondern auch für noch mehr Abgase sorgt. Aus Sehnsucht nach dem Ursprünglichen, Beständigen, dem Echten. Auf jeden Fall echter als die Kulisse dieses Stadtteils, der an einem Ort hochgezogen worden ist, an dem früher einmal körperlich gearbeitet wurde, unter glühender Hitze und schweren Hammerschlägen. Jetzt kam das Echo nur noch vom Sprotzen und Gurgeln der Espressomaschinen und den klirrenden Gewichten in den Fitnessstudios. Dieser Ort war die Verkörperung des Triumphs des Tertiärsektors über die Industriearbeiter, des Designs über die Wohnungsnot, der Fiktion über die Wirklichkeit. Und das gefiel mir.

Ich hielt nach den Diamantohrringen Ausschau, die mir im Schaufenster vis-à-vis des Sushi & Coffee aufgefallen waren. Sie würden perfekt zu Dianas Ohren passen, wären aber eine finanzielle Katastrophe für mich. Ich schob den Gedanken beiseite, ging über die Straße und durch die Tür des Ladens, der das Wort Sushi im Namen führte, in Wahrheit aber nur toten Fisch anbot. Gegen ihren Kaffee war allerdings nichts einzuwenden. Das Lokal war nur zur Hälfte besetzt. Schlanke, durchtrainierte, platinblonde Frauen in Trainingsanzügen. Diesen Wesen wäre es niemals in den Sinn gekommen, in einem Fitnesscenter vor anderer Leute Augen zu duschen, was im Grunde seltsam war, hatten sie doch ein Vermögen für ihre Körper bezahlt, die ebenfalls ein Triumph der Fiktion waren. Auch sie gehörten dem Tertiärsektor an, besser gesagt, dem Dienerstab, der für die reichen Ehemänner arbeitete. Wären diese Frauen wenigstens dumm gewesen, aber nein, sie hatten als ein Teil ihrer Schönheitspflege Jura studiert, Informatik oder Kunstgeschichte – natürlich auf Kosten der Gesellschaft –, um dann als überqualifiziertes Spielzeug in einer Villa zu enden. An diesem Ort tauschten sie ihre Geheimnisse aus, besprachen, wie man seine Sugardaddies zufriedenstellte, ein bisschen eifersüchtig machte und bei Laune hielt, bis man ein Kind von ihnen im Bauch hatte und die Herren der Schöpfung richtig an der Kette. Nach den Kindern war dann natürlich alles anders, dann war das Kräftegleichgewicht auf den Kopf gestellt und der Mann kastriert und schachmatt. Kinder ...

»Einen doppelten Cortado«, sagte ich und setzte mich auf einen Hocker an der Bar.

Zufrieden betrachtete ich die Frauen im Spiegel. Ich konnte mich glücklich schätzen. Wie sehr Diana sich doch von diesen smarten, gedankenentleerten Parasiten unterschied. Sie hatte alles, was ich nicht hatte. Fürsorglichkeit. Empathie. Loyalität. Größe. Kurz gesagt, sie war eine schöne Seele in einem schönen Körper. Aber ihre Schönheit war nicht perfekt, dafür waren ihre Proportionen zu speziell. Diana sah aus wie im Mangastil gezeichnet, wie eine dieser puppenartigen japanischen Comicfiguren. Hatte ein kleines Gesicht mit einem klitzekleinen, schmalen Mund, eine winzige Nase und große, etwas zu verwundert dreinblickende Augen, die häufig etwas vorstanden, wenn sie müde war. Aber für mich waren es gerade diese Abweichungen von der Norm, die ihre Schönheit hervorhoben und sie so bezaubernd wirken ließen. Was hatte sie also verleitet, mich zu erwählen? Den Sohn eines Chauffeurs, einen gerade mal mittelmäßig begabten Wirtschaftsstudenten mit mittelmäßigen Zukunftsaussichten, der noch nicht einmal durchschnittlich groß war? Vor fünfzig Jahren hätte ich mit 1,68 Meter noch nicht zu den Kleinen gehört, auf jeden Fall nicht in Mitteleuropa. Und interessierte man sich ein bisschen für anthropometrische Geschichte, konnte man herausfinden, dass 1,68 Meter vor nur hundert Jahren genau die Durchschnittsgröße norwegischer Männer war. Nur dass die Entwicklung zu meinen Ungunsten verlaufen war.

Es war erstaunlich, dass sie sich in einem Augenblick geistiger Umnachtung für mich entschieden hatte. Vollkommen unbegreiflich aber war mir, dass eine Frau wie Diana – die wirklich jeden haben konnte – mich noch immer behalten wollte. Tag für Tag. Welcher geheimnisvollen Blindheit hatte ich es zu verdanken, dass sie meine Jämmerlichkeit nicht wahrnahm, meine fehlerhafte Natur, meine Schwäche, wenn ich auf Widerstand stieß, oder meine stupide Bosheit, wenn ich mit stupider Bosheit konfrontiert wurde? Wollte sie das alles nicht sehen? Oder hatte ich es meiner Gerissenheit zu verdanken, dass mein eigentliches Ich in diesem gesegneten toten Winkel der Liebe gelandet war? Natürlich war da aber auch noch das Kind, das ich mich bisher standhaft geweigert hatte, ihr zu schenken. Welche Macht hatte ich eigentlich über diesen Engel in Menschengestalt? Diana sagt, ich hätte sie vom ersten Moment an mit meiner widersprüchlichen Mischung aus Arroganz und Selbstironie verzaubert. Wir waren uns auf einem nordischen Studentenabend in London begegnet, und auf den ersten Blick hatte sie sich kaum von den Frauen unterschieden, die jetzt hier um mich herum saßen: eine blonde, nordische Schönheit aus Oslo-West, die in einer Metropole Kunstgeschichte studierte, zwischendurch als Model arbeitete, gegen Krieg und Armut war und Partys und Spaß liebte. Drei Stunden und sechs Guinness später hatte ich begriffen, wie sehr ich mich geirrt hatte. Erstens interessierte sie sich wirklich für Kunst, sie war fast besessen davon. Zweitens konnte sie ihre Frustration darüber zum Ausdruck bringen, einem System anzugehören, das Kriege gegen Menschen führte, die einfach nicht Teil des westlichen Kapitalismus sein wollten. Diana erklärte mir, dass die Ausbeutung der Entwicklungsländer durch die reichen Staaten auch noch nach Abzug der Entwicklungshilfe ein einträgliches Geschäft war. Drittens hatte sie Sinn für Humor. Meinen Humor, was wohl die Voraussetzung dafür ist, dass Typen wie ich überhaupt Frauen für sich gewinnen können, die größer als 1,70 sind. Und viertens – und das war ganz ohne Zweifel das Entscheidende für mich –, sie war schlecht in Sprachen und gut im logischen Denken. Ihr Englisch war, gelinde gesagt, holperig, und sie gestand mir lachend, dass es ihr nicht im Traum einfallen würde, sich an Französisch oder Spanisch heranzuwagen. Ich hatte sie deshalb gefragt, ob sie möglicherweise ein maskulines Hirn habe und Mathe möge. Sie zuckte nur mit den Schultern, doch ich gab keine Ruhe und erzählte ihr von den Aufnahmetests bei Microsoft, bei denen die Bewerber mit einer bestimmten logischen Problemstellung konfrontiert wurden.

»Es geht dabei neben dem Ergebnis ebenso sehr um den Ansatz der Bewerber, darum, wie sie an die Sache herangehen.«

»Na, erzähl schon«, sagte sie.

»Primzahlen ...«

»Warte. Was sind das noch mal für Zahlen?«

»Das sind die Zahlen, die nur durch sich selbst und durch eins teilbar sind.«

»Ach ja.« Sie hatte noch immer nicht den abwesenden Blick, den Frauen gerne bekommen, wenn man über Zahlen zu reden beginnt, sodass ich fortfuhr:

»Primzahlen sind häufig zwei aufeinander folgende, ungerade Zahlen. Wie elf und dreizehn. Siebzehn und neunzehn. Neunundzwanzig und einunddreißig. Verstanden?«

»Verstanden.«

»Gibt es Fälle, in denen drei aufeinander folgende, ungerade Zahlen Primzahlen sind?«

»Natürlich nicht!«, sagte sie und hob ihr Bierglas an.

»Oh. Und warum nicht?«

»Du hältst mich wohl für dumm? In einer Reihe von fünf aufeinander folgenden Zahlen muss eine der ungeraden Zahlen durch drei teilbar sein. Erzähl weiter.«

»Weiter?«

»Ja, was ist das für eine logische Problemstellung?«

Sie hatte einen kräftigen Schluck Bier getrunken und sah mich mit echter Neugier an. Bei Microsoft hatten die Bewerber drei Minuten Zeit für den Beweis, den sie mir in drei Sekunden geliefert hatte. Im Durchschnitt schafften das nur fünf Prozent der Bewerber. Ich glaube, in diesem Moment habe ich mich in sie verliebt. Auf jeden Fall erinnere ich mich, dass ich auf meiner Serviette »EINGESTELLT!« notierte.

Mir war damals klar, dass dies der einzige Moment war, in dem auch ich ihre Liebe gewinnen konnte. Stand ich auf, war der Zauber gebrochen, deshalb redete ich weiter. Und redete. Hatte mich inzwischen verbal zu einer Körpergröße von 1,85 Meter aufgeschwungen, denn reden kann ich. Aber als ich gerade in meiner besten Phase war, unterbrach sie mich.

»Magst du Fußball?«

»D-d-du etwa?«, stammelte ich überrumpelt.

»Die Queens Park Rangers spielen morgen im Pokalwettbewerb gegen Arsenal. Interesse?«

»Aber klar!«, sagte ich und meinte natürlich sie. Fußball ist mir völlig egal.

Sie trug einen blau gestreiften Schal und schrie sich im Londoner Nebel an der Loftus Road heiser, während ihrem kleinen, armen Club QPR vom großen Bruder Arsenal das Fell über die Ohren gezogen wurde. Fasziniert hatte ich ihr leidenschaftliches Gesicht studiert und nicht mehr vom Spiel mitbekommen, als dass Arsenal hübsche weiß-rote Trikots trug, während die von QPR blaue Querstreifen auf weißem Grund hatten, wodurch die Spieler wie rennende Zuckerstangen aussahen.
In der Pause erkundigte ich mich, warum sie nicht zu einem Siegerclub wie Arsenal hielt, sondern zu so einem komischen kleinen Verein wie QPR.
»Weil sie mich brauchen«, antwortete sie. Mit vollem Ernst. *Weil sie mich brauchen.* Ich konnte die Weisheit hinter diesen Worten kaum fassen. Dann lachte sie in ihrer typisch gurgelnden Art und trank den letzten Schluck Bier aus ihrem Plastikbecher. »Die sind wie hilflose Babys. Sieh sie dir doch an. Die sind so süß!«
»In Strampelanzügen«, sagte ich. »Soso, dann heißt dein Lebensmotto also: Lasset die Kindlein zu mir kommen?«
»Hm«, antwortete sie, neigte den Kopf zur Seite und sah mich mit einem breiten Lächeln an. »Das kann es vielleicht mal werden.«
Wir lachten. Laut und befreiend.
An das Ergebnis des Spiels erinnere ich mich nicht mehr. Oder doch: ein Kuss vor den Toren eines strengen Mädchenwohnheims aus roten Ziegeln in Shepherd's Bush. Und eine einsame, schlaflose Nacht mit wilden, wachen Träumen.

Zehn Tage später sah ich im flackernden Licht einer Kerze, die wir in eine Weinflasche gesteckt und auf ihr Nachtschränkchen gestellt hatten, auf ihr Gesicht hinab. Wir schliefen zum ersten Mal miteinander. Ihre Augen waren geschlossen, die Ader auf ihrer Stirn schwoll an, und ihr Gesichtsausdruck wechselte zwischen Wut und Schmerz, während ihre Hüftknochen wild auf mich einhämmerten. Die gleiche Leidenschaft, mit der sie verfolgt hatte, wie ihre Queens Park Rangers aus dem Pokal geworfen worden waren. Anschließend vertraute sie mir an, dass sie meine Haare mochte. Das war ein Refrain meines

Lebens, trotzdem kam es mir vor, als hörte ich es an diesem Abend zum ersten Mal.

Es dauerte sechs Monate, bis ich ihr erzählte, dass mein Vater zwar in der Botschaft arbeitete, aber nicht zum diplomatischen Korps gehörte.

»Chauffeur«, wiederholte sie, zog meinen Kopf zu sich herab und küsste mich. »Heißt das, er kann sich ein Diplomatenauto leihen, um uns von der Kirche abzuholen?«

Ich war ihr die Antwort schuldig geblieben, aber im folgenden Frühjahr heirateten wir mit mehr Pracht als Pomp in der St. Patrick's Church in Hammersmith. Der fehlende Pomp war damit zu erklären, dass ich Diana zu einer Hochzeit ohne Freunde und Verwandte überredet hatte. Ohne Vater. Nur wir zwei, rein und unschuldig. Für die Pracht war Diana zuständig, sie strahlte wie zwei Sonnen und ein Mond. Der Zufall wollte es, dass sich die QPR am gleichen Nachmittag den Aufstieg sicherten, so dass sich das Taxi auf dem Rückweg zu ihrer Wohnung in Shepherd's Bush durch Scharen von zuckerstangengestreiften Fahnen und Flaggen schlängeln musste. Alles war Friede, Freude, Eierkuchen. Als wir nach Oslo zurückgezogen waren, sprach Diana zum ersten Mal das Thema Kinder an.

Ich sah auf die Uhr. Ove musste jetzt eigentlich hier sein. Ich hob den Kopf, sah in den Spiegel über der Bar und begegnete dem Blick einer dieser blonden Frauen. Wir sahen uns gerade lang genug an, um Missverständnisse erzeugen zu können, wenn wir es denn darauf abgesehen hätten. Pornohübsch, ein Meisterstück der plastischen Chirurgie. Doch ich wollte nicht und ließ meinen Blick weitergleiten. Denn genau mit einem solchen, etwas zu langen Blick hatte mein einziges, beschämendes Abenteuer begonnen. Der erste Akt hatte in der Galerie gespielt. Der zweite hier im Sushi & Coffee. Der dritte in einer Wohnung in der Eilert Sundts gate. Aber das Kapitel Lotte war mittlerweile abgeschlossen. So etwas sollte niemals, niemals wieder geschehen.

Mein Blick glitt durchs Lokal und hielt inne.

Ove saß am Tisch neben dem Ausgang.

Er tat so, als lese er Zeitung. *Dagens Næringsliv.* An sich ein komischer Gedanke, Ove Kjikerud interessierte sich nicht im Mindesten für Aktien oder die Welt der Wirtschaft, er war froh, überhaupt ein bisschen lesen zu können. Und schreiben. Ich erinnere mich noch gut an seine Bewerbung für den Posten des Wachleiters. Ich hatte Tränen gelacht über die zahllosen Tippfehler.

Ich rutschte vom Barhocker und ging an seinen Tisch. Er hatte die Zeitung zusammengefaltet, und ich warf fragend einen Blick darauf. Er lächelte und nickte, um mir zu sagen, dass er ausgelesen hatte. Wortlos nahm ich die Zeitung und ging zurück zu meinem Platz am Tresen. Eine Minute später hörte ich die Tür, und als ich in den Spiegel blickte, war Ove Kjikerud verschwunden. Ich schlug die Seite mit den Aktienkursen auf, legte die Finger vorsichtig um den Schlüssel, den Ove zwischen die Seiten geschoben hatte, und ließ ihn in meine Jackentasche gleiten.

Als ich ins Büro zurückkam, warteten auf meinem Handy sechs SMS auf mich. Ich löschte fünf von ihnen, ohne sie zu lesen, holte mir aber die von Diana aufs Display:

Schatz, denk an die Vernissage heute Abend, du bist mein Glücksbringer.

Sie hatte einen Smiley mit Sonnenbrille angefügt, eine dieser Finessen des Prada-Telefons, das ich ihr im Sommer zum 32. Geburtstag geschenkt hatte. »Das habe ich mir am allermeisten gewünscht«, hatte sie beim Auspacken gerufen. Dabei wussten wir beide ganz genau, was sie sich am allermeisten wünschte. Und was ich ihr nicht schenken wollte. Trotzdem hatte sie gelogen und mich geküsst. Was kann man mehr von einer Frau verlangen?

Kapitel 3

Vernissage

1,68 METER. Ich brauche keinen blöden Psychologen, um zu wissen, dass man so etwas irgendwie kompensieren muss, dass unterdurchschnittliche Körpergröße eine Triebfeder ist, andere Dinge zu erschaffen. Ein überraschend großer Teil aller Werke von Weltrang stammen bekanntermaßen von kleinen Männern. Wir haben Imperien unterworfen, die klügsten Gedanken gedacht, die schönsten Frauen von der Filmleinwand flachgelegt und waren, kurz gesagt, immer auf der Suche nach den dicksten Plateausohlen. Irgendwelche Idioten haben entdeckt, dass einige Blinde gute Musiker sind, und dass es Autisten gibt, die Quadratwurzeln im Kopf berechnen können. Sie haben sich dadurch zu dem Schluss verleiten lassen, dass alle Behinderungen einen verborgenen Segen in sich tragen. Das ist zum einen ziemlicher Blödsinn. Zum anderen bin ich ja trotz allem kein Zwerg, nur eben knapp unterdurchschnittlich groß. Es gibt aber auch noch einen dritten Aspekt, denn mehr als 70 Prozent der Chefposten auf der Welt werden von Menschen bekleidet, die größer als der Landesdurchschnitt sind. Ebenso wird Körpergröße mit Intelligenz, Einkommen und Beliebtheit assoziiert. Wenn ich jemand für eine Topposition in der Wirtschaft einstelle, ist die Körpergröße eines meiner wichtigsten Kriterien. Größe weckt Respekt, Vertrauen und Autorität. Große Menschen sind sichtbar, sie können sich nicht verstecken, sie sind wie Masten, die der Wind von allem Kot und Unrat befreit hat, und müssen für sich stehen. Kleinwüchsige Menschen bewegen sich erdnah, sie führen ein Leben zwischen den Krumen, haben einen versteckten Plan, der sich darum dreht, dass sie klein sind.

Natürlich ist das Blödsinn, aber wenn ich einen Bewerber für einen Job vorschlage, wähle ich nicht den, der diesen Job am besten von allen erledigen wird, sondern denjenigen, den mein Kunde auch einstellen wird. Ich präsentiere den Leuten einen ausreichend qualifizierten Kopf – auf dem Körper, den sie haben wollen. Um Ersteres zu beurteilen, fehlt ihnen die Qualifikation, Letzteres sehen sie mit eigenen Augen. Wie die stinkreichen, selbsternannten Kunstkenner auf Dianas Vernissagen: Sie sind nicht berufen, etwas über das Porträt zu sagen, wohl aber imstande, die Signatur des Künstlers zu lesen. Die Welt ist voll von Menschen, die Unmengen von Geld für schlechte Bilder von guten Künstlern zahlen. Und von mittelmäßigen Köpfen auf groß gewachsenen Körpern.

Ich steuerte meinen neuen Volvo S80 durch die Kurven zu unserem schönen und etwas zu teuren Haus oben am Voksenkollen. Ich habe es gekauft, weil Diana bei der Besichtigung diesen leidenden Gesichtsausdruck bekam. Die Ader auf der Stirn, die immer anschwillt, wenn wir miteinander schlafen, zitterte blau über ihren mandelförmigen Augen. Sie hatte sich die strohblonden Haare mit der rechten Hand hinter das Ohr geschoben, als wollte sie mit den Ohren erlauschen, ob ihre Augen recht hatten, dass es dieses Haus war, nach dem sie immer gesucht hatte. Sie brauchte kein Wort zu sagen, ich sah, dass es so war. Als der Makler verkündete, dass er von einem anderen Interessenten bereits ein Gebot hatte, das anderthalb Millionen über dem Schätzpreis lag, verlosch die Glut in ihren Augen, trotzdem wusste ich, ich musste dieses Haus für sie kaufen. Denn nur mit diesem Geschenk konnte ich wiedergutmachen, sie überredet zu haben, unser Kind nicht zu bekommen. Ich weiß nicht mehr genau, mit welchen Argumenten ich sie zur Abtreibung hatte bewegen können, ich weiß nur, dass keines davon der Wahrheit entsprach. Wir waren zwei Menschen auf 320 scheißteuren Quadratmetern und hatten doch nicht Platz genug für ein Kind. Das heißt: nicht Platz genug für ein Kind und mich. Denn ich kannte Diana. Sie war im Gegensatz zu mir pervers monogam. Ich hätte dieses Kind von seinem ersten Tag an gehasst. Stattdessen hatte ich ihr einen Neuanfang geschenkt. Ein Haus. Und eine Galerie.

Ich fuhr in die Einfahrt. Das Garagentor hatte das Auto längst erkannt und öffnete sich automatisch. Der Volvo glitt in das kühle Dunkel und der Motor verstummte, als das Tor sich hinter mir schloss. Ich verließ die Garage durch die Seitentür und ging über den gepflasterten Weg zum Haus. Ein Prachtbau aus dem Jahre 1937, entworfen vom Architekten Ove Bang, einem Funktionalisten, der der Meinung war, dass sich die Kosten der Ästhetik unterordnen müssen. Ein Seelenverwandter von Diana.

Ich hatte oft mit dem Gedanken gespielt zu verkaufen, in ein etwas kleineres Haus zu ziehen, ein etwas normaleres, praktischeres. Aber jedes Mal, wenn ich wie jetzt nach Hause kam und sah, wie die tief stehende Nachmittagssonne die Konturen betonte, wie Licht und Schatten vor der Kulisse des rotgolden glühenden Herbstwaldes im Hintergrund spielten, wusste ich, dass es unmöglich war. Ich konnte nicht aufhören. Ganz einfach, weil ich sie liebte. Mir blieb keine andere Wahl. Ich musste auch alles andere akzeptieren: das Haus, die Galerie, die Unmengen von Geld schluckte, die kostbaren Liebesbeweise, die sie nicht brauchte, und den Lebensstil, den wir uns nicht leisten konnten. Und das alles, um ihre Sehnsucht zu unterdrücken.

Ich schloss die Haustür auf, zog mir die Schuhe aus und schaltete innerhalb von zwanzig Sekunden die Alarmanlage ab, bevor bei Tripolis das Warnsignal einging. Diana und ich hatten lange über den Code diskutiert, bis wir uns schließlich einig geworden waren. Sie wollte »DAMIEN«, nach ihrem Lieblingskünstler Damien Hirst, aber ich wusste, dass sie diesen Namen auch unserem abgetriebenen Kind gegeben hatte, und bestand deshalb auf einer zufälligen Zahlen- und Buchstabenkombination, die niemand erraten konnte. Sie hatte schließlich nachgegeben. Wie immer, wenn ich hart gegen hart setzte. Oder besser gesagt, hart gegen weich. Denn Diana war weich. Nicht schwach, aber weich und flexibel. Wie Lehm, auf dem selbst der geringste Abdruck Spuren hinterließ. Das Merkwürdige war nur, dass sie immer größer und stärker wurde, je mehr sie nachgab, während meine Kraft immer mehr nachließ. Bis sie mich wie ein gigantischer Engel überragte, ein Himmel aus Schuld, Verpflichtungen und schlechtem Gewissen. Wie hart ich auch kämpfte, wie viele Köpfe ich nach Hause brachte, welche Bonuszahlungen ich vom Hauptsitz in Stockholm bekam – es reichte nicht, um meinen Ablass zu zahlen. Ich ging die Treppe hinauf in den Wohnbereich mit der integrierten Küche, zog meinen Schlips aus, öffnete den Sub-Zero-Kühlschrank und nahm eine Flasche San Miguel heraus. Nicht das übliche Especial, sondern 1516, das extra milde Bier, das Diana bevorzugte, weil es aus reiner Gerste gebraut wird. Durch das Wohnzimmerfenster blickte ich hinunter in den Garten, auf die Garage und zu den Nachbarn hinüber. Oslo, der Fjord, Skagerrak, Deutschland, die Welt. Und merkte, dass ich die Bierflasche bereits geleert hatte.

Ich holte mir noch eine, ging nach unten und zog mich für die Vernissage um.

Als ich an dem verbotenen Zimmer vorbeiging, bemerkte ich, dass die Tür nur angelehnt war. Ich öffnete sie. Diana hatte frische Blumen neben der kleinen Steinfigur auf das altarähnliche Tischchen unter dem Fenster gelegt. Der Tisch war das einzige Möbelstück im Zimmer, und die Steinfigur sah aus wie ein Kindermönch mit zufriedenem Buddhalächeln. Neben den Blumen standen ein Paar winzige Säuglingsschuhe und eine gelbe Rassel.

Ich trat ein, nahm einen Schluck Bier und fuhr mit den Fingern über den glatten, nackten Kopf der Figur. Es war ein *mizuko jizo*, eine Figur, die der japanischen Tradition zufolge abgetriebene Kinder beschützte – Wasserkinder. Ich hatte die Figur wenige Monate nach der Abtreibung aus Tokyo mitgebracht, nach einer missglückten Akquise. Diana war damals noch am Boden zerstört gewesen, sodass ich gehofft hatte, sie damit zu trösten. Der Verkäufer hatte nur schlecht Englisch gesprochen und ich hatte nicht alle Details verstanden, aber der Grundgedanke war wohl, dass die Seele eines sterbenden Fötus in sein Urelement zurückgeht, das Wasser, zu einem Wasserkind wird und dort – mischt man ein bisschen japanischen Buddhismus dazu – auf seine Wiedergeburt wartet. In der Zwischenzeit vollführt man sogenannte *mizuko kuyo*, Zeremonien und einfache Opferungen, die die Seele des ungeborenen Kindes beschützen und gleichzeitig die Eltern vor seiner Rache bewahren. Den letzten Teil habe ich Diana nie erzählt. Anfangs freute ich mich, sie schien wirklich Trost in der Steinfigur zu finden. Doch als ihr jizo mit der Zeit zu einer Besessenheit wurde und sie ihn sogar im Schlafzimmer haben wollte, musste ich einen Schlussstrich ziehen. Ich verbot ihr sogar, der Figur noch einmal zu opfern oder sie anzubeten, bin aber natürlich nicht hart geblieben. Zu gut wusste ich, dass ich Diana verlieren konnte. Und das durfte nie geschehen.

Ich ging in mein Büro, schaltete den PC ein, ging ins Internet und suchte, bis ich ein hoch aufgelöstes Bild von Edvard Munchs »Die Brosche« gefunden hatte, das häufig auch unter dem Titel »Eva Mudocci« geführt wurde. 350 000 Kronen auf dem legalen Markt. Sicher nicht mehr als 200 000 auf meinem. 50 Prozent an den Hehler, 20 an Kjikerud. 60 000 für mich. Das war immer so, kaum der Mühe wert, und sicher nicht das Risiko. Das Bild war schwarz-weiß. 58x45 cm. Es passte gerade noch auf ein A2-Blatt. 60 000. Nicht einmal genug, um die vierteljährliche Rate für das Haus zu begleichen. Und viel zu wenig, um das Defizit der Galerie zu decken, das auszugleichen ich unserem Steuerberater versprochen hatte. Noch im November. Aus irgendeinem Grund verging inzwischen auch immer mehr Zeit, bis wieder ein anständiges Bild auftauchte. Das letzte, »Model in Heels« von Søren Onsager, lag mehr als drei Monate zurück und hatte auch nur knapp 60 000 eingebracht. Es musste etwas geschehen. Bald. QPR brauchte einen Glückstreffer, einen Schlenzer in den Winkel, der sie – verdient oder nicht – nach Wembley brachte. So etwas konnte vorkommen, hatte ich gehört. Ich seufzte und schickte Eva Mudocci zum Drucker.

Es sollte Champagner geben, also bestellte ich mir ein Taxi. Als ich einstieg, nannte ich wie immer nur den Namen der Galerie, das war eine Art Test für unsere Marketingkampagne. Aber der Taxifahrer blickte nur – auch das wie immer – fragend in den Rückspiegel.
»Erling Skjalgssons gate«, sagte ich seufzend.
Diana und ich hatten die Lage der Galerie lange und ausführlich diskutiert, bevor sie sich für die Räumlichkeiten entschied. Mir war es dabei in erster Linie darauf angekommen, dass die Galerie in der Achse Skillebekk-Frogner lag. Dort wohnten die finanzkräftigen Kunden, und dort lagen auch die anderen Galerien, die etwas auf sich hielten. Sich außerhalb dieses Kreises niederzulassen, konnte den frühen Tod für eine neue Galerie bedeuten. Dianas Vorbild war die Serpentine Gallery im Hyde Park in London. Ihr war es wichtig, dass die Galerie nicht an einer der belebten Straßen wie der Bygdøy allé oder dem Gamle Drammensvei lag, sondern in einer ruhigen Nebenstraße, die Raum für Kontemplation gab. Eine etwas zurückgezogene Lage unterstrich überdies die Exklusivität und signalisierte, dass diese Galerie nur etwas für Eingeweihte und Kenner war.

Ich war damit einverstanden gewesen, hoffte ich doch, dass die Miete so vielleicht zahlbar sein würde.
Bis sie mir gesagt hatte, dass sie sich dann ja auch noch ein paar extra Quadratmeter für einen angrenzenden Salon leisten könnte, für die Feiern, die jeder Vernissage folgten. Sie hatte sich bereits ein freies Objekt in der Erling Skjalgssons gate angesehen, das perfekt geeignet wäre, wenn auch etwas groß. Ich hatte damals den Namen »Galerie E« ins Spiel gebracht – E wie Erling Skjalgssons gate. In Anlehnung an die Galerie K, eine der am besten laufenden Galerien

der Stadt. Mit diesem Namen wollte ich auch ein Zeichen für die finanzkräftigen, qualitätsbewussten und entsprechend hippen Kunden setzen.

Ich wies nicht extra darauf hin, dass man das »E« auch als »Galerie Eins« deuten konnte, derlei Effekthascherei mochte Diana nicht.

Der Mietvertrag war unterzeichnet worden, und mit den gleich darauf beginnenden umfangreichen Renovierungsarbeiten hatte unser Ruin begonnen.

Als das Taxi vor der Galerie hielt, bemerkte ich, dass am Bürgersteig deutlich mehr Jaguare oder Lexus parkten als sonst. Ein gutes Zeichen, zumindest dann, wenn es nicht auf irgendwelche Empfänge in einer der umliegenden Botschaften zurückzuführen war, oder auf eine Party der steinreichen Unternehmerin Celina Midelfart in ihrer nahe gelegenen Villa.

Bassdominierter Ambient aus den Achtzigern strömte angenehm leise aus den Lautsprechern, als ich die Galerie betrat. Als Nächstes würden die Goldberg-Variationen folgen, ich kannte die Reihenfolge, hatte ich diese CD doch selbst für Diana gebrannt.

Trotz der frühen Uhrzeit – es war erst halb neun – war die Galerie bereits zur Hälfte gefüllt. Ein gutes Zeichen, denn die Kundschaft der Galerie E kommt für gewöhnlich erst spät. Diana hatte mir erklärt, dass überfüllte Vernissagen als vulgär gelten, während halbvolle Lokalitäten die Exklusivität betonen. Meine Erfahrung sagte mir jedoch, dass umso mehr Bilder verkauft wurden, je mehr Menschen kamen. Ich nickte nach rechts und links, ohne dass mein Gruß erwidert wurde, und steuerte die mobile Bar an. Dianas fester Barkeeper, Nick, reichte mir eine Champagnerflöte.

»Teuer?«, fragte ich und probierte die bitteren Bläschen.

»Sechshundert«, antwortete Nick.

»Dann sollten wir ein paar Bilder verkaufen«, sagte ich. »Wer ist der Künstler?«

»Atle Nørum.«

»Ich weiß, wie er heißt, Nick, ich weiß nur nicht, wie er aussieht.«

»Dahinten.« Nick drehte den großen, ebenholzschwarzen Kopf nach rechts. »Neben Ihrer Frau.«

Ich nahm gerade noch wahr, dass der Künstler ein kräftiger Kerl mit Bart war, doch dann hatte ich nur noch Augen für sie.

Die weiße Lederhose legte sich um ihre schlanken Beine und ließ sie noch größer wirken. Die glatten, langen Haare hingen rechts und links neben ihrem gerade geschnittenen Pony herab, und der rechtwinklige Rahmen ließ sie wirklich wie eine Manga-Figur aussehen. Die lockere Seidenbluse, die leicht auf ihren schmalen, muskulösen Schultern und den perfekt geformten Brüsten ruhte, glänzte im Licht der Spots bläulich-weiß. Mein Gott, diese Diamantohrringe würden wirklich unheimlich gut zu ihr passen!

Mein Blick entließ sie nur widerwillig, um über den Rest der Anwesenden zu schweifen. Das Publikum stand vor den Bildern und betrieb höflich Konversation. Es waren die immer gleichen Menschen – reiche Geschäftsleute (Anzug mit Schlips) und echte Prominente (Anzug mit Designer-T-Shirt), die tatsächlich etwas geleistet hatten. Die Frauen (Designerkleider) waren Schauspielerinnen, Autorinnen oder Politikerinnen. Und dann war da natürlich auch wieder eine ganze Reihe von jungen, vielversprechenden Talenten. Junge, revolutionäre Künstler ohne Geld (Jeans mit Löchern, T-Shirts mit Aufschrift), die ich im Stillen immer als QPR bezeichnete. Ich hatte anfänglich die Nase gerümpft, wenn ich diese Leute auf den Einladungslisten ausmachte, doch Diana meinte, wir bräuchten ein bisschen mehr Leben und Gefahr in dieser langweiligen Versammlung aus Kunstmäzenen, kalkulierenden Investoren und all jenen, die nur gekommen waren, um ihr kulturelles Image zu pflegen. Das war so weit in Ordnung, andererseits wusste ich, dass diese Taugenichtse nur hier waren, weil sie Diana um eine Einladung angefleht hatten. Sie wusste ganz genau, dass diese Leute nur auf der Suche nach Käufern für ihre eigenen Bilder waren, sie konnte aber einfach nicht nein sagen, wenn sie von jemand um einen Gefallen gebeten wurde. Ich merkte, dass einige – vor allem Männer – in regelmäßigen Abständen verstohlene Blicke in Dianas Richtung warfen. Das fehlte gerade noch. Ihre Attraktivität war wie von einem anderen Stern, unerreichbar und unvergleichlich, und das war keine Vermutung, sondern eine unwiderrufliche, logische Tatsache, denn von allen Frauen war sie die schönste. Und sie war mein. Wobei ich mich nicht mit der Frage quälen wollte, wie unwiderruflich diese letzte Tatsache war. Bis auf Weiteres beruhigte ich mich damit, dass sie allem Anschein nach wirklich auf Dauer blind war.

Ich zählte die Männer mit Schlips. In der Regel waren das die Käufer. Der Quadratmeterpreis für Nørums Werke lag zurzeit etwa bei 50 000. Bei 50 Prozent Provision für die Galerie mussten gar nicht so viele Bilder verkauft werden, damit es ein lukrativer Abend für uns wurde. Oder anders ausgedrückt: Es musste einfach klappen, schließlich verging viel Zeit zwischen den jeweiligen Nørum-Ausstellungen.

Immer mehr Menschen strömten jetzt in die Galerie, und ich musste beiseitetreten, damit sie Zugang zum Champagner bekamen.

Ich schlenderte zu meiner Frau und zu Nørum, um ihm zu sagen, was für ein begeisterter Anhänger seiner Kunst ich war. Das war zwar eine Übertreibung, aber keine direkte Lüge, denn der Kerl war wirklich gut. Doch als ich ihm die Hand reichen wollte, wurde der Künstler von einem speichelsprühenden Wesen angefallen, das er allem Anschein nach kannte, und das ihn zu einer kichernden Frau zerrte, die offensichtlich – ihre Körpersprache war eindeutig – dringend aufs Klo musste.

»Sieht gut aus«, sagte ich und stellte mich neben Diana.

»Hallo Liebling!« Sie lächelte zu mir herab, ehe sie die Zwillingsmädchen zu sich rief und sie bat, noch eine Runde mit dem Fingerfood zu machen. Sushi war out, weshalb ich ihr den neuen Cateringservice von Algerie empfohlen hatte. Nordafrikanisch mit französischen Anklängen, very hot. In doppelter Hinsicht. Sie aber hatte wieder bei Bagatelle bestellt. Das war auch gut, kein Zweifel, aber dreimal so teuer.

»Gute Neuigkeiten, Liebling«, verkündete sie und schob ihre Hand in meine. »Du hast mir doch neulich von dem Job bei dieser Firma in Horten erzählt?«

»Pathfinder? Was soll damit sein?«

»Ich habe den perfekten Kandidaten gefunden.«

Ich sah sie überrascht an. Als Headhunter griff ich natürlich manchmal auf ihr Kundenportfolio oder ihren Bekanntenkreis zurück, der viele Geschäftsleute umfasste. Und das ohne schlechtes Gewissen, schließlich war ich es ja, der diese Geldvernichtungsmaschine finanzierte. Ungewöhnlich war aber, dass Diana selbst einen konkreten Kandidaten für eine Position vorschlug.

Diana hakte sich bei mir ein, beugte sie zu mir und flüsterte: »Er heißt Clas Greve. Vater Niederländer, Mutter Norwegerin. Oder umgekehrt. Egal, er hat seine Stellung vor drei Monaten gekündigt und ist nach Norwegen gezogen, um ein Haus zu renovieren, das er hier geerbt hat. Er war Geschäftsführer und Teilhaber einer der größten

GPS-Firmen in Rotterdam, bis der Laden dieses Frühjahr von den Amerikanern aufgekauft wurde.«

»Rotterdam«, sagte ich und trank einen Schluck Champagner. »Wie heißt die Firma?«

»HOTE.«

Der Champagner wäre mir fast in den falschen Hals geraten. »HOTE? Bist du dir sicher?«

»Ziemlich.«

»Und dieser Greven war dort Geschäftsführer? Also wirklich ganz oben?«

»Er heißt Greve, und ich glaube das nicht bloß, er war wirklich ...«

»Ja, ja, schon gut. Hast du die Nummer von dem Typ?«

»Nein.«

Ich stöhnte. HOTE. Pathfinder hatte diese Firma als ihr Vorbild in Europa bezeichnet. Genau wie Pathfinder heute, war HOTE seinerzeit ein kleines, auf militärische GPS-Anwendungen spezialisiertes Technologieunternehmen gewesen. Ein früherer Geschäftsführer dieser Firma wäre geradezu perfekt. Und es eilte. Headhunter betonen immer, dass sie nur solche Aufträge annehmen, bei denen ihnen Exklusivität zugesichert worden ist, nur so könne man seriös und systematisch arbeiten. Wenn die Karotte aber groß und gelb genug ist und sich der Jahreslohn einem siebenstelligen Betrag nähert, werfen alle ihre Prinzipien über Bord. Der Chefsessel bei Pathfinder war sehr groß und sehr gelb, die Konkurrenzsituation war also massiv. Der Auftrag war gleich an drei Firmen vergeben worden: Alfa, ISCO und Korn/Ferry International. Drei der besten. Deshalb ging es jetzt nicht nur ums Geld. Wenn wir auf *No cure, no pay*-Basis arbeiten, erhalten wir anfänglich einen Einmalbetrag für unsere Auslagen und dann einen weiteren Betrag, wenn unser Kandidat die Anforderungen erfüllt, die wir zuvor mit dem Kunden besprochen haben. Damit wir wirklich ein Honorar bekommen, muss der Kunde den von uns empfohlenen Kandidaten tatsächlich einstellen. Das war an sich schon ein Erfolg, betrachtete man aber das ganze Bild, ging es nur darum, den Sieg davonzutragen. Die Krone zu erlangen. Und die Plateauschuhe dazu.

Ich beugte mich zu Diana vor. »Hör mal, Liebste, das ist wichtig. Hast du eine Ahnung, wie ich den finden kann?«

Sie lachte. »Du bist so süß, wenn du aufgeregt bist«, sagte sie.

»Weißt du, wo ...«

»Natürlich.«

»Wo, wo?«

»Er steht da vorne.« Sie deutete auf ihn.

Vor einem der expressiven Bilder Nørums – ein blutender Mann mit einer Art Bondagemaske – stand eine schlanke, große Gestalt in einem Anzug. Das Licht der Deckenspots wurde von seiner glänzenden, sonnengebräunten, kahlen Stirn reflektiert. Unter der Haut seiner Schläfe zeichneten sich harte, knotige Adern ab.

Zu dem maßgeschneiderten Anzug, vermutlich von der Savile Row, trug er ein Hemd ohne Schlips.

»Soll ich ihn holen, Schatz?«

Ich nickte und sah ihr nach. Bereitete mich vor. Bemerkte seine leichte Verbeugung, als Diana sich an ihn wandte und auf mich deutete. Sie kamen auf mich zu. Ich lächelte gemessen und streckte meine Hand aus, kurz bevor sie bei mir waren, doch nicht zu früh. Wandte mich ihm mit meinem ganzen Körper zu. Und mit meinem Blick. 87 Prozent.

»Roger Brown, es ist mir eine Freude«, ich sprach beide Namen englisch aus.

»Clas Greve. Die Freude ist ganz meinerseits.«

Abgesehen von der unnorwegischen Begrüßung war sein Norwegisch beinahe perfekt. Seine Hand war warm und trocken, der Händedruck angemessen und von der empfohlenen Dauer, drei Sekunden. Sein Blick war ruhig, neugierig und wach und sein Lächeln ungezwungen freundlich.

Das Einzige, das ich zu bemängeln hatte, war seine Größe. Er war nicht so groß, wie ich gehofft hatte. Höchstens 1,80 Meter, etwas enttäuschend, dachte man daran, dass die niederländischen Männer mit durchschnittlich 183,4 cm Körpergröße die anthropometrischen Weltmeister waren.

Ein Gitarrenakkord erklang. Genauer gesagt der Akkord G11sus4, der Eröffnungsakkord des Beatlessongs »A Hard Day's Night«, vom gleichnamigen Album aus dem Jahr 1964. Ich wusste das, denn ich hatte diesen Akkord als Klingelton für Dianas Prada-Telefon ausgewählt. Sie legte das schlanke, stilvolle Gerät ans Ohr, nickte uns entschuldigend zu und entfernte sich.

»Wenn ich das richtig verstanden habe, sind Sie gerade erst hierher gezogen, Herr Greve?« Ich hörte selbst, wie förmlich ich klang, aber am Anfang war es immer wichtig, einen formellen Ton anzuschlagen und sich unterzuordnen. Das würde sich noch ändern.

»Ich habe die Wohnung meiner Großmutter in der Oscars gate geerbt. Sie steht seit ein paar Jahren leer und muss renoviert werden.«

»Ach ja?«

Ich zog beide Augenbrauen lächelnd hoch, neugierig, aber nicht aufdringlich. Wohl aber genug, damit er, wenn er denn den sozialen Spielregeln folgte, etwas mehr erzählte.

»Ja«, sagte Greve. »Das ist eine nette Auszeit nach all den Jahren harter Arbeit.«

Ich sah keinen Grund, nicht gleich zur Sache zu kommen. »Bei HOTE, wie ich gehört habe.«

Er sah mich etwas überrascht an. »Sie kennen die Firma?«

»Einer der Kunden der Headhunting-Agentur, für die ich arbeite, ist Pathfinder. Haben Sie schon mal von ihnen gehört?«

»Ein bisschen. Mit Sitz in Horten, wenn ich mich nicht irre. Klein, aber kompetent, nicht wahr?«

»Die Firma ist in den wenigen Monaten, die Sie jetzt ausgesetzt haben, nicht unwesentlich gewachsen.«

»Das geht in der GPS-Branche manchmal schnell«, sagte Greve und drehte das Champagnerglas in den Fingern. »Jeder denkt nur an Expansion. Das Motto lautet: Wachs oder stirb!«

»Ja, das habe ich mitbekommen. Ist HOTE deshalb aufgekauft worden?«

Greves Lächeln zeichnete ein Netz feiner Fältchen in die braun gebrannte Haut rings um die blassblauen Augen: »Die schnellste Art, groß zu werden, besteht natürlich darin, sich aufkaufen zu lassen. Die Experten meinen, dass diejenigen, die es nicht schaffen, sich in den nächsten zwei Jahren den fünf größten GPS-Firmen anzuschließen, keine Chance haben.«

»Ich habe den Eindruck, Sie teilen diese Meinung nicht ganz?«

»Ich halte Innovation und Flexibilität für wichtigere Kriterien. Und bei ausreichendem Funding ist eine kleine, mobile Einheit, die rasch die Richtung wechseln kann, wichtiger als die Größe. Ich gestehe gerne ein, dass ich durch den Verkauf von HOTE zwar reich geworden bin, aber ich war dagegen, und deshalb habe ich direkt nach Abschluss des Vertrages gekündigt. Ich scheine nicht ganz dem herrschenden Zeitgeist folgen zu wollen …« Wieder blitzte ein Lächeln auf, das das harte, aber gepflegte Gesicht weicher machte. »Vielleicht ist das aber nur der Guerillakrieger in mir. Was meinst du?«

Wechselt zum »DU«. Ein gutes Zeichen.

»Ich weiß nur, dass Pathfinder auf der Suche nach einem neuen Chef ist«, sagte ich und gab Nick ein Zeichen, unsere Champagnergläser aufzufüllen. »Jemand, der in der Lage ist, die Aufkaufversuche aus dem Ausland abzuwehren.«

»Aha?«

»Ich habe den Eindruck, du könntest ein sehr interessanter Kandidat für sie sein. Interessiert?«

Greve lachte. Ein angenehmes Lachen. »Tut mir leid, Roger, ich muss eine Wohnung renovieren.«

Vorname.

»Ich meinte nicht, dass du am Job interessiert sein könntest, Clas. Aber vielleicht hast du Lust, mal ausführlicher darüber zu reden.«

»Du kennst die Wohnung nicht, Roger. Sie ist richtig alt. Und groß. Erst gestern habe ich hinter der Küche noch einen versteckten Raum entdeckt.«

Ich sah ihn an. Es lag nicht nur an der Savile Row, dass der Anzug so gut saß, er wirkte sehr sportlich. Nein, nicht sehr sportlich, sondern durchtrainiert. Keine sichtbaren Muskelberge, sondern bloß die sehnige Kraft, die durch die diskret sichtbaren Adern am Hals dokumentiert wurde, durch die Haltung, die niedrige Atemfrequenz und die deutlich hervortretenden Venen auf dem Handrücken. Trotzdem ahnte man die Härte der Muskeln durch den Stoff des Anzugs. Ausdauernd, dachte ich. Gnadenlos ausdauernd. Ich hatte mich bereits entschlossen, ich wollte diesen Kopf.

»Magst du Kunst, Clas?«, fragte ich und reichte ihm eins der Champagnergläser, die Nick uns gebracht hatte.

»Ja und nein. Ich mag Kunst, die tatsächlich etwas zeigt. Aber das meiste, das ich sehe, täuscht nur Schönheit vor oder eine Wahrheit, die in Wirklichkeit gar nicht existiert. Mag sein, dass sie beabsichtigt war, aber das kommunikative Talent fehlt. Wenn ich keine Schönheit oder keine Wahrheit sehe, ist sie auch nicht da, so einfach ist das. Ein Künstler, der vorgibt, missverstanden zu sein, ist fast immer ein schlechter Künstler, der sehr wohl verstanden worden ist.«

»Da sind wir einer Meinung«, sagte ich und hob mein Glas.

»Ich kann den meisten Menschen ihre Talentlosigkeit verzeihen, vermutlich weil ich selbst so wenig habe«, sagte Greve und benetzte mit dem Champagner gerade mal die Lippen. »Nur den Künstlern nicht. Wir, die wir kein Talent haben, schuften und schwitzen und bezahlen dafür, dass sie auf unsere Kosten ihr Spiel mit uns spielen. Das ist in Ordnung, das muss so sein. Aber dann müssen sie ihr Spiel verdammt noch mal auch gut spielen.«

Mir war längst klar, dass die Testresultate und ein tiefer gehendes Gespräch meinen Eindruck nur bestätigen würden. Das war der Mann. Egal, wie viel Zeit ISCO oder Mercuri Urval sich ausbaten, einen perfekteren Kandidaten konnten auch sie nicht auftreiben.

»Weißt du was, Clas? Wir müssen uns wirklich einmal unterhalten. Diana hat mich darum gebeten.« Ich reichte ihm meine Visitenkarte. Es war keine Adresse darauf zu lesen, keine Faxnummer oder Webseite, nur mein Name, meine Handynummer und der Schriftzug von Alfa, klein und bescheiden in einer Ecke der Karte.

»Wie gesagt ...«, begann Greve und blickte auf meine Karte.

»Hör zu«, unterbrach ich ihn. »Niemand, der sein eigenes Wohl im Sinn hat, widersetzt sich Diana. Ich weiß nicht, worüber wir reden sollen. Vielleicht über Kunst. Oder über die Zukunft. Oder über Renovierungsarbeiten. Zufällig kenne ich einige der besten und gleichzeitig günstigsten Handwerker in Oslo. Aber reden müssen wir. Wie wäre es morgen um drei?«

Greve sah mich eine ganze Weile an und lächelte. Dann fuhr er sich mit der schmalen Hand über das Kinn. »Ich dachte, es wäre der Sinn einer Visitenkarte, den Empfänger mit genug Informationen für eine mögliche Visite auszustatten?«

Ich holte meinen Conklin-Füller heraus, schrieb die Büroadresse auf die Rückseite der Karte und sah sie in Greves Jackentasche verschwinden.

»Ich freue mich darauf, mich ausführlicher mit dir zu unterhalten, Roger, aber jetzt muss ich nach Hause und mich seelisch darauf vorbereiten, die Tischler auf Polnisch zur Rede zu stellen. Grüß deine bezaubernde Frau von mir.« Greve deutete eine steife, beinahe militärische Verbeugung an, drehte sich auf dem Absatz um und ging zur Tür.

Diana kam zu mir herüber, als ich ihm noch nachblickte. »Wie ist es gelaufen, Liebling?«

»Ein Prachtexemplar. Sieh dir nur seinen Gang an. Wie eine Raubkatze. Perfekt.«

»Soll das heißen ...«

»Es ist ihm sogar gelungen, so zu wirken, als würde ihn dieser Job überhaupt nicht interessieren. Mein Gott, ich will diesen Kopf an der Wand haben, ausgestopft und mit gefletschten Zähnen.«

Sie klatschte freudig in die Hände wie ein kleines Mädchen. »Dann konnte ich dir helfen? Dann war ich wirklich eine Hilfe für dich?«

Ich streckte mich hoch und legte ihr den Arm um die Schultern. Die Galerie war gut besucht, angenehm voll, fast vulgär. »Du wirst hiermit offiziell zur Headhunterin ernannt, meine kleine Blume. Mit Brief und Siegel. Wie läuft der Verkauf?«

»Wir verkaufen heute Abend nicht. Habe ich dir das nicht gesagt?«

Einen Augenblick lang hoffte ich, mich verhört zu haben. »Das ist nur ... nur eine Ausstellung?«

»Atle will sich von den Bildern nicht trennen.« Sie lächelte beinahe entschuldigend. »Ich verstehe ihn. Du würdest doch auch nicht auf etwas so Schönes verzichten wollen?«

Ich schloss die Augen und schluckte. Versuchte ruhig zu bleiben.

»Findest du das dumm, Roger?«, hörte ich erst Dianas besorgte Stimme und dann meine eigene Antwort:

»Aber nein, nicht doch.«

Dann spürte ich ihre Lippen auf meiner Wange. »Du bist so wunderbar, Liebling. Wir können ja später noch verkaufen. Das ist gut für unser Image und lässt uns exklusiv wirken. Du betonst doch selbst immer, wie wichtig das ist.«

Ich rang mir ein Lächeln ab. »Natürlich Schatz, Exklusivität ist gut.«

Sie strahlte. »Und weißt du was? Für die Party nach der Vernissage habe ich den DJ bestellt! Den aus dem Blå, der den 70er-Jahre-Soul spielt, du sagst doch selbst immer, dass das der Beste der Stadt ist ...« Sie klatschte in die Hände, und mein Lächeln schien sich von meinem Gesicht zu lösen, auf den Boden zu fallen und zu zersplittern. Doch im Spiegelbild auf dem erhobenen Champagnerglas war mein Lächeln noch immer an Ort und Stelle. Der G11sus4-Akkord von John Lennon erklang wieder, und sie tastete in der Hosentasche nach dem Handy. Ich sah ihr nach, als sie sich zwitschernd entfernte. Es wollte noch jemand kommen.

»Natürlich könnt ihr kommen, Mia! Nein, bring die Kleine nur mit! Du kannst sie in meinem Büro wickeln. Natürlich mögen wir

Kindergeschrei, das macht alles nur lebendiger. Aber du musst mir versprechen, dass ich sie auch mal auf den Arm nehmen darf, ja?«

Mein Gott, wie ich diese Frau liebte.

Mein Blick glitt noch einmal über die Anwesenden. Und verharrte plötzlich wie versteinert auf einem kleinen, blassen Gesicht. Sie hätte es sein können. Lotte. Die gleichen traurigen Augen, die ich exakt an diesem Ort zum ersten Mal gesehen hatte. Aber sie war es nicht. Dieses Kapitel war abgeschlossen. Trotzdem verfolgte mich Lottes Bild wie ein herrenloser Hund für den Rest des Abends.

Kapitel 4

Annektierung

»Du kommst spät«, sagte Ferdinand, als ich im Büro erschien. »Und du hast einen Kater.«

»Beine vom Tisch«, befahl ich, ging um den Schreibtisch herum, schaltete den PC ein und zog die Gardine zu. Das Licht war jetzt weniger aufdringlich, sodass ich die Sonnenbrille abnehmen konnte.

»Darf man daraus schließen, dass die Vernissage ein Erfolg war?«, nörgelte Ferdinand in exakt dem Tonfall, der sich einem direkt ins Schmerzzentrum bohrte.

»Sie haben auf den Tischen getanzt«, sagte ich und sah auf die Uhr. Halb zehn.

»Warum sind die besten Feste immer die, auf denen man nicht war?«, jammerte Ferdinand. »Waren ein paar Bekannte da?«

»Du meinst, Leute, die du kennst?«

»Prominente natürlich!«, sagte er und wedelte mit angewinkelter Hand in der Luft herum. Ich hatte mich inzwischen daran gewöhnt, dass er es darauf anlegte, wie eine Kabarettnummer auszusehen.

»Ein paar«, antwortete ich.

»Ari Behn?«

»Nein. Du weißt doch, dass du heute um zwölf einen Termin mit Lander und unserem Kunden hast, nicht wahr?«

»Ja doch. War Hank von Helvete da? Oder Vendela Kirsebom?«

»Raus mit dir, ich muss arbeiten.«

Ferdinand zog mit beleidigter Miene ab. Als die Tür hinter ihm ins Schloss fiel, war ich bereits dabei, Clas Greve zu googeln. Ein paar Minuten später wusste ich, dass er sechs Jahre lang Chef und Teilhaber von HOTE gewesen war, bis die Firma verkauft wurde, dass er eine Ehe mit einem belgischen Fotomodell hinter sich hatte und 1985 holländischer Meister im militärischen Fünfkampf gewesen war. Eigentlich überraschte es mich, nicht noch mehr zu finden. Aber gut, um fünf Uhr würde ich meine Softversion von Inbaud, Reid und Buckley heruntergespult haben und alles wissen, was ich brauchte.

Bis dahin hatte ich aber noch einen Job zu erledigen. Eine nicht unerhebliche Annektierung. Ich lehnte mich zurück und schloss die Augen. Ich liebte die Spannung während der eigentlichen Aktion, hasste aber das Warten darauf. Schon jetzt klopfte mein Herz schneller als normal. Ein Gedanke drängte sich auf: ich wünschte mir, es gebe einen Grund, dass es noch schneller schlug. 60 000. Das war nicht so viel, wie man meinen mochte, und in meinen Taschen definitiv weniger als Ove Kjikeruds Anteil in den seinen. Manchmal beneidete ich ihn um sein einfaches Leben, sein Leben in Einsamkeit. Nach diesem Punkt hatte ich mich bei seiner Bewerbung um den Posten des Wachleiters als Erstes erkundigt, denn in seiner Umgebung durfte es nicht zu viele Ohren geben. Woran hatte ich erkannt, dass er mein Mann war? In erster Linie wohl an seiner auffallend defensiv-aggressiven Haltung, sicher aber auch daran, dass seine Antworten bei mir den Eindruck hinterlassen hatten, er würde die Befragungstechnik kennen. Deshalb war ich beinahe überrascht, als ich bei der anschließenden Kontrolle seines polizeilichen Führungszeugnisses keinen Eintrag im Strafregister fand. Ich hatte daraufhin eine Frau in der Polizeiverwaltung angerufen, die auf unserer inoffiziellen Lohnliste steht. Sie hat Zugang zu dem Sansak-Archiv, in dem alle Personen geführt werden, die vorübergehend einmal unter Verdacht geraten sind, eine Straftat begangen zu haben. Auch wenn dieser Verdacht sich nicht bestätigt, werden die Namen aus unerfindlichen Gründen nie aus diesem Archiv gelöscht. Ich hatte mich nicht geirrt: Ove Kjikerud war so oft von der Polizei verhört worden, dass er das neunstufige Modell in- und auswendig kannte. Er war aber nie verurteilt worden, was mir zeigte, dass der Mann kein Idiot war, sondern bloß eine Rechtschreibschwäche hatte.

Kjikerud war relativ klein und hatte wie ich dunkle, kräftige Haare. Ich hatte ihn überredet, sich die Haare schneiden zu lassen, bevor er seine Stellung als Wachleiter antrat. Niemand hat Vertrauen in einen Vorgesetzten, der wie der Roadie einer abgehalfterten Heavy-Metal-Band aussieht. Aber an seinen vom schwedischen Snus braun verfärbten Zähnen hatte auch ich nichts ändern können. Oder an seinem Gesicht, dem länglichen Ruderblatt mit dem vorstehenden Kiefer, das mitunter so aussah, als könnte sein bräunliches Gebiss jederzeit nach vorne schnappen und etwas aus der Luft fischen. Etwa so wie das seltsame Geschöpf aus den Alien-Filmen. Aber damit überforderte ich jemand mit Kjikeruds begrenzten Ambitionen natürlich. Er war faul. Hatte aber durchaus den Wunsch, reich zu werden. Und so kam es immer wieder zu Konflikten zwischen Ove Kjikeruds Wünschen und seinen persönlichen Eigenschaften. Er war ein krimineller, zu Gewalt neigender Waffensammler, wünschte sich aber eigentlich ein Leben in Frieden und Eintracht. Er begehrte, ja er sehnte sich nach Freunden, aber irgendwie schienen die Menschen zu spüren, dass mit ihm etwas nicht stimmte, und hielten Abstand. Und er war ein echter, unverbesserlicher und enttäuschter Romantiker, der die Liebe mittlerweile bei Prostituierten suchte. Zurzeit war er hoffnungslos verliebt in eine russische, hart arbeitende Hure mit Namen Natascha, die er nicht betrügen wollte, obwohl sie – soweit ich das in Erfahrung bringen konnte – keinerlei Interesse an ihm hatte. Ove Kjikerud war eine Treibmine, ein Mensch ohne Anker, eigenen Willen oder Antrieb, jemand, der mit dem Strom auf die unabwendbare Katastrophe zutrieb. Jemand, der nur von einer anderen Person gerettet werden konnte, die ihm einen Rettungsring zuwarf und seinem Leben Sinn und Richtung gab. Einer Person wie mir. Jemand, der einen umgänglichen, hart arbeitenden Mann ohne Vorstrafen als Wachleiter einstellte. Der Rest war kein Problem gewesen.

Ich schaltete den PC aus und ging.

»Ich bin in einer Stunde wieder da, Ida.«

Auf der Treppe spürte ich, dass es sich definitiv falsch anhörte. Sie hieß wohl doch Oda.

Um zwölf Uhr fuhr ich auf den Parkplatz eines Supermarktes, der laut meinem GPS exakt dreihundert Meter von Landers Adresse entfernt lag. Das Navigationssystem war ein Geschenk von Pathfinder, vermutlich eine Art Trostprämie, sollten wir bei diesem Auftrag das Rennen doch nicht machen. Sie hatten mir auch eine kurze Einführung zuteilwerden lassen, woraus das GPS – das Global Positioning System – bestand, und mir erklärt, wie es mit Hilfe eines Netzes aus vierundzwanzig Satelliten auf der Erdumlaufbahn in Kombination mit Funksignalen und Atomuhren möglich war, die Position eines Menschen mit einem GPS-Sender an jedem Ort der Welt auf drei Meter genau zu bestimmen. Wurde das Signal von vier oder mehr Satelliten aufgefangen, war es sogar möglich, die Höhe der jeweiligen Person auszumachen, also ob sie auf dem Boden stand oder in einem

Baum saß. Das Ganze war – ähnlich wie das Internet – vom amerikanischen Militär entwickelt worden, unter anderem, um damit die Tomahawk-Raketen oder Pawelow-Bomben zu dirigieren, neben all dem anderen Fallobst, das man den Leuten irgendwann an den Kopf werfen wollte. Pathfinder hatte überdies durchblicken lassen, dass sie Sender entwickelt hatten, die mit landbasierten GPS-Stationen in Verbindung standen, von denen niemand wusste. Ein Netz, das bei jedem Wetter funktionierte und mit seinen Strahlen sogar dicke Hauswände durchdrang. Der Vorstandsvorsitzende der Firma hatte mir erklärt, was man für das exakte Funktionieren eines GPS berücksichtigen musste, dass eine Sekunde auf der Erde nicht gleich einer Sekunde für einen Satelliten war, der mit Hochgeschwindigkeit durch das Weltall rauschte – die Zeit werde gebeugt, sodass man da draußen langsamer alterte. Die Satelliten bewiesen ganz einfach Einsteins Relativitätstheorie.

Mein Volvo glitt in eine Reihe Autos vergleichbarer Preisklasse, dann schaltete ich den Motor aus. Niemand würde sich an dieses Auto erinnern. Ich nahm die schwarze Mappe aus dem Wagen und ging bergauf zu Landers Haus. Meine Anzugjacke hatte ich auf den Rücksitz gelegt und stattdessen einen blauen Overall ohne Logo oder besondere Kennzeichen angezogen. Die Mütze verbarg meine Haare, und auch die Sonnenbrille war stimmig, da es einer dieser sonnigen Herbsttage war, mit denen Oslo so gesegnet war. Trotzdem blickte ich zu Boden, als mir eines der philippinischen Mädchen entgegenkam, die hier im Viertel als Babysitter so beliebt waren. In der Sackgasse, in der Lander wohnte, war niemand. Die Sonne spiegelte sich in den Panoramafenstern. Ich blickte auf die Breitling-Airwolf-Uhr, die Diana mir zum 35. Geburtstag geschenkt hatte. Sechs nach zwölf. Vor sechs Minuten war der Alarm in Jeremias Landers Haus mithilfe eines kleinen Zusatzprogramms auf einem PC in der Steuerungszentrale der Wachgesellschaft deaktiviert worden, sodass die Unterbrechung in dem Kontrolljournal, das Stromausfälle oder sonstige Störungen dokumentierte, nicht verzeichnet wurde. Der Tag, an dem ich den Wachleiter für Tripolis ausgesucht hatte, war wirklich ein gesegneter Tag gewesen.

Ich stieg die Stufen zur Haustür hoch und lauschte dem Vogelgezwitscher und dem entfernten Hundegebell. Bei unserem Gespräch hatte Lander behauptet, keine Haushaltshilfe zu haben, keine Frau, die das Haus hütete, keine erwachsenen Kinder, die daheim wohnten, und auch keinen Hund. Aber 100 Prozent sicher konnte man sich nie sein. Ich ging immer von 99,5 Prozent Sicherheit aus und davon, dass das verbleibende halbe Prozent vom Adrenalinschub ausgeglichen wurde: Ich sah, hörte und roch besser.

Ich holte den Schlüssel hervor, den Ove mir im Sushi & Coffee gegeben hatte. Alle Tripolis-Kunden mussten einen Reserveschlüssel hinterlegen, sollte es in ihrer Abwesenheit einen Einbruch, eine Störung oder ein Feuer geben. Er glitt ins Schloss und ließ sich mit einem geschmeidigen Geräusch drehen.

Ich war im Haus. Die diskret an der Wand montierte Alarmanlage schlief mit geschlossenen Plastikaugen. Ich zog Handschuhe an und klebte sie an den Ärmeln des Overalls fest, damit keine losen Körperhaare auf den Boden fallen konnten. Dann zog ich die Badekappe, die ich unter der Mütze trug, über die Ohren nach unten. Ich durfte keine DNA-Spuren hinterlassen. Ove hatte mich einmal gefragt, warum ich mir nicht gleich den Schädel rasierte.

Ich hatte ihm gar nicht erst zu erklären versucht, wie wichtig mir meine Haare waren. Von ihnen würde ich mich fast genauso ungern trennen wie von Diana.

Obwohl ich reichlich Zeit hatte, beeilte ich mich. Über der Treppe, die nach oben ins Wohnzimmer führte, hingen Porträts von Landers Kindern. Ich verstehe nicht, was erwachsene Menschen dazu treibt, irgendwelchen sich selbst prostituierenden Künstlern Geld für diese peinlichen, überemotionalen Abbilder ihrer Lieblinge zu zahlen. Haben sie wirklich Freude daran, ihren Gästen die Schamesröte auf die Wangen zu treiben? Das Wohnzimmer war teuer, aber langweilig eingerichtet. Abgesehen von dem signalroten Pesce-Sessel, der wie eine mollige, breitbeinig hockende Frau aussah, die gerade ein Kind geboren hatte, nämlich den Ball, der vor dem Sessel lag und auf dem man wunderbar die Füße hochlegen konnte. Sicher nicht Jeremias Landers Idee.

Über dem Sessel hing das Bild. »Eva Mudocci«, die britische Violinistin, die Munch Anfang des letzten Jahrhunderts kennengelernt hatte und deren Porträt er direkt auf eine Steinplatte gezeichnet hatte. Ich hatte schon andere Exemplare des Drucks gesehen, aber erst jetzt, hier, in diesem Licht, fiel mir auf, an wen Eva Mudocci mich erinnerte. Sie sah aus wie Lotte. Lotte Madsen. Ihr Gesicht hatte die gleiche Blässe, und ihr Blick strahlte eben jene Melancholie aus, die ich so nachdrücklich aus meinem Gedächtnis gestrichen hatte.

Ich nahm das Bild von der Wand und legte es mit der Rückseite nach oben auf den Tisch. Zum Auftrennen nutzte ich das Teppichmesser. Die auf beiges Papier gedruckte Lithografie hing in einem neuen Rahmen, sodass ich keine Stifte oder alte nelkenförmige Nägel entfernen musste. Kurz gesagt, ein einfacher Job.

Ohne jede Vorwarnung wurde die Stille von einem heulenden Alarm zerrissen. Ein durchdringendes Pulsieren, dessen Frequenz von weniger als 1000 bis auf 8000 Hertz schwang, ein Laut, der so effektiv durch die Luft und alle anderen Geräusche schnitt, dass man ihn noch mehrere Hundert Meter entfernt hörte. Ich erstarrte. Es dauerte nur wenige Sekunden, dann verstummte der Alarm draußen auf der Straße wieder. Sicher nur ein unvorsichtiger Wagenbesitzer.

Ich fuhr mit meiner Arbeit fort. Öffnete die Mappe, legte die Lithografie hinein und nahm das Blatt mit dem Ausdruck von Fräulein Mudocci heraus. Vier Minuten später hing es wieder gerahmt an der Wand. Ich legte den Kopf zur Seite und betrachtete das Bild. Es konnte Wochen dauern, bis die Opfer etwas bemerkten. Sogar bei den seltsamsten Fälschungen. Im Frühling hatte ich das Ölgemälde »Horse with little rider« von Knut Rose durch ein aus einem Kunstbuch gescanntes und anschließend vergrößertes Bild ersetzt. Erst vier Wochen später wurde dieses Gemälde gestohlen gemeldet. Fräulein Mudocci würde vermutlich wegen des Weißtons des Papiers entlarvt werden, aber auch das konnte so lange dauern, dass der Diebstahl zeitlich nicht mehr eingeordnet werden konnte. Außerdem würde das Haus bis dahin so oft geputzt werden, dass keine DNA-Spuren mehr zu finden sein würden. Denn nach DNA suchten sie immer. Im letzten Jahr, als Kjikerud und ich vier Einbrüche in weniger als vier Monaten unternommen hatten, hatte sich der mediengeile, blonde Musterbulle Brede Sperre in der Zeitung Aftenposten zu Wort gemeldet und lauthals verkündet, es handele sich um eine Bande professioneller Kunstdiebe. Obwohl es nicht um wirklich große Werte gehe, wolle das Raubdezernat allen Anfängen wehren und auf Ermittlungsmethoden zurückgreifen, die sonst Mord- oder wichtigen Drogenfällen vorbehalten waren. Darauf könne sich die ganze Bevölkerung Oslos verlassen, sagte Sperre, ließ seinen jugendlichen Pony im Wind flattern und schaute mit festem stahlgrauen Blick in die

Kameralinse des Fotografen. Natürlich hatte er die wirklichen Beweggründe verschwiegen. Diese Diebstähle hatten nämlich nur deshalb Priorität bekommen, weil die vermögenden Bewohner dieser Villenviertel ihren Einfluss geltend gemacht hatten. Ich muss zugeben, dass ich zusammenzuckte, als Diana mir Anfang des Herbstes berichtete, dieser hübsche Polizist sei bei ihr gewesen. Er hatte von ihr wissen wollen, ob jemand sie über ihre Kunden ausgefragt und sich erkundigt habe, wer welche Bilder gekauft habe. Die Kunsträuber schienen nämlich genau Bescheid zu wissen, wo welche Bilder hingen. Als Diana mich fragte, warum ich ein so besorgtes Gesicht machte, antwortete ich, die Vorstellung, dass ein Rivale näher als zwei Meter an sie herangekommen sei, gefiele mir gar nicht. Zu meiner Überraschung war Diana rot geworden, bevor sie anfing zu lachen.

Ich ging schnell zurück zur Haustür, nahm vorsichtig Badekappe und Handschuhe ab und wischte auf beiden Seiten die Klinke ab, bevor ich die Tür zuzog. Die Straße war noch immer morgendlich verwaist und glänzte unverändert bunt in der Herbstsonne.

Auf dem Weg zum Auto sah ich auf die Uhr. 12.14 Uhr. Das war ein neuer Rekord. Mein Puls war hoch, aber ich hatte die Lage unter Kontrolle. In sechsundvierzig Minuten würde Ove den Alarm in der Zentrale wieder einschalten. Vermutlich erhob Lander sich zur gleichen Zeit in einem unserer Besprechungszimmer, gab dem Vorstandsvorsitzenden die Hand und verließ mit einem letzten Bedauern unsere Räumlichkeiten und damit auch meinen Kontrollbereich. Aber er blieb ja im Stall meiner Kandidaten. Ferdinand würde – wie ich ihn instruiert hatte – den Kunden erklären, wie bedauerlich es sei, dass dieser Kandidat nicht zur Verfügung stehe, und dass sie, wollten sie Persönlichkeiten wie Lander für sich gewinnen, eventuell darüber nachdenken müssten, ihr Lohnangebot um 20 Prozent aufzustocken. Ein Drittel von mehr war bekanntlich mehr.

Aber das war nur der Anfang. In zwei Stunden und sechsundvierzig Minuten wollte ich auf Großwildjagd gehen. Auf Grevejagd. Ich war unterbezahlt, na und? Scheiß doch auf Stockholm und scheiß auf Brede Sperre, hier war ich der König.

Ich pfiff, und das Laub raschelte unter meinen Schuhsohlen.

Kapitel 5

Geständnis

ES HEISST, DIE AMERIKANISCHEN POLIZEIERMITTLER Inbaud, Reid und Buckley hätten 1962 mit der Herausgabe ihres Werkes *Criminal Interrogation and Confession* den Grundstein für die noch heute praktizierte Verhörtechnik in der westlichen Welt gelegt. In Wahrheit wurde ihre Technik natürlich auch schon vor dieser Publikation angewendet. Inbaud, Reid und Buckleys neunstufiges Modell fasst nur die hundertjährige Erfahrung des FBI zusammen, wie man Verdächtigen ein Geständnis entlockt. Es ist eine ungeheuer effektive Methode, die sowohl bei Schuldigen als auch bei Unschuldigen zu Resultaten führt. Nachdem es durch die Entwicklung der DNA-Analyse möglich geworden war, Schuldfragen zu überprüfen, wurden allein in den USA innerhalb kürzester Zeit Hunderte von unschuldig Verurteilten entdeckt. Rund ein Viertel dieser Fehlurteile basierte auf Geständnissen, die die Angeklagten unter dem Druck des Neun-Stufen-Modells gemacht hatten, was noch einmal zeigt, was für ein fantastisches Werkzeug es ist.

Ich setze mir immer das Ziel, einen Kandidaten zu dem Geständnis zu bringen, dass er nur blufft und für den Job nicht geeignet ist. Schafft er es durch die neun Stufen, ohne ein solches Geständnis abzulegen, ist die Annahme berechtigt, dass er sich selbst tatsächlich für qualifiziert hält. Und solche Kandidaten suche ich. Ich sage konsequent »er«, denn das Neun-Stufen-Modell richtet sich in erster Linie an Männer. Meine nicht unbedeutende Erfahrung sagt mir nämlich, dass Frauen sich nur höchst selten auf Stellen bewerben, für die sie sich selbst nicht als qualifiziert erachten. Im Gegenteil, sie sind meist überqualifiziert. Doch selbst dann ist es kein Hexenwerk, sie in die Ecke zu drängen, bis sie unter Tränen eingestehen, die nötigen Anforderungen nicht zu erfüllen. Falsche Geständnisse gibt es natürlich auch bei Männern, aber das ist in Ordnung. Sie landen ja nicht im Gefängnis, ihnen bleibt nur die Führungsposition verwehrt, in der die Fähigkeit, Druck auszuhalten, eben eine der gefragtesten Eigenschaften ist.

Ich habe überhaupt keine Skrupel, Inbaud, Reid und Buckley zu nutzen. Dieses Modell ist wie ein Skalpell in einer Welt aus Kräutern, spirituellen Heilungsmethoden und psychologischem Geschwätz.

Es beginnt in Stufe eins gleich mit der direkten Konfrontation, und viele gestehen bereits zu diesem Zeitpunkt. Man macht den Bewerbern unmissverständlich klar, dass man sie kennt und jede Menge Beweise für ihre mangelnde Eignung hat.

»Vielleicht war ich etwas voreilig, als ich zum Ausdruck gebracht habe, deine Bewerbung könne interessant sein, Greve«, sagte ich und lehnte mich auf meinem Stuhl zurück. »Ich habe mich ein bisschen informiert, und allem Anschein nach sind die Aktionäre von HOTE der Meinung, du hättest als Chef versagt. Du sollst weich gewesen sein, dir soll der Killerinstinkt gefehlt haben, und du sollst selbst schuld daran gewesen sein, dass die Firma aufgekauft wurde. Pathfinder fürchtet ja gerade eine solche Übernahme. Du verstehst also, dass ich etwas Mühe habe, ausgerechnet in dir den richtigen Kandidaten zu sehen. Aber ...« Ich hob lächelnd die Kaffeetasse an. »... lass uns trotzdem den Kaffee genießen und ein wenig über andere Dinge reden. Wie läuft die Renovierung?«

Clas Greve saß aufrecht auf der anderen Seite des falschen Noguchi-Tischchens, sah mich direkt an und lachte mir ins Gesicht.

»Dreieinhalb Millionen«, sagte er. »Plus Aktienoptionen natürlich.«

»Wie bitte?«

»Sollte die Unternehmensleitung von Pathfinder befürchten, die Optionen könnten mich motivieren, den Laden für potenzielle Aufkäufer interessant zu machen, kannst du sie ja mit einer Klausel beruhigen, dass diese Optionen im Falle einer Übernahme wegfallen. Kein Fallschirm. Auf diese Art haben der Vorstand und ich den gleichen Anreiz. Es geht doch darum, die Firma zu stärken und so widerstandsfähig zu machen, dass sie selbst in der Lage ist, andere zu schlucken, statt geschluckt zu werden. Den Optionswert können wir nach Black und Scholes taxieren und auf meinen Lohn aufschlagen, wenn dein Drittel berechnet wird.«

Ich lächelte, so gut ich konnte. »Ich befürchte, du bist da etwas voreilig, Greve. Es gibt noch einiges zu regeln. Ich möchte nur zu bedenken geben, dass du Ausländer bist und norwegische Betriebe Landsleute bevorzugen, die ...«

»Gestern, in der Galerie deiner Frau, hast du richtiggehend nach mir gegiert, Roger. Und das mit Fug und Recht. Nach deinem Vorschlag habe ich versucht, mich in deine und die Position von Pathfinder zu versetzen. Mir wurde ziemlich schnell klar, dass sie, obwohl ich Holländer bin, reichlich Schwierigkeiten haben werden, einen besser qualifizierten Kandidaten als mich zu finden. Das Problem war nur, dass ich gestern noch nicht interessiert war. Aber im Laufe von zwölf Stunden kann man viel nachdenken. Und zum Beispiel zu der Erkenntnis gelangen, dass die Renovierung eines Hauses auf lange Sicht recht uninteressant werden kann.« Clas Greve faltete die braungebrannten Hände.

»Es ist an der Zeit, dass ich wieder in den Sattel steige. Pathfinder ist vielleicht nicht die attraktivste Gesellschaft, die ich hätte finden können, aber sie hat Potenzial, und ein Mann mit Visionen und voller Rückendeckung durch den Vorstand kann wirklich etwas Großes daraus machen. Es ist allerdings nicht sicher, dass der Vorstand meine Visionen teilt, es wäre also dein Job, uns so schnell wie möglich zusammenzubringen, um herauszufinden, ob es sich lohnt, in dieser Richtung weiterzudenken oder nicht.«

»Hör mal, Greve ...«

»Ich bezweifle gar nicht, dass deine Methoden bei vielen Leuten funktionieren, Roger, aber was mich angeht, kannst du dir die Schauspielerei sparen. Und wieder anfangen, mich Clas zu nennen. Es sollte ja nur ein nettes Gespräch werden, nicht wahr?«

Er hob die Kaffeetasse, als wollte er mir zuprosten. Ich nutzte die Gelegenheit zu einem Time-out und griff selbst zur Tasse.

»Du wirkst ein bisschen gestresst, Roger. Gibt es Konkurrenten?«

Mein Kehlkopfreflex schlägt gerne mal Kapriolen, wenn ich überrumpelt werde, sodass ich meinen Kaffee fast auf »Sara gets undressed« gespuckt hätte.

»Ich verstehe nur zu gut, dass du Druck ausüben musst, Roger«, sagte Greve mit einem Lächeln und beugte sich vor.

Ich konnte seine Körperwärme spüren und roch einen Duft, der mich an Zedernholz, Russisch Leder und Zitrusfrüchte erinnerte. »Declaration« von Cartier? Oder etwas anderes in der gleichen Preisklasse?

»Aber ich bin nicht beleidigt, Roger. Du machst nur deinen Job, genau wie ich. Natürlich willst du für deine Kunden das Bestmögliche tun, dafür wirst du ja auch bezahlt. Und je interessanter ein Kandidat ist, desto wichtiger ist es, den Betreffenden auf Herz und Nieren zu prüfen. Die Behauptung, die Aktionäre von HOTE seien nicht zufrieden gewesen, war wirklich gut, ich hätte an deiner Stelle sicher etwas Ähnliches versucht.«

Ich traute meinen eigenen Ohren nicht. Erst hatte er mir die erste Stufe des Modells richtiggehend um die Ohren gehauen, indem er mir ins Gesicht sagte, dass er mich durchschaute, und jetzt war er selbst zu Schritt zwei übergegangen: »Mit dem Verdächtigen sympathisieren, indem man die Tat herunterspielt.« Am unglaublichsten aber war, dass es wirkte und sich das so oft beschriebene Gefühl tatsächlich bei mir einstellte. Und das, obwohl ich ganz genau wusste, was Greve tat. Wie ein Verdächtiger spürte auch ich den Impuls, meine Karten auf den Tisch zu legen. Am liebsten hätte ich laut gelacht.

»Ich verstehe nicht ganz, was du meinst, Clas.« Obwohl ich mich bemühte, entspannt zu wirken, hörte ich, wie metallisch meine Stimme klang. Meine Gedanken bewegten sich wie durch Sirup, und ich schaffte es einfach nicht, zum Gegenangriff überzugehen, bevor er weitersprach:

»Das Geld ist nicht wirklich meine Motivation, Roger. Aber wenn du willst, können wir versuchen, den Lohn ein bisschen in die Höhe zu drücken. Ein Drittel von mehr ...«

... ist mehr. Er hatte das Gespräch jetzt komplett an sich gerissen und war von Schritt zwei zu Schritt sieben gesprungen: »Alternativen präsentieren.« In diesem Fall: Gib dem Verdächtigen eine andere Motivation, ein Geständnis abzulegen. Er machte das einfach perfekt. Natürlich hätte er auch noch meine Familie zur Sprache bringen können. Erwähnen, wie stolz meine verstorbenen Eltern oder meine Frau sein würden, wenn sie hörten, dass es mir gelungen war, den Lohn in die Höhe zu treiben, unsere Provision, meine Bonusgrundlage. Aber Clas Greve wusste, dass das zu weit gehen würde, natürlich wusste er auch das. Wirklich, ich hatte meinen Meister gefunden.

»Okay, Clas«, hörte ich mich selbst sagen. »Ich ergebe mich. Es ist genau so, wie du sagst.«

Greve lehnte sich zurück. Er hatte gewonnen und atmete lächelnd aus. Nicht triumphierend, sondern einfach nur zufrieden, weil es vorbei war. IST DAS SIEGEN GEWOHNT, notierte ich mir auf meinem Zettel, den ich hinterher doch nur wegschmeißen würde.

Das Seltsamste aber war, dass es sich nicht wie eine Niederlage anfühlte. Ich war bloß erleichtert. Ja, ich fühlte mich sogar gut.

»Mein Kunde braucht aber trotzdem die üblichen Auskünfte«, erklärte ich. »Hast du was dagegen, wenn wir weitermachen?«

Clas Greve schloss die Augen, legte die Fingerkuppen aneinander und schüttelte den Kopf.

»Gut«, sagte ich. »Dann möchte ich, dass du mir von deinem Leben erzählst.«

Ich notierte, was Clas Greve mir erzählte. Er war als jüngstes von drei Geschwistern aufgewachsen. In Rotterdam. Eine raue Hafenstadt, aber die Familie hatte zu den Privilegierten gehört, da sein Vater eine hohe Stellung bei Philips hatte. Norwegisch hatten Clas und seine beiden Schwestern im Laufe der langen Sommerferien in der Hütte seiner Großmutter in Son gelernt. Er hatte in der Jugend ein gespanntes Verhältnis zu seinem Vater gehabt, der der Meinung gewesen war, sein Jüngster sei verwöhnt und undiszipliniert.

»Er hatte recht«, räumte Greve lächelnd ein. »Ich war es gewohnt, gute Resultate zu erzielen, ohne etwas dafür zu tun. Sowohl in der Schule als auch im Sport. Mit etwa 16 Jahren begann mich das alles nur noch zu langweilen und ich rutschte in ein zweifelhaftes Milieu ab. Das ist in Rotterdam nicht gerade schwer. Ich fand dort zwar nie Freunde, aber ich hatte Geld. Also begann ich fast schon systematisch alles auszuprobieren, was verboten war: Alkohol, Hasch, Prostituierte, kleinere Einbrüche und schließlich auch härtere Drogen. Mein Vater glaubte, ich ginge ins Boxtraining, sodass er keine Fragen stellte, wenn ich mit geschwollenem Gesicht, triefender Nase und blutunterlaufenen Augen nach Hause kam. Ich verbrachte immer mehr Zeit in diesem Milieu, dort wurde ich wenigstens in Frieden gelassen. Ich weiß nicht, ob mein neues Leben mir gefiel, die Menschen um mich herum betrachteten mich als Sonderling, als einen einsamen Sechzehnjährigen, mit dem sie nichts anzufangen wussten. Und das war ich wohl auch. Nach einiger Zeit schlug sich mein Lebenswandel auch in meinen Schulnoten nieder. Mir war es egal, aber Vater wachte dadurch auf. Vielleicht erkannte ich in diesem Moment, dass ich endlich das hatte, was ich immer schon haben wollte:

die Aufmerksamkeit meines Vaters. Er sprach ruhig und voller Ernst mit mir, und ich schrie ihn an. Manchmal war er kurz davor, die Beherrschung zu verlieren. Ich liebte diese Momente. Dann schickte er mich zu meinen Großeltern nach Oslo, wo ich die letzten beiden Jahre auf der weiterführenden Schule war. Was für eine Beziehung hattest du zu deinem Vater, Roger?«

Ich notierte mir drei Punkte, die alle das Wort »selbst« enthielten: SELBSTSICHER. HAT KEINE ANGST, SICH SELBST ZU ENTBLÖSSEN. SELBSTERKENNTNIS.

»Wir haben nicht viel miteinander geredet«, sagte ich. »Wir waren ziemlich unterschiedlich.«

»Waren? Dann ist er also tot?«

»Meine Mutter und er kamen bei einem Autounfall ums Leben.«

»Was hat er gemacht?«

»Er war für das diplomatische Korps tätig. In der britischen Botschaft. Er hat Mutter in Oslo kennengelernt.«

Greve legte den Kopf zur Seite und musterte mich. »Vermisst du ihn?«

»Nein. Und dein Vater? Lebt er noch?«

»Wohl kaum.«

»Wohl kaum?«

Clas Greve holte tief Luft und presste die Handflächen gegeneinander. »Er ist verschwunden, als ich 18 war. Ist abends nicht nach Hause gekommen. An seinem Arbeitsplatz haben sie uns gesagt, er sei wie gewöhnlich gegen sechs Uhr gegangen. Mutter hat schon nach ein paar Stunden bei der Polizei angerufen. Sie haben sich sofort darum gekümmert, schließlich war das die Zeit, in der reiche Geschäftsleute überall in Europa von linken Terrorgruppen entführt wurden. Es waren keine Unfälle gemeldet worden, und auch in keinem Krankenhaus war ein Bernhard Greve eingeliefert worden. Er stand auf keiner Passagierliste, und sein Auto war nirgendwo aufgefallen. Er wurde niemals gefunden.«

»Was glaubst du, ist geschehen?«

»Ich glaube gar nichts. Vielleicht ist er nach Deutschland gefahren, hat unter falschem Namen in einem Motel eingecheckt und es dann nicht geschafft, sich zu erschießen. Möglich, dass er dann weitergefahren ist und sich irgendwo in einem Waldsee ertränkt hat. Es kann aber auch sein, dass er auf dem Parkplatz vor Philips entführt worden ist, Widerstand geleistet hat und eine Kugel ins Genick bekommen hat. Vielleicht haben sie den Wagen dann samt meinem Vater auf einem Schrottplatz abgestellt, wo er in die Presse oder in den Schredder gekommen ist. Oder er sitzt irgendwo mit einem Drink mit Cocktailschirmchen in der Linken und einer Nutte in der Rechten.«

Ich versuchte, in Greves Gesicht zu lesen oder seine Stimme zu deuten. Nichts. Entweder hatte er diesen Gedanken schon zu oft gedacht, oder er war wirklich ein eiskalter Teufel. Ich wusste nicht, was mir lieber war.

»Du bist 18 und wohnst in Oslo«, sagte ich. »Dein Vater wird vermisst. Du bist ein junger Mann mit Problemen. Was tut man da?«

»Ich habe die Schule mit Supernoten abgeschlossen und mich dann beim Dutch Royal Marine Commando beworben.«

»Commando. Hört sich nach so einer Elite-Einheit an.«

»Definitiv.«

»In der einer von 100 genommen wird?«

»In etwa. Ich wurde zu einer Aufnahmeprüfung eingeladen, sie lassen sich einen Monat Zeit, dich systematisch fertigzumachen, um dich dann – solltest du es überlebt haben – über vier Jahre wieder aufzubauen.«

»Hört sich an wie etwas, was ich mal in einem Film gesehen habe.«

»Glaub mir, Roger, das hast du nicht in einem Film gesehen.«

Ich sah ihn an. Und glaubte ihm.

»Später bin ich zur Antiterroreinheit BBE nach Dorn gekommen. Da war ich acht Jahre. Bekam die ganze Welt zu sehen. Suriname, die Niederländischen Antillen, Indonesien, Afghanistan. Winterübungen in Harstad und Voss. Während eines Antidrogeneinsatzes in Suriname wurde ich gefangen genommen und gefoltert.«

»Hört sich exotisch an. Aber du hast dichtgehalten?«

Clas Greve lächelte. »Dichtgehalten? Ich habe geschwatzt wie ein Waschweib. Kokainbarone machen keine Spielchen, wenn sie einen verhören.«

Ich beugte mich vor. »Ja? Was haben sie denn gemacht?« Greve sah mich lange nachdenklich an. Dann zog er eine Augenbraue hoch und sagte nach kurzem Zögern: »Ich glaube, das willst du nicht wirklich wissen, Roger.«

Ich war etwas enttäuscht, nickte aber und lehnte mich zurück.

»Und deine Kameraden wurden dann alle abgeschlachtet, oder?«

»Nein, als der Angriff auf die Stellungen eröffnet wurde, die ich verraten hatte, waren die Soldaten natürlich schon abgezogen worden. Ich brachte zwei Monate in einem Keller zu, ernährte mich von verfaulten Früchten und trank Wasser voller Moskitoeier. Als die Männer vom BBE mich raustrugen, wog ich noch 45 Kilo.«

Ich sah ihn an und versuchte mir vorzustellen, wie sie ihn gefoltert hatten. Wie er damit umgegangen war. Und wie eine 45-Kilo-Variante von Clas Greve ausgesehen haben mochte. Anders natürlich, aber so anders wohl auch wieder nicht.

»Kein Wunder, dass du aufgehört hast«, sagte ich.

»Das war nicht deshalb. Die acht Jahre beim BBE waren die besten meines Lebens, Roger. Zum einen wegen all der Sachen, die du tatsächlich aus diversen Filmen kennst. Kameradschaft und Zusammenhalt. Aber dazu kommt noch, dass ich in dieser Zeit wirklich mein Handwerk gelernt habe.«

»Und das wäre?«

»Menschen finden. Beim BBE gab es eine Gruppe, die wir TRACK nannten. Sie war darauf spezialisiert, Menschen überall auf der Welt und in den unmöglichsten Situationen aufzuspüren. Solche Leute haben mich damals in diesem Keller gefunden. Ich bewarb mich bei dieser Gruppe und wurde genommen. Da habe ich alles gelernt. Von uraltem indianischem Spurenlesen über Verhörtechniken bis hin zu den modernsten, elektronischen Ortungsmethoden. So kam ich in Kontakt mit HOTE. Die Firma hatte damals einen Signalsender in der Größe eines Hemdknopfes hergestellt, der an einer Person befestigt werden sollte, sodass man über einen Empfänger all ihre Bewegungen verfolgen konnte. Man kennt so was schon aus den Spionagefilmen der 60er Jahre, aber bis dato hatte es niemand geschafft, diese Dinger wirklich zufriedenstellend zum Laufen zu bringen. Auch HOTEs Hemdenknopf erwies sich als untauglich: Er vertrug keinen Schweiß, keine Temperaturen unter zehn Grad minus, und die Signale drangen auch nur durch dünnste Hauswände. Der Chef von HOTE mochte mich. Er hatte keine Söhne ...«

»Und du hattest keinen Vater.«

Greve warf mir ein nachsichtiges Lächeln zu.

»Erzähl weiter«, bat ich.

»Nach den acht Jahren beim Militär begann ich in Den Haag mein Ingenieurstudium, bezahlt von HOTE. Im Laufe meines ersten Jahres bei HOTE haben wir einen Sender entwickelt, der die extremsten Bedingungen überstand. Nach fünf Jahren war ich die Nummer zwei im Betrieb und weitere drei Jahre später der Chef. Den Rest kennst du.«

Ich lehnte mich zurück und trank einen Schluck Kaffee. Wir waren bereits am Ziel. Ich hatte einen Sieger, ich hatte es sogar schon aufgeschrieben. EINGESTELLT.
Vielleicht zögerte ich deshalb mit dem nächsten Schritt, vielleicht sagte mir eine innere Stimme, dass es genug war. Vielleicht war es auch etwas anderes.
»Du siehst aus, als hättest du noch Fragen«, sagte Greve. Ich half mir mit einer Ausflucht. »Du hast nicht über deine Ehe gesprochen.«
»Ich habe über die wichtigen Sachen gesprochen«, sagte Greve. »Willst du wirklich etwas über meine Ehe wissen?«
Ich schüttelte den Kopf. Und entschloss mich, zum Ende zu kommen. Doch dann meldete sich das Schicksal. Durch Clas Greve selbst.
»Ein schönes Bild hast du da«, meinte er und blickte an die Wand. »Ist das von Opie?«
»›Sara gets undressed‹«, sagte ich. »Ein Geschenk von Diana. Sammelst du Kunst?«
»Ich habe gerade erst angefangen.«
Etwas in mir protestierte immer noch, aber es war zu spät, ich hatte bereits gefragt. »Was ist dein schönstes Bild?«
»Ein Ölgemälde. Ich habe es gerade erst in dem versteckten Raum hinter der Küche gefunden. Niemand in der Familie wusste, dass Großmutter dieses Bild hat.«
»Interessant«, sagte ich und spürte einen seltsamen Rhythmuswechsel in meinem Herzschlag. Sicher eine Folge der Anspannung vom Mittag. »Was ist das für ein Bild?«
Er sah mich lange an. Der Anflug eines Lächelns zeichnete sich auf seinen Lippen ab. Sein Mund begann ein Wort zu formen, und ich hatte eine seltsame Vorahnung. Eine Vorahnung, bei der sich mein Bauch zusammenzog, wie bei einem Boxer, dessen Muskeln sich anspannen, wenn er einen Schlag auf den Körper ahnt. Aber dann kam etwas ganz anderes. Und alle Vorahnungen der Welt hätten mich nicht auf das vorbereiten können, was er dann sagte:
»›Die kalydonische Eberjagd‹.«

»Die kalydonische ...« Innerhalb von zwei Sekunden war mein Mund staubtrocken. »... Eberjagd‹?«
»Kennst du das Bild?«
»Wenn du das Gemälde von ... von ...«
»Peter Paul Rubens«, sagte Greve.
Ich konzentrierte mich ausschließlich darauf, die Fassade aufrechtzuerhalten. Aber vor mir blinkte es wie auf der Anzeigetafel eines Londoner Dachs in der Loftus Road: QPR hatte gerade einen Schlenzer in den Winkel gesetzt. Das Leben stand kopf. Wir waren auf dem Weg nach Wembley.

TEIL II

Umzingelung

Kapitel 6

Rubens

»Peter Paul Rubens.«

Für einen Moment lang schienen alle Bewegungen zu erstarren und alle Laute im Raum zu verstummen. »Die kalydonische Eberjagd« von Peter Paul Rubens. Natürlich wäre es klug gewesen, von einer Reproduktion auszugehen, von einer unglaublich guten, berühmten Fälschung, die auch gut und gerne eine Million oder zwei wert sein konnte. Aber es lag etwas in seiner Stimme, in dem Nachdruck, mit dem er die Worte aussprach, und in der ganzen Person des Clas Greve, was mich keine Sekunde daran zweifeln ließ, dass es sich um das Original handelte. Das Bild mit dem blutigen Jagdmotiv aus der griechischen Mythologie, mit dem Fabeltier, das von Meleagers Speer durchbohrt wird. Das Gemälde, das verschwunden war, nachdem die Deutschen 1941 die Galerie in Rubens' Heimatstadt Antwerpen geplündert hatten, und von dem alle bis Kriegsende noch gehofft hatten, es befände sich in irgendeinem Bunker in Berlin. Ich bin zwar kein großer Kunstkenner, aber ab und zu gehe ich ins Internet und sehe mir die Listen der verschwundenen und weltweit gesuchten Kunstwerke an. Seit 60 Jahren befand sich dieses Bild unter den Top Ten, wenn es auch inzwischen mehr als Kuriosität geführt wurde, da alle davon ausgingen, dass es damals verbrannt war, wie halb Berlin. Meine Zunge versuchte verzweifelt irgendwo am Gaumen noch ein bisschen Feuchtigkeit zu finden:

»Du hast dieses Gemälde einfach so in einem versteckten Raum hinter der Küche deiner verstorbenen Großmutter gefunden?«

Greve nickte lachend. »So etwas soll vorkommen. Aber es ist ja weder sein bestes noch sein bekanntestes Bild. Trotzdem wird es wohl einiges wert sein.«

Ich nickte stumm. 50 Millionen? 100? Mindestens. Ein anderes der wiedergefundenen Rubens-Bilder, »Das Massaker der Unschuldigen«, hatte vor wenigen Jahren erst auf einer Auktion 50 Millionen eingebracht. Pfund. Mehr als eine halbe Milliarde Kronen. Ich brauchte Wasser.

»Es ist eigentlich gar nicht so überraschend, dass sie ein verstecktes Kunstwerk hatte«, sagte Greve. »Du musst wissen, dass meine Großmutter als junge Frau sehr hübsch war und wie der Großteil der Osloer Gesellschaft während der Besetzung Umgang mit den Deutschen gepflegt hat. In ihrem Fall mit den höchsten Offizieren. Besonders mit einem davon, einem kunstinteressierten Oberst, von dem sie mir oft erzählt hat, als ich bei ihr wohnte. Sie hat mir damals schon erzählt, dass er ihr Kunstwerke gegeben hat, die sie bis Kriegsende für ihn verstecken sollte. Leider wurde er in den letzten Kriegstagen von Mitgliedern der Widerstandsbewegung hingerichtet. Ausgerechnet von Leuten, mit denen er noch wenige Monate zuvor, als es noch nicht so schlecht um die Deutschen stand, Champagner getrunken hatte. Ich schenkte den Geschichten meiner Großmutter damals aber nicht wirklich Glauben. Bis dann die polnischen Handwerker die Tür hinter dem Regal in der Gesindekammer fanden.«

»Fantastisch«, flüsterte ich unwillkürlich.

»Nicht wahr? Ich habe noch nicht überprüfen lassen, ob es wirklich das Original ist, aber ...«

Aber das ist es, dachte ich. Ein deutscher Oberst hätte keine Reproduktionen gesammelt.

»Haben deine Handwerker das Bild gesehen?«, fragte ich.

»Ja. Aber ich bezweifle, dass sie erkannt haben, was da wirklich an der Wand hängt.«

»Sag das nicht. Ist deine Wohnung gesichert?«

»Ich weiß, was du meinst. Und die Antwort lautet ja. Alle Wohnungen in diesem Haus haben einen Vertrag mit einer Wachgesellschaft. Und keiner von den Handwerkern hat einen Schlüssel. Die arbeiten ohnehin nur zwischen acht und vier, streng nach Hausordnung. Und wenn die da sind, bin ich das in der Regel auch.«

»Ich glaube, du solltest trotzdem ein Auge darauf haben. Weißt du, bei welcher Sicherheitsgesellschaft der Alarm losgeht?«

»Trio – oder so. Ich hatte eigentlich vor, deine Frau zu fragen, ob sie jemanden weiß, der mir eine Expertise über das Bild erstellen kann. Du bist der Erste, mit dem ich darüber rede, ich hoffe, du erzählst das niemandem.«

»Natürlich nicht. Ich kann sie fragen und mich dann wieder melden.«

»Danke, das wäre nett. Vorläufig weiß ich nur, dass es nicht zu seinen bekanntesten Bildern gehört, auch wenn es echt ist.«

Ich lächelte schnell. »Ja, das ist schade. Aber zurück zur Anstellung. Es würde auch mir entgegenkommen, wenn wir schnell handeln könnten. Wann hättest du Zeit, Pathfinder zu treffen?«

»Egal, jederzeit.«

»Gut.« Ich dachte nach, während ich in meinen Kalender blickte. Handwerker von acht bis vier. »Es passt Pathfinder sicher am besten, wenn sie irgendwann nach Büroschluss nach Oslo kommen können. Horten ist mit dem Auto etwa eine Stunde entfernt, vielleicht sollten wir uns auf einen der nächsten Tage gegen sechs Uhr einigen, würde dir das passen?« Ich sagte es so locker wie möglich, aber der falsche Ton tat mir selbst in den Ohren weh.

»Sicher«, sagte Greve, der nichts bemerkt zu haben schien. »Solange es nicht schon morgen ist«, fügte er hinzu und erhob sich.

»Das wäre sicher auch für meine Kunden zu kurzfristig«, meinte ich. »Ich rufe dich dann unter der Nummer an, die du mir gegeben hast.«

Ich begleitete ihn zur Rezeption. »Könnten Sie bitte ein Taxi rufen ... -da?« Ich versuchte Odas oder Idas Gesicht zu entnehmen, ob sie mit der Abkürzung einverstanden war, wurde aber von Greve unterbrochen:

»Danke, ich bin mit dem eigenen Wagen da. Grüß deine Frau von mir. Dann erwarte ich also deinen Anruf.«

Er reichte mir die Hand, und ich schlug breit lächelnd ein: »Ich versuche dich heute Abend anzurufen, morgen hattest du doch zu tun, oder?«

»Ja.«

Ich weiß nicht recht, warum ich an diesem Punkt nicht aufgehört habe. Der Rhythmus des Gesprächs, das sichere Gefühl, zum Ende gekommen zu sein, sagte mir, dass ich mich verabschieden sollte. Andererseits trieb mich mein Bauchgefühl, eine vage Vorahnung, eine vielleicht bereits existierende Angst zur Vorsicht.

»Ja, so eine Renovierung ist eine zeitaufwendige Sache«, meinte ich.

»Das ist es nicht«, sagte er. »Ich fliege morgen früh nach Rotterdam. Meinen Hund holen, der war die ganze Zeit in Quarantäne. Ich komme erst spätabends wieder.«

»Ah so«, sagte ich und ließ seine Hand los, damit er nicht spürte, wie ich erstarrte. »Was für einen Hund hast du?«

»Einen Nietherterrier. Eigentlich ein Jagdhund. Aber aggressiv wie ein Kampfhund. Gut, so einen im Haus zu haben, wenn man solche Bilder an der Wand hat, meinst du nicht auch?«

»Aber sicher«, sagte ich. »Aber sicher.«

Hunde. Ich hasste Hunde.

»Ja, okay«, hörte ich Ove Kjikerud am anderen Ende der Leitung sagen. »Clas Greve, Oscars gate 25. Den Schlüssel habe ich hier. Übergabe im Sushi & Coffee in einer Stunde. Der Alarm wird deaktiviert morgen, Punkt 17 Uhr. Ich muss dann unter irgendeinem Vorwand die Spätschicht übernehmen, aber das wird schon gehen. Warum ist das dieses Mal eigentlich so kurzfristig?«

»Weil ab morgen Abend ein Hund in der Wohnung sein wird.«

»Okay. Und warum nicht während der Arbeitszeit, wie sonst?«

Der junge Mann mit dem Corneliani-Anzug und der obercoolen Brille ging über den Bürgersteig auf die Telefonzelle zu. Ich drehte ihm den Rücken zu, um nicht grüßen zu müssen, und schob den Mund näher an den Hörer:

»Ich will 100 Prozent sicher sein, dass keine Handwerker dort sind. Und dann rufst du sofort Göteborg an und beschaffst eine anständige Reproduktion des Rubens. Es gibt einige, sag aber, dass es eine wirklich gute sein muss. Und dass du sie heute Nacht brauchst, wenn du mit dem Munch kommst. Es ist kurzfristig, aber es ist wirklich wichtig, dass ich diese Reproduktion morgen habe, verstanden?«

»Ja doch, klar.«

»Und dann kannst du noch sagen, dass du morgen Nacht mit dem Original kommst. Du erinnerst dich doch noch an den Namen des Bildes?«

»Ja, klar, ›Die katalonische Eberjagd‹ von Rubens.«

»Beinahe. Bist du dir wirklich 1oo Prozent sicher, dass wir diesem Hehler vertrauen können?«

»Jesus, Roger! Zum hundertsten Mal: Ja!«

»Ich frag ja nur.«

»Hör mir mal zu. Der Kerl weiß ganz genau, dass er für immer aus dem Spiel ist, wenn er auch nur ein einziges Mal betrügt. Keiner straft Diebstahl härter als Diebe selbst.«

»In Ordnung.«

»Eine Sache noch: Die nächste Göteborg-Tour muss einen Tag warten.«

Das war an sich kein Problem, das hatten wir schon einmal gemacht, und der Rubens war unter der Deckenverkleidung ja in Sicherheit. Trotzdem stellten sich mir die Nackenhaare auf.

»Warum?«

»Morgen Abend kriege ich Besuch. Damenbesuch.«

»Kann das nicht warten?«

»Sorry, aber das geht nicht.«

»Geht nicht?«

»Es ist Natascha.«

Ich traute meinen eigenen Ohren nicht. »Diese russische Hure?«

»Nenn sie nicht so!«

»Aber ist sie das denn nicht?«

»Ich bezeichne deine Frau ja auch nicht als Silikonbabe, oder?«

»Willst du meine Frau etwa mit einer Hure vergleichen?«

»Ich habe gesagt, dass ich deine Frau nicht als Silikonbabe bezeichne.«

»Das ist auch besser so für dich. Diana ist echt, von Kopf bis Fuß.«

»Du machst Witze.«

»Nein.«

»Okay, ich bin beeindruckt. Aber ich komme trotzdem erst morgen Nacht. Ich stehe seit drei Wochen auf Nataschas Warteliste, und ich will uns diesmal filmen. Alles auf Band aufnehmen.«

»Filmen? Das meinst du doch nicht ernst.«

»Doch, ich muss etwas haben, was ich mir bis zum nächsten Mal angucken kann. Weiß der Himmel, wann das sein wird.«

Ich lachte laut. »Du bist verrückt.«

»Warum?«

»Du liebst eine Hure, Ove! Kein richtiger Mann kann eine Hure lieben!«

»Was weißt du schon davon?«

Ich stöhnte. »Und was willst du deiner Geliebten sagen, wenn du die Filmkamera rausholst?«

»Sie weiß ja nichts davon.«

»Versteckte Kamera im Kleiderschrank?«

»Kleiderschrank? Mein ganzes Haus ist kameraüberwacht, Mann.«

Nichts, was Ove Kjikerud über sich erzählte, überraschte mich noch. Er hatte mir gesagt, dass er in seiner Freizeit meistens zu Hause in seinem kleinen Haus am Waldrand ganz oben in Tonsenhagen saß und fernsah. Und dass es ihm Spaß machte, auf den Fernseher zu schießen, wenn ihm etwas wirklich stank. Voller Stolz hatte er von seinen österreichischen Glock-Pistolen gesprochen. Er nannte sie »Damen«, weil sie keinen Hahn hatten, der sich vor der »Ejakulation« hob. Auf den Fernseher schoss er mit Platzpatronen, er hatte aber auch schon einmal vergessen, dass scharfe Munition im Magazin war, und so einen nagelneuen Pioneer-Plasmafernseher für 30 000 Eier zerlegt.

Wenn Kjikerud nicht auf den Fernseher schoss, zielte er durch das Fenster auf einen Eulennistkasten, den er selbst hinter dem Haus an einem Baum befestigt hatte. Eines Abends beim Fernsehen hatte er draußen zwischen den Bäumen ein lautes Knacken gehört. Er hatte das Fenster geöffnet, sein Remington-Gewehr angelegt, abgedrückt und einen Volltreffer gelandet. Anschließend hatte er die ganzen Stapel Grandiosa-Tiefkühlpizza aus der Truhe nehmen und sich für die nächsten sechs Monate von Elchsteak, Elchfrikadellen, Elchbraten und Elchkoteletts ernähren müssen, bis er es leid war, seine Truhe zum zweiten Mal ausräumte und wieder mit Grandiosas füllte. All diese Geschichten erschienen mir vollkommen glaubwürdig, doch das ...

»Kameraüberwachung?«

»Es hat schließlich auch Vorteile, bei Tripolis zu arbeiten, nicht wahr?«

»Und diese Kameras kannst du einfach einschalten, ohne dass jemand etwas merkt?«

»Jau. Ich hole sie ab, und wir gehen in die Wohnung. Wenn nach dem Hereinkommen mehr als fünfzehn Sekunden vergehen, bis ich den Alarm per Codewort deaktiviert habe, schalten sich die Kameras ein, und das Signal geht an Tripolis.«

»Und bei dir heult dann der Alarm los?«

»Nee. Das ist ein lautloser Alarm.«

Natürlich kannte ich das Konzept. Der Alarm wurde nur an Tripolis gesendet. Die Diebe sollten nicht vertrieben werden, während die Sicherheitsgesellschaft die Polizei anrief und selbst innerhalb von maximal fünfzehn Minuten vor Ort war. Man wollte die Täter auf frischer Tat ertappen, ehe sie mit dem Diebesgut verschwanden.

Wenn das nicht gelang, bestand zumindest die Chance, sie über die Aufnahmen zu identifizieren.

»Ich habe meinen Jungs bei Tripolis natürlich gesagt, dass sie nicht auszurücken brauchen, ist doch klar. Sollen sie es sich doch vor den Monitoren bequem machen und den Anblick genießen.«

»Willst du damit sagen, dass sie dir und deiner Ru... Natascha zusehen sollen?«

»Geteilte Freude ist doch doppelte Freude. Aber ich habe natürlich dafür gesorgt, dass das Bett nicht gefilmt wird, das ist mein Privatbereich. Sie wird sich am Fußende des Bettes ausziehen, auf dem Stuhl, der neben dem Fernseher steht, weißt du? Bei so was übernimmt sie selbst die Regie, das ist ja das Tolle. Und ich werde sie schon dazu bringen, ein bisschen mit sich selbst zu spielen. Das ist dann perfekt im Bild, ich hab sogar an der Beleuchtung gearbeitet. Damit ich mir außerhalb des Kamerawinkels einen runterholen kann, weißt du?«

Ich hatte genug gehört, es reichte. Ich räusperte mich: »Dann kommst du heute Nacht und holst den Munch. Und den Rubens übermorgen, okay?«

»Klar. Ist bei dir alles in Ordnung, Roger? Du hörst dich so gestresst an.«

»Alles okay«, sagte ich und fuhr mir mit dem Handrücken über die Stirn. »Alles absolut okay.«

Ich legte auf und ging aus der Telefonzelle. Der Himmel zog langsam zu, aber das bemerkte ich kaum. Es war alles okay. Absolut okay. Ich würde Multimillionär werden. Mich freikaufen, frei von allem. Die Welt – und alles darin, Diana inklusive – würde mir gehören.

Das Donnern, das ich in der Ferne hörte, klang wie ein tiefes Lachen. Dann fielen die ersten Regentropfen, und meine Schuhsohlen klatschten beim Laufen lustig auf die Pflastersteine.

Kapitel 7

Schwanger

Es war sechs Uhr, der Regen hatte aufgehört, und im Westen versank das Licht golden im Oslofjord. Ich fuhr den Volvo in die Garage, schaltete den Motor aus und wartete. Als die Tür hinter mir ins Schloss fiel, machte ich das Licht im Auto an, öffnete die schwarze Mappe und zog den Fang des Tages heraus. »Die Brosche«. Eva Mudocci.

Ich musterte das Gesicht. Munch muss in diese Frau verliebt gewesen sein, andernfalls hätte er sie niemals so zeichnen können. So wie Lotte, gefangen in stillem Schmerz, in stummer Wildheit. Ich fluchte leise, holte tief Luft und atmete zischend durch die Zähne wieder aus. Dann öffnete ich die Deckenverkleidung über meinem Kopf. Ich selbst war auf diese Idee gekommen – meine ganz persönliche Erfindung, um Bilder unbemerkt über die Landesgrenze zu bringen. Ich hatte ganz einfach den Stoffhimmel oberhalb der Windschutzscheibe gelöst, danach zwei Bänder mit Klettverschluss angeleimt und nach ein bisschen Feinjustierung rund um die Innenbeleuchtung ein perfektes Versteck geschaffen. Große, insbesondere alte Ölbilder durften nicht zusammengerollt werden, weil sonst die Farbe brechen und die Gemälde zerstört werden konnten. Für solche Bilder brauchte man Platz, aber mit einer Deckenfläche von beinahe vier Quadratmetern konnte ich selbst große Bilder verstauen und vor neugierigen Zollbeamten samt ihren Hunden, die zum Glück nicht auf Farbe und Lack trainiert waren, verstecken.

Ich schob Eva Mudocci unter den Stoff, befestigte ihn wieder mit dem Klettband, stieg aus dem Auto und ging zum Haus.

Am Kühlschrank hing ein Zettel von Diana. Sie war mit ihrer Freundin Cathrine in der Stadt und würde erst gegen Mitternacht zurückkommen. Bis dahin waren es noch fast sechs Stunden. Ich öffnete ein San Miguel, setzte mich in den Sessel am Fenster und begann auf sie zu warten. Holte eine zweite Flasche und dachte an einen Satz aus dem Johan-Falkberget-Buch, das Diana mir vorgelesen hatte, als ich Mumps hatte. »Wir trinken alle, wonach es uns dürstet.«

Ich hatte mit Fieber und schmerzenden Wangen und Ohren im Bett gelegen und wie ein schwitzender Kofferfisch ausgesehen, doch der Arzt meinte nach einem Blick auf das Thermometer bloß, es sei nicht so schlimm. Es fühlte sich auch nicht so schlimm an. Erst auf Dianas Nachfrage erwähnte er widerwillig so hässliche Dinge wie Meningitis und Orchitis, die er dann mit noch größerem Unbehagen in Hirnhautentzündung und Hodenentzündung übersetzte, wobei er aber gleich hinzufügte, diese Komplikationen träten nur sehr selten auf.

Diana las mir vor und machte mir kalte Umschläge. Das Buch hieß *Die vierte Nachtwache* und war von Johan Falkberget, und da mein entzündungsbedrohtes Hirn nichts anderes tun konnte, hörte es gut zu. Zwei Dinge sind mir dabei ganz besonders in Erinnerung geblieben. Zum einen Pastor Sigismund, der einen Säufer damit entschuldigte, dass wir alle das trinken, wonach es uns dürstet … Vielleicht weil mir eine solche Einstellung Trost spendete: Ist es deine Natur, dann ist es auch in Ordnung.

Zum anderen ein Ausspruch von Pontoppidan: Ein Mensch könne die Seele eines anderen Menschen töten, sie anstecken und mit sich in die Sünde ziehen, sodass sie keine Erlösung findet. Das tröstete mich weniger. Und der Gedanke, ich könnte die Flügel eines Engels besudeln, bewog mich, Diana niemals in die Art meiner Extraeinnahmen einzuweihen.

Sie pflegte mich sechs Tage lang. Ich genoss diese Zeit ebenso, wie sie mich quälte. Denn ich wusste, dass ich mich nicht so um sie gekümmert hätte, jedenfalls nicht bei einer einfachen Mumpserkrankung. Als ich sie schließlich aus reiner Neugier fragte, warum sie mich so umsorgte, war ihre Antwort ganz simpel:

»Weil ich dich liebe.«

»Aber es ist doch nur Mumps.«

»Vielleicht kriege ich später nie wieder die Gelegenheit dazu. Du bist so fit.«

Es hatte wie eine Anklage geklungen.

Tags darauf stand ich wieder auf, ging zu einem Bewerbungsgespräch bei einem Rekrutierungsunternehmen namens Alfa und gab ihnen deutlich zu verstehen, dass sie Idioten wären, wenn sie mich nicht anstellten. Ich weiß ganz genau, warum ich ihnen das mit einer derart unerschütterlichen Selbstsicherheit sagen konnte. Nichts lässt einen Mann so über sich hinauswachsen wie das Bekenntnis einer

Frau, ihn zu lieben. Und egal, wie schlecht sie gelogen haben mochte, es gab immer einen Teil von mir, der voller Dankbarkeit für diese Worte war und sie dafür liebte.

Ich holte eines von Dianas Kunstbüchern und informierte mich über Rubens. Ich las das wenige, das dort über »Die kalydonische Eberjagd« stand, und studierte das Bild genau. Dann legte ich das Buch zur Seite und ging in Gedanken Schritt für Schritt die morgige Operation in der Oscars gate durch.

In einer Wohnung in einem Haus mitten in der Stadt lief man natürlich Gefahr, im Treppenhaus auf Nachbarn zu stoßen. Potenzielle Zeugen, die mich aus nächster Nähe sehen konnten. Aber diese Begegnungen dauerten nur wenige Sekunden, zu kurz, um Verdacht zu schöpfen. Sie würden sich mein Gesicht nicht merken, wenn ich einen Overall trug und mir Zutritt zu einer Wohnung verschaffte, die gerade renoviert wurde. Wovor hatte ich also solche Angst?

Ich wusste, wovor ich Angst hatte.

Es war die Tatsache, dass er während unseres Gesprächs in mir gelesen hatte wie in einem offenen Buch. Aber in wie viele Seiten hatte ich ihm Einblick gegeben? Konnte er Verdacht geschöpft haben? Unsinn. Er hatte eine Verhörtechnik erkannt, die er selbst beim Militär gelernt hatte, das war alles.

Ich holte mein Handy hervor und wählte Greves Nummer, um ihm zu sagen, dass Diana in der Stadt unterwegs war und ich ihm erst nach seiner Rückkehr aus Rotterdam den Namen eines möglichen Gutachters nennen konnte. Greves Anrufbeantworterstimme sagte: »Please leave a message«, und das tat ich.

Die Bierflasche war leer. Ich liebäugelte mit einem Whisky, entschied mich dann aber dagegen, denn ich wollte morgen keinen Kater haben. Ein Bier noch, dann reichte es.

Ich hatte die Flasche zur Hälfte ausgetrunken, als mir bewusst wurde, was ich gerade tat. Ich nahm das Handy vom Ohr und brach den Anruf ab. Ich hatte Lottes Nummer gewählt, die unter einem diskreten »A« im Adressbuch stand. Ein »A«, das mich immer hatte zittern lassen, wenn es ganz selten einmal bei einem Anruf auf dem Display erschienen war. Wir hatten die Vereinbarung getroffen, dass immer ich sie anrief. Meistens jedenfalls.

Ich öffnete das Handy-Telefonbuch, suchte das »A« und drückte auf »delete«.

»Kontakt wirklich löschen?«, erschien auf dem Display.
Was für Alternativen: ein feiges, verräterisches »nein« und ein verlogenes »ja«.
Dann drückte ich »ja«, wohl wissend, dass ihre Nummer ohnehin in meinem Kopf gespeichert war und nicht so einfach gelöscht werden konnte. Was das bedeutete, wusste ich nicht, ich wollte es auch gar nicht wissen. Aber sie würde verblassen. Verblassen und verschwinden. Das musste so sein.

Diana kam fünf Minuten vor Mitternacht nach Hause.
»Was hast du gemacht, Liebling?«, fragte sie, kam zu mir, setzte sich auf die Lehne des Sessels und gab mir einen Kuss.
»Nicht viel«, erwiderte ich. »Ich hatte heute ein Gespräch mit Clas Greve.«
»Wie ist es gelaufen?«
»Er ist perfekt. Wenn man einmal davon absieht, dass er Ausländer ist. Pathfinder hat deutlich gesagt, dass sie einen Norweger suchen. Sie haben sogar öffentlich verlauten lassen, in allen Teilen norwegisch bleiben zu wollen. Es wird also einiges an Überzeugungsarbeit auf mich zukommen.«
»Aber das kann niemand besser als du.« Sie küsste mich auf die Stirn. »Über deinen Rekord reden inzwischen sogar schon andere.«
»Welchen Rekord?«
»Der Mann, der jeden Kandidaten unterbringt, den er vorschlägt.«
»Ach das«, sagte ich und tat überrascht.
»Du wirst es sicher auch dieses Mal schaffen.«
»Wie geht's Cathrine?«
Diana fuhr mir mit der Hand durch die dicken Haare. »Fantastisch. Wie immer. Wenn nicht noch fantastischer als sonst.«
»Sie wird irgendwann noch mal vor Glück sterben.«
Diana drückte ihr Gesicht in meine Haare und sagte leise: »Sie hat gerade erfahren, dass sie schwanger ist.«
»Dann hat sie jetzt wohl eine weniger fantastische Zeit vor sich?«
»Unsinn!«, murmelte sie. »Hast du getrunken?«
»Ein bisschen. Sollen wir auf Cathrine anstoßen?«
»Ich geh ins Bett, ich bin todmüde von all dem Glücksgerede. Kommst du?«
Als ich hinter ihr im Bett lag, die Arme um sie geschlungen, ihren

Rücken an meinem Bauch, wurde mir plötzlich bewusst, was mir seit dem Gespräch mit Greve durch den Kopf gespukt war. Jetzt konnte sie ruhig schwanger werden, jetzt konnte ich ihr ein Kind schenken. Ich hatte endlich festen Boden unter den Füßen, jetzt konnte mich auch ein Kind nicht mehr verdrängen. Denn mit dem Rubens war ich endlich der Löwe, der Herrscher, von dem Diana gesprochen hatte. Der unersetzliche Versorger. Nicht dass Diana das bislang bezweifelt hatte – nur ich hatte immer Angst, diese Rolle nicht erfüllen zu können. Ich war mir selbst nie sicher gewesen, ob ich der wachsame Beschützer sein konnte, den eine Frau wie Diana verdiente, und hatte immer befürchtet, ein Kind könne Diana die Augen öffnen und ihr ihre gesegnete Blindheit nehmen. Aber jetzt durfte sie gerne alles sehen. Auf jeden Fall fast alles.

Die klare, kalte Luft, die durch das offene Fenster ins Schlafzimmer strömte, machte mir eine Gänsehaut, und ich spürte eine Erektion kommen.

Diana atmete aber bereits tief und ruhig.

Ich ließ sie los, und sie drehte sich auf den Rücken, vertrauensvoll und wehrlos wie ein Säugling.

Ich schlüpfte aus dem Bett.

Der Jizo-Altar war seit gestern allem Anschein nach unberührt. In der Regel verging kein Tag, ohne dass sie irgendetwas veränderte: das Wasser wechselte, eine neue Kerze oder neue Blumen aufstellte.

Ich ging nach oben ins Wohnzimmer und goss mir einen Whisky ein. Ein 30 Jahre alter Macallan, ein Geschenk von einem zufriedenen Kunden, dessen Firma es inzwischen sogar an die Börse geschafft hatte.

Das Parkett vor dem Fenster war kalt. Ich blickte nach unten zur Garage, die im Mondlicht badete. Ove war jetzt sicher schon auf dem Weg. Er würde die Tür öffnen und sich in den Wagen setzen, zu dem er einen Ersatzschlüssel hatte. Er würde die Eva Mudocci herausnehmen, in die Mappe legen und zu seinem eigenen Auto laufen, das er weit genug entfernt geparkt hatte, dass man es nicht in Verbindung mit unserer Adresse bringen konnte. Dann würde er zum Hehler nach Göteborg fahren, das Bild abliefern und morgen früh wieder zurück sein. Aber Eva Mudocci war jetzt uninteressant, ein nervenaufreibender Nebenjob, der noch erledigt werden musste. Hoffentlich brachte Ove eine brauchbare Reproduktion von Rubens' »Eberjagd« aus Göteborg mit und versteckte sie unter dem Deckenbezug des Volvos, bevor die Nachbarn aufstanden.

Früher war Ove mit meinem Wagen nach Göteborg gefahren. Ich selbst hatte nie mit dem Hehler gesprochen und hoffte, dass dieser auch nichts von meiner Existenz wusste. Es sollte so aussehen, als wäre Ove ein Einzeltäter. Es war mir wichtig, dass es möglichst wenig Kontaktpunkte gab, möglichst wenig Menschen, die irgendwann mit dem Finger auf mich zeigen konnten. Kriminelle wurden früher oder später geschnappt, daher musste man darauf achten, dass man nicht allzu leicht mit ihnen in Verbindung gebracht werden konnte. Also sorgte ich dafür, dass ich in der Öffentlichkeit nie im Gespräch mit Kjikerud gesehen wurde, und rief ihn aus einer Telefonzelle an, wenn es etwas zu bereden gab. Ich wollte nicht, dass meine Nummer auf seiner Anrufliste verzeichnet war, sollte er geschnappt werden. Wenn wir Geld aufteilen oder eine Strategie besprechen wollten, gingen wir in eine einsam gelegene Hütte in der Nähe von Elverum. Ove mietete sie von einem verschrobenen Bauern, der wie ein Einsiedler lebte, und jeder von uns fuhr mit seinem eigenen Auto dorthin.

Auf einer dieser Fahrten war mir bewusst geworden, welches Risiko ich einging, wenn ich Ove mit meinem Wagen und den Bildern nach Göteborg fahren ließ. Ich war an einer Radarkontrolle vorbeigekommen und hatte seinen fast 30 Jahre alten, schwarzen, aber durchgestylten Mercedes neben einem Polizeiwagen am Straßenrand stehen sehen. In diesem Moment wurde mir klar, dass Ove Kjikerud ein notorischer Raser war, der sich einfach nicht an Geschwindigkeitsbegrenzungen halten konnte. Ich hatte ihm eingebläut, meinen funkbasierten Tollroad-Sender immer vom Armaturenbrett zu nehmen, wenn er nach Göteborg fuhr, denn die Mautpassagen wurden automatisch registriert, und ich hatte keine Lust, irgendwann der Polizei zu erklären, warum ich mehrmals im Jahr nachts auf der E6 hin und her fuhr. Erst an jenem Abend, als ich auf dem Weg nach Elverum an Oves Mercedes vorbeifuhr, erkannte ich, worin das eigentliche Risiko bestand: Was würde geschehen, wenn die Polizei den Raser, ihren alten Bekannten Ove Kjikerud, auf dem Weg nach Göteborg stoppte und sich die Frage stellte, was er im Wagen des respektablen – na ja – Headhunters Roger Brown verloren hatte. Und das wäre der Anfang vom Ende, denn gegen Inbaud, Reid und Buckley hatte Kjikerud auf lange Sicht keine Chance.

Ich glaubte, unten im Dunkel an der Garage eine Bewegung zu erkennen.

Morgen war D-Day. Der Tag der Entscheidung, der Tag meines großen Traums, der Tag des Ausstiegs. Denn wenn alles nach Plan lief, war dies der letzte Coup. Dann war ich am Ziel, frei, dann war ich der, der ungeschoren davongekommen war.

Die Stadt glitzerte verheißungsvoll unter unserem Fenster.

Lotte meldete sich nach dem fünften Klingeln. »Roger?« Vorsichtig, behutsam, als hätte sie mich geweckt und nicht umgekehrt.

Ich legte auf.

Und kippte den Rest des Whiskys in einem Schluck hinunter.

Kapitel 8

G11sus4

Ich wachte mit schrecklichen Kopfschmerzen auf, stemmte mich auf die Ellenbogen und sah Dianas leckeren, nur mit einem Slip bekleideten Po in die Höhe ragen, während sie ihre Handtasche und die Taschen der Kleider durchsuchte, die sie am Abend zuvor getragen hatte.
»Suchst du was?«, fragte ich.
»Guten Morgen, Liebling«, sagte sie. Ich hörte ihr aber an, dass es kein guter Morgen war, und war ganz ihrer Meinung.
Ich kämpfte mich aus dem Bett und ging ins Bad. Sah mich im Spiegel und wusste, dass es so nicht bleiben durfte. Der Rest des Tages musste besser werden. Und er würde auch besser werden. Ich drehte die Dusche an und stieg unter den eiskalten Strahl, während ich Diana im Schlafzimmer leise fluchen hörte.
»And it's gonna be …«, johlte ich aus blankem Trotz, »… PERFECT!«
»Ich fahre jetzt«, rief Diana. »Ich liebe dich.«
»Ich dich auch«, rief ich zurück, wusste aber nicht, ob sie es gehört hatte, bevor die Tür ins Schloss gefallen war.

Um zehn Uhr saß ich im Büro und versuchte, mich zu konzentrieren, aber mein Kopf fühlte sich an wie eine durchsichtige, pulsierende Kaulquappe. Ich hatte registriert, dass Ferdinand ein paar Minuten lang den Mund bewegt hatte, vermutlich um Worte zu bilden, die mich mehr oder weniger angingen. Sein Mund stand jetzt noch immer offen, bewegte sich aber nicht mehr. Stattdessen starrte er mich abwartend an.
»Kannst du die Frage noch einmal wiederholen?«, bat ich.
»Ich habe gesagt, es geht in Ordnung, dass ich das zweite Gespräch mit Greve und dem Kunden mache, aber dann solltest du mir vorher ein bisschen über Pathfinder erzählen. Ich kenn mich nicht aus und will nicht wie der letzte Trottel dastehen.« Beim letzten Satz rutschte seine Stimme wieder ins Tuntenfalsett.

Ich seufzte. »Die machen winzige, beinahe unsichtbare Sender, die man an Personen befestigen kann, sodass diese weltweit via GPS aufgespürt werden können. Ein priorisierter Service bestimmter Satelliten, bei denen sie Mitbesitzer sind. Das ist eine bahnbrechende Technologie, und entsprechend groß ist die Gefahr, dass sie geschluckt werden. Lies den Jahresbericht! Sonst noch was?«

»Ich habe ihn gelesen! Was die Produkte anging, war aber alles vertraulich. Und was ist mit der Tatsache, dass Clas Greve Ausländer ist? Wie soll ich diesen offenbar nationalistischen Kunden dazu bringen, das zu schlucken?«

»Darum brauchst du dich nicht zu kümmern, das übernehme ich. Mach dir nicht so viele Sorgen, Ferdy.«

»Warum nennst du mich Ferdy?«

»Ja, ich hab mir gedacht, Ferdinand ist zu lang. Geht das in Ordnung?«

Er starrte mich ungläubig an. »Ferdy?«

»Natürlich nicht, wenn Kunden anwesend sind.« Ich lächelte breit und spürte, wie die Kopfschmerzen besser wurden. »War das alles, Ferdy?«

Das war alles.

Bis zum Mittag kaute ich Kopfschmerztabletten und starrte auf die Uhr.

Dann ging ich zum Goldschmied vis-à-vis des Sushi & Coffee.

»Die da«, sagte ich und zeigte auf die Diamantohrringe im Schaufenster.

Das Kreditkartenkonto reichte so gerade eben. Aber die tiefrote, samtige Oberfläche des Kästchens war weich wie das Fell eines Welpen.

Nach dem Mittag kaute ich weiter Tabletten und starrte auf die Uhr.

Exakt um fünf Uhr parkte ich den Wagen in der Inkognitogata. Ich hatte keine Schwierigkeiten, einen freien Parkplatz zu finden: Alle schienen irgendwie unterwegs zu sein – wer hier arbeitete, war weg, und wer hier wohnte, noch nicht wieder zurück.

Es hatte gerade geregnet, und meine Schuhsohlen schmatzten auf dem regennassen Asphalt. Ich trug die Mappe unter dem Arm, sie war leicht. Sie enthielt eine Reproduktion von nur mittelmäßiger

Qualität, die mit 15 000 schwedischen Kronen reichlich überteuert gewesen war. Doch das hatte in diesem Moment keine Bedeutung.

Wenn es in Oslo eine Straße gibt, die wirklich hip ist, dann die Oscars gate. Ein kunterbuntes Durcheinander architektonischer Stilrichtungen, wobei sich die meisten Bauten an der Neorenaissance orientieren. Fassaden mit neugotischen Mustern und bepflanzte Vorgärten. In diesen Häusern lebten Ende des 19. Jahrhunderts die Direktoren und hohen Funktionäre.

Ein Mann mit einem Pudel kam mir entgegen. Hier im Zentrum gab es keine Jagdhunde. Er blickte durch mich hindurch. Zentrum eben.

Ich kam zu dem Haus mit der Nummer 35 mit seiner »historisch geprägten Architektur«, wie die Adresssuchmaschine im Internet mir mitgeteilt hatte. Interessanter war da schon der Hinweis, dass die früher hier ansässige spanische Botschaft nicht mehr in dem Haus residierte, sodass mir lästige Überwachungskameras aller Voraussicht nach erspart blieben. Vor dem Haus, das mich mit seinen schwarzen Fenstern still begrüßte, war niemand. Der Schlüssel, den ich von Ove bekommen hatte, sollte sowohl für die Haustür als auch für die Wohnungstür passen. Unten passte er jedenfalls. Ich ging schnell die Treppe hoch. Mit entschlossenen Schritten, weder zu schwer noch zu leicht. Wie jemand, der weiß, wohin er will, und nichts zu verbergen hat. Ich hielt den Schlüssel in der Hand, damit ich oben vor der Wohnungstür nicht danach suchen musste. So etwas war in einem alten, hellhörigen Haus immer sehr auffällig.

Dritte Etage. An der doppelten Milchglastür stand kein Name, aber ich wusste, dass ich hier richtig war. Ich war nicht so ruhig, wie ich geglaubt hatte, mein Herz hämmerte mir gegen die Rippen, und ich verfehlte das Schlüsselloch. Ove hatte mir einmal erzählt, dass die Feinmotorik als Erstes ausfällt, wenn man Angst hat. Er hatte in einem Buch über den Nahkampf gelesen, dass man plötzlich die Waffe nicht mehr laden konnte, wenn man die Mündung einer anderen vor sich sah. Trotzdem traf ich das Schlüsselloch beim zweiten Versuch. Der Schlüssel ließ sich drehen, lautlos, glatt und perfekt. Ich drückte die Klinke nach unten und zog. Nichts. Ich drückte. Aber die Tür wollte nicht aufgehen. Ich zog noch einmal. Verdammt! Hatte Greve etwa ein zusätzliches Schloss anbringen lassen? Sollten all meine Pläne und Träume wegen eines blöden zusätzlichen Schlosses zerplatzen? Ich zerrte mit aller Kraft an der Tür, jetzt panisch. Schließlich löste sie sich mit einem Knall vom Rahmen, Glas klirrte in der Tür, und das Echo hallte durch den Hausflur. Ich schlüpfte in die Wohnung, machte die Tür vorsichtig wieder zu und atmete aus. Mit einem Mal erschien mir der Gedanke, der mir gestern Abend gekommen war, vollkommen idiotisch. Ob ich die Spannung, an die ich mich so gewöhnt hatte, wohl vermissen würde?

Ich atmete ein, und schlagartig füllten sich Nase, Mund und Lungen mit dem Dunst der Lösungsmittel. Latexfarbe, Lack und Leim.

Ich stieg über die Farbeimer und Tapetenrollen im Flur und ging in die Wohnung. Graues Papier auf Eichenparkett, halbhoch vertäfelte Wände, Staub und alte Fenster, die allem Anschein nach auch noch ausgetauscht werden sollten. Zimmer in der Größe kleinerer Ballsäle, die aufeinanderfolgten wie Perlen auf einer Schnur.

Ich fand die halbfertige Küche hinter dem mittleren Zimmer. Strenge Linien, Metall und Holz, sicher teuer, ich tippte auf Poggenpohl. Ich trat in die Gesindekammer und sah die Tür hinter dem Bücherregal. Innerlich rechnete ich damit, dass sie verschlossen war und ich mir mit dem Werkzeug helfen musste, das überall in der Wohnung lag, aber das war nicht notwendig. Die Scharniere kreischten leise und warnend, als die Tür sich öffnete.

Ich trat in einen dunklen, länglichen Raum, zog die Taschenlampe unter dem Overall hervor und richtete den blassgelben Lichtkegel auf die Wand. Dort hingen vier Bilder. Drei davon waren mir unbekannt. Das vierte nicht.

Ich stellte mich direkt davor und spürte, dass mein Mund wieder so trocken war wie in dem Augenblick, in dem Greve den Namen des Bildes genannt hatte.

»Die kalydonische Eberjagd«.

Das Licht schien irgendwie aus dem Bild zu strahlen, aus den beinahe vierhundert Jahre alten Farbschichten. Im Zusammenspiel mit den Schatten gab es der Jagdszene Kontur und Form. Diana hatte mir erklärt, dass man das »Clair-obscur« nannte. Das Bild hatte eine beinahe physische Wirkung, es zog einen wie magnetisch an, als würde man eine charismatische Persönlichkeit treffen, die man bisher nur vom Gerede der Leute und von Fotografien kannte. Ich war auf all diese Schönheit nicht vorbereitet. Ich erkannte die Farben aus seinen jüngeren und bekannteren Jagdbildern, die in Dianas Kunstbüchern abgebildet waren. »Löwenjagd«, »Nilpferd- und Krokodiljagd«, »Tigerjagd«. In dem Buch, das ich tags zuvor gelesen hatte, stand, dass dieses hier sein erstes Jagdmotiv war, der eigentliche Ausgangspunkt für die späteren Meisterwerke. Der kalydonische Eber war von der Göttin Artemis ausgesandt worden, um die Felder Kalydons zu verwüsten und die Menschen zu töten. Sie wollte damit Rache dafür nehmen, dass die Bürger Kalydons sie vernachlässigt hatten. Aber der beste Jäger Kalydons, Meleager, tötete das Wildschwein zu guter Letzt mit seinem Speer. Ich starrte auf Meleagers nackten, muskulösen Körper, seine hasserfüllte Miene, die mich an jemand erinnerte, und auf den Speer, der im Begriff war, sich in den Körper des Tieres zu bohren. So dramatisch und doch auch so voller Andacht. So nackt und so geheimnisvoll. So einfach. Und so wertvoll.

Ich nahm das Bild von der Wand, trug es in die Küche und legte es auf den Tisch. Der alte Rahmen hatte, wie ich es erwartet hatte, einen Blindrahmen auf der Rückseite, an der die Leinwand befestigt worden war. Ich holte die beiden einzigen Werkzeuge hervor, die ich mitgenommen hatte. Mehr brauchte ich aber auch nicht. Eine Ahle und eine Kneifzange. Die Großzahl der alten, nelkenförmigen Nägel knipste ich ab, die anderen zog ich zur späteren Verwendung heraus, löste den Blindrahmen und hebelte mit der Ahle die Stifte heraus. Ich mühte mich etwas mehr ab als gewöhnlich, vielleicht hatte Ove doch recht, was die Feinmotorik anging. Aber zwanzig Minuten später war die Reproduktion gerahmt, während das Original in meiner Mappe lag.

Ich hängte das Bild an die Wand, schloss die Tür hinter mir, versicherte mich, keine Spuren hinterlassen zu haben, und ging aus der Küche, die Mappe fest in der verschwitzten Hand.

Als ich durch das mittlere Zimmer ging, warf ich einen Blick aus dem Fenster und erblickte eine halb entblätterte Baumkrone. Ich blieb stehen. Die glutroten Blätter, die noch an den Zweigen hingen, ließen den Baum im Licht der schräg durch die Wolken fallenden Sonnenstrahlen so aussehen, als stünde er lichterloh in Flammen. Rubens. Die Farben. Dieser Baum hatte seine Farben.

Es war ein magischer Augenblick. Ein Augenblick des Triumphs. Der Verwandlung. Ein Augenblick, in dem man alles so klar sah, dass einem auch die schweren Entscheidungen plötzlich vollkommen logisch und folgerichtig erschienen. Ich wollte Vater werden, eigentlich wollte ich ihr das erst heute Abend sagen, aber plötzlich wusste ich, dass dies der richtige Augenblick war. Jetzt und hier, noch am Tatort, mit dem Rubens unter dem Arm und diesem schönen, majestätischen Baum vor mir. Dieser Augenblick musste in Bronze gegossen werden. Eine ewig währende Erinnerung, die Diana und ich teilen und an grauen Regentagen hervorholen konnten. Eine Entscheidung, von der sie, die Unbefleckte, allerdings glauben sollte, dass sie in einem Augenblick der Klarheit getroffen worden war. Ohne einen anderen Beweggrund als der bloßen Liebe zu ihr und zu unserem noch nicht empfangenen Kind. Nur ich, der Löwe, das Oberhaupt der Familie, sollte das finstere Geheimnis kennen: dass die Kehle des Zebras bei einem Angriff aus dem Hinterhalt durchgebissen worden war, dass auch der Boden, auf dem ich die Beute vor meiner unschuldigen Familie niederlegte, nicht rein, sondern bereits blutgetränkt gewesen war. Ja, so wollte ich in diesem ganz besonderen Augenblick unsere Liebe festigen. Ich nahm das Handy aus der Tasche, streifte einen Handschuh ab und wählte die Nummer ihres Prada-Telefons. Ich überlegte, wie ich den Satz formulieren sollte, während ich darauf wartete, dass sie das Gespräch annahm. »Ich will dir ein Kind schenken, meine Liebste.« Oder: »Meine Geliebte, lass mich dir ein ...«

John Lennons G11sus4-Akkord ertönte.

»It's been a hard day's night ...« Wie wahr, wie wahr. Ich lächelte aufgeregt.

Bis ich es plötzlich kapierte.

Dass ich es *hörte*.

Dass hier etwas nicht stimmte.

Ich ließ das Telefon sinken.

Und entfernt, aber deutlich genug, hörte ich die Beatles »A Hard Day's Night« spielen. Ihren Klingelton.

Meine Füße standen wie einzementiert auf dem mit Zeitungspapier ausgelegten Boden.

Dann begannen sie sich in Richtung des Geräusches zu bewegen, während mein Herz schlug wie eine Pauke.

Das Geräusch kam aus einem Zimmer, das an eine der Wohnstuben anschloss. Die Tür war nur angelehnt.

Ich öffnete sie.

Es war ein Schlafzimmer.

Das Bett stand mitten im Raum, es war gemacht, aber ganz offensichtlich benutzt worden. Am Fußende lag ein Koffer, daneben stand ein Stuhl, über dessen Lehne Kleider hingen. Ein Anzug hing auf einem Bügel im geöffneten Kleiderschrank. Es war der Anzug, den Clas Greve bei unserem Gespräch getragen hatte. Irgendwo im Zimmer sangen Lennon und McCartney zweistimmig und mit einer Energie, die sie auf keiner ihrer späteren Platten mehr finden würden. Ich sah mich um und kniete nieder. Beugte mich hinunter. Und dort lag es. Das Prada-Telefon. Unter dem Bett. Es musste ihr aus der Hosentasche gerutscht sein. Vermutlich, als er sie ausgezogen hatte. Sie hatte das Fehlen des Telefons nicht bemerkt bis ... bis ...

Vor meinem inneren Auge erschien das verlockende Hinterteil, das ich heute Morgen gesehen hatte, ihre panische Suche in Kleidern und Handtasche.

Ich richtete mich wieder auf. Viel zu schnell vermutlich, denn der Raum begann zu kreisen. Ich stützte mich an der Wand ab.

Der Anrufbeantworter meldete sich, und eine zwitschernde Stimme verkündete:

»Hallo, hier ist Diana. Ich kann gerade nicht ans Telefon gehen ...«
Wie wahr.
»... aber du weißt, was du tun kannst ...«
Ja. Irgendwo in meinem Hirn meldete mir eine Stimme, dass ich mich mit der unbehandschuhten Hand an der Wand abgestützt hatte und deshalb daran denken musste, diese Fläche abzuwischen.
»Einen schönen Tag noch!«
Das würde für mich sicher nicht so leicht werden.
Piep.

TEIL III

Zweites Gespräch

Kapitel 9

Zweites Gespräch

Mein Vater, Ian Brown, war ein begeisterter, wenn auch nicht sonderlich guter Schachspieler. Er hatte das Spiel im Alter von fünf Jahren von seinem Vater gelernt und später Schachbücher gelesen und klassische Partien studiert. Trotzdem brachte er mir das Spiel erst bei, als ich 14 war, nachdem also meine aufnahmefähigsten Jahre verstrichen waren. Aber das Schachspiel lag mir, und mit 16 besiegte ich ihn zum ersten Mal. Er lächelte im ersten Moment zwar, als wäre er stolz auf mich, ich weiß aber, wie sehr es ihn störte. Er baute die Figuren gleich wieder auf und forderte eine Revanche. Ich spielte wie immer mit den weißen Steinen, und er ließ mich in dem Glauben, dadurch einen Vorteil zu haben. Nach ein paar Zügen entschuldigte er sich und ging in die Küche, wo er sich – das wusste ich genau – einen kräftigen Schluck Gin genehmigte. Als er zurückkam, hatte ich zwei Steine umgestellt, aber er bemerkte es nicht. Vier Züge später starrte er ungläubig auf meine weiße Königin vor seinem schwarzen König. Ihm war klar, dass er mit dem nächsten Zug schachmatt war. Sein Gesichtsausdruck war derart komisch, dass ich mich nicht mehr halten konnte und lachen musste. Da erkannte er, wie alles zusammenhing. Er erhob sich, fegte erst alle Figuren vom Brett und schlug mir dann ins Gesicht. Meine Knie gaben nach, und ich stürzte zu Boden, mehr aus Angst als infolge des Schlages. Er hatte mich niemals zuvor geschlagen.

»Du hast die Figuren vertauscht«, fauchte er. »Mein Sohn mogelt nicht.«

Ich schmeckte das Blut in meinem Mund. Die weiße Königin lag auf dem Boden. Ein Zacken war aus ihrer Krone gebrochen. Der Hass brannte wie Galle in meiner Brust. Ich hob die kaputte Figur auf und stellte sie wieder auf das Brett. Dann die anderen Figuren. Eine nach der anderen. Baute das Spiel wieder auf, exakt so, wie sie vorher gestanden hatten.

»Dein Zug, Vater.«

Denn ein wahrer Spieler, der bis zum Bersten mit Hass erfüllt ist, weil ihm sein Gegner kurz vor dem Sieg ganz unerwartet ins Gesicht geschlagen, ihm Schmerzen zugefügt und das Zentrum seiner Angst gefunden hat, verliert nicht die Übersicht über das Brett, sondern verbirgt seine Furcht und hält sich an seinen Plan. Er atmet, rekonstruiert, setzt das Spiel fort, um den Sieg einzufahren und den Ort des Geschehens dann ohne jede triumphierende Geste zu verlassen.

Ich saß am Ende des Tisches und sah, wie Clas Greves Mund sich bewegte. Seine Wangen strafften und entspannten sich und formten Worte, die für Ferdinand und die zwei Vertreter von Pathfinder allem Anschein nach verständlich waren, auf jeden Fall nickten alle drei zustimmend. Wie ich diesen Mund hasste. Das graurosa Zahnfleisch, die Zähne, die an Grabsteine erinnerten, ja ich hasste sogar die Form dieser abstoßenden Körperöffnung: ein gerader Strich mit zwei nach oben gerichteten Haken an jeder Seite, die ein Lächeln andeuteten. Mit dem gleichen, wie in Stein gemeißelten Lächeln hatte auch Björn Borg die Welt für sich eingenommen. Und Clas Greve verführte damit gerade seinen zukünftigen Arbeitgeber Pathfinder. Am meisten aber hasste ich seine Lippen. Diese Lippen hatten den Körper meiner Frau berührt, ihre Haut und vermutlich, ja ganz sicher auch ihre blassrosa Brustwarzen und ihr tropfnasses, weit geöffnetes Geschlecht. Ich bildete mir ein, ein blondes Schamhaar an seiner fleischigen Unterlippe zu erkennen.

Ich saß bereits eine halbe Stunde schweigend daneben, während Ferdinand mit lächerlichem Eifer immer weitere idiotische Fragen aus dem Leitfaden für Bewerbungsgespräche stellte, als wären es seine eigenen.

Zu Beginn des Gesprächs hatte Greve sich bei seinen Antworten immer mir zugewandt. Dann schien er zu verstehen, dass ich nur als unangemeldeter, passiver Beisitzer teilnahm und es an diesem Tag einzig und allein sein Job war, die drei anderen mit seinem Evangelium zu erlösen. Trotzdem warf er mir in regelmäßigen Abständen fragende Blicke zu, als wünschte er sich einen Hinweis darauf, welche Rolle ich bei diesem Spiel spielte.

Nach einer Weile stellten die beiden Vertreter von Pathfinder, der Vorstandsvorsitzende und der Pressesprecher, eigene Fragen und erkundigten sich nach seiner Zeit bei HOTE. Greve erklärte, wie er sich mit HOTE für die Entwicklung von Trace engagiert hatte, einer lack- oder geleeartigen Flüssigkeit, die rund hundert Sender pro

Kubikmillimeter enthielt und die man auf jedes x-beliebige Objekt auftragen konnte. Der Vorteil dieses farblosen Lacks bestand darin, dass er kaum zu sehen war und sich so fest mit dem Objekt verband, dass man ihn nur mit einem Spachtel wieder beseitigen konnte. Ein Nachteil war die geringe Größe der Sender und die damit verbundene Schwäche der ausgesandten Signale. Sie waren nicht in der Lage, Materie zu durchdringen, die dicker als Luft war, wenn die Sender direkt davon umgeben waren, also beispielsweise Wasser, Eis, Schmutz oder auch extrem dicke Staubschichten, wie sie sich in Wüstenkriegen auf Fahrzeuge legten.

Wände hingegen, und mochten sie noch so dick sein, waren kein Problem.

»Wir haben erlebt, dass mit Trace markierte Soldaten von unseren Empfängern verschwanden, wenn sie zu dreckig wurden«, erklärte Greve. »Uns fehlte das Know-how, mikroskopische Sender stark genug zu machen.«

»Dieses Know-how haben wir bei Pathfinder«, sagte der Vorstandsvorsitzende. Er war Mitte 50, hatte schüttere Haare und bewegte immer wieder seinen Nacken, als fürchtete er, seine Muskeln könnten sich verspannen. Vielleicht hatte er aber auch einfach nur irgendetwas verschluckt, das ihm jetzt im Hals feststeckte. Trotzdem schwante mir, dass es sich um eine Art spastische Zuckung infolge einer Muskelerkrankung handelte, die nur einen Ausgang haben konnte. »Uns fehlt aber leider die restliche Trace-Technologie.«

»Rein technologisch wären HOTE und Pathfinder das perfekte Paar«, sagte Greve.

»Genau«, erwiderte der Vorstandsvorsitzende spitz. »Mit Pathfinder als daheim sitzendem Hausmütterchen, das regelmäßig seinen nicht unerheblichen finanziellen Beitrag leistet.«

Greve amüsierte sich. »Exakt. Außerdem wäre es für Pathfinder leichter, sich HOTEs Technologie anzueignen als umgekehrt. Nein, ich denke, es gibt nur einen gangbaren Weg für Sie: Sie müssen die Reise allein unternehmen.«

Ich sah, wie sich die Firmenrepräsentanten Blicke zuwarfen.

»Wie auch immer, Ihr Lebenslauf ist beeindruckend, Herr Greve«, sagte der Vorstandsvorsitzende. »Aber Pathfinder legt großen Wert darauf, dass das Management von Bestand ist. Wir wollen jemand, der bleibt, einen ... wie nennt man das in Ihrer Branche?«

»Einen Stayer«, beeilte sich Ferdinand zu sagen.

»Einen Stayer, ja. Ein gutes Bild. Jemand, der pflegt, was schon da ist, und Stein für Stein weiter aufbaut. Jemand mit Geduld und Ausdauer. Ihr Lebenslauf ist ... spektakulär und dramatisch, zeigt aber nicht wirklich, ob Sie die Ausdauer und Hartnäckigkeit haben, die wir uns von unserem neuen Geschäftsführer erwarten.«

Clas Greve hatte dem Vorstandsvorsitzenden mit ernster Miene zugehört und nickte, als dieser zum Ende gekommen war.

»Erst einmal möchte ich Ihnen sagen, dass ich Ihre Einschätzung teile. Pathfinder braucht jemanden mit diesen Eigenschaften. Andererseits ist es mir wichtig, Ihnen deutlich zu machen, dass ich kein Interesse an dieser Herausforderung gezeigt hätte, wenn ich nicht der Meinung wäre, der richtige Mann zu sein.«

»Und, sind Sie das?«, fragte der andere Pathfinder-Repräsentant vorsichtig, ein sensibler Typ, in dem ich schon vor Beginn der Vorstellungsrunde den Pressesprecher erkannt hatte. Ich hatte schon einige von dieser Sorte eingestellt.

Clas Greve lächelte. Ein herzliches Lächeln, das sein hartes Gesicht nicht nur weicher wirken ließ, sondern total veränderte. Ich hatte diesen Trick jetzt schon ein paar Mal bei ihm erlebt, er wollte damit zeigen, dass er noch immer ein Lausbub sein konnte. Dieses Lächeln hatte die gleiche Wirkung wie der physische Kontakt, den Inbaud, Reid und Buckley empfahlen, der Vertrauensbeweis, durch den ausgedrückt werden sollte, dass man sich dem Gegenüber jetzt ganz öffnete.

»Lassen Sie mich Ihnen eine Geschichte erzählen«, sagte Greve lächelnd. »Sie handelt von etwas, das man häufig nicht unumwunden zugibt, wie ich finde. Ich möchte Ihnen eingestehen, dass ich ein schlechter Verlierer bin. So einer, der schon sauer wird, wenn er beim Münzenwerfen verliert.«

Amüsiertes Gemurmel im Raum.

»Aber die Geschichte, die Sie jetzt hören werden, sagt hoffentlich auch etwas über meine Geduld und meine Ausdauer aus«, fuhr er fort. »Im BBE war ich einmal in Suriname auf der Jagd nach einem leider ziemlich unbedeutenden Drogendealer ...«

Ich sah, wie sich die beiden Männer unbewusst ein bisschen nach vorn beugten. Ferdinand goss Kaffee nach und sah mich mit siegessicherem Lächeln an.

Clas Greves Mund bewegte sich. Schlich sich langsam an. Kroch in Gefilde vor, in denen er nichts zu suchen hatte. Hatte sie geschrien? Natürlich hatte sie geschrien. Diana konnte nicht anders. Sie war eine zu leichte Beute ihrer eigenen Begierde. Als wir das erste Mal miteinander schliefen, musste ich an die Bernini-Skulptur der heiligen Theresa in der Kirche Santa Maria della Vittoria denken, eine Darstellung voller Ekstase. Zum einen wegen Dianas halb geöffnetem Mund, dem leidenden, beinahe schmerzverzerrten Gesicht, der geschwollenen Ader und der Falte auf der Stirn. Zum anderen aber auch, weil sie schrie und ich mir immer vorgestellt habe, dass auch Berninis Karmeliterheldin geschrien hat, als der Engel den Pfeil aus ihrer Brust zog, um ihn gleich noch einmal in sie zu stoßen. Ich war überzeugt, dass er es so gemacht hatte: rein, raus und wieder rein, ein Bild göttlicher Penetration, vögeln auf erhabenste Art, aber eben doch vögeln. Trotzdem, nicht einmal eine Heilige schrie so wie Diana. Ihr Schrei war schmerzerfüllte Wollust, eine Pfeilspitze gegen das Trommelfell, die einem Schauer durch den ganzen Körper jagte. Es war ein klagender, andauernder Schrei, ein Ton, der sich hob und senkte wie ein Modellflieger. So durchdringend, dass ich nach unserer ersten Liebesnacht mit einem Pfeifen in den Ohren aufwachte und nach drei Wochen Beziehung schon erste Anzeichen von Tinnitus zu spüren glaubte: ein ständiges Rauschen, wie von einem Wasserfall oder mindestens einem Bach, sporadisch begleitet von einem Pfeifton.

Irgendwann hatte ich einmal unbedacht meine Besorgnis über mein Gehör zum Ausdruck gebracht, natürlich im Spaß, aber Diana hatte das ganz und gar nicht witzig gefunden. Sie war wütend und gekränkt und hätte beinahe zu weinen begonnen. Als wir das nächste Mal miteinander schliefen, spürte ich ihre weichen Hände auf meinen Ohren und hielt das erst für eine seltsame Liebkosung. Doch als ich fühlte, wie sie sich wie zwei Kopfhörer auf meine Ohren pressten, erkannte ich, welch großen Liebesdienst sie mir erwies. Der Effekt war rein akustisch ziemlich begrenzt – ihr Schrei bohrte sich noch immer in mein Hirn –, emotional aber von ungeheurer Tragweite. Ich bin niemand, der leicht zu Tränen gerührt ist, aber als ich kam, schluchzte ich wie ein Kind. Vermutlich weil ich wusste, dass niemand mich jemals so lieben würde wie diese Frau.

Wenn ich jetzt dasaß und Clas Greve anstarrte, wohl wissend, dass sie auch in seiner Umarmung geschrien hatte, ging mir nur eine einzige Frage durch den Kopf, eine Frage, die ich mit aller Macht zu verdrängen suchte, die sich aber zwangsweise stellte: Hatte sie auch ihm die Ohren zugehalten?

»Die Spur führte die meiste Zeit durch dichten Dschungel und Sümpfe«, sagte Clas Greve. »Achtstündige Tagesmärsche. Trotzdem hingen wir immer etwas hinterher, kamen immer zu spät. Die anderen gaben einer nach dem anderen auf. Fieber, Ruhr, Schlangenbisse oder bloße Erschöpfung. Wie gesagt, der Typ, den wir verfolgten, war ja auch ziemlich unbedeutend. Und der Dschungel frisst einem den Verstand weg. Ich war der Jüngste, aber trotzdem wurde zu guter Letzt mir das Kommando übertragen. Mir und der Machete.«

Diana und Greve. Als ich von Clas Greves Wohnung zurückkam und den Volvo in der Garage abstellte, hatte ich einen Moment mit dem Gedanken gespielt, alle Fenster zu öffnen, den Motor laufen zu lassen und das Kohlendioxid oder -monoxid, oder was auch immer sich dann bildet, einzuatmen. Es soll ein angenehmer Tod sein.

»Nachdem wir seiner Spur dreiundsechzig Tage über dreihundertzwanzig Kilometer durch das schlimmste Terrain gefolgt waren, das Sie sich vorstellen können, hatte sich meine Mannschaft auf mich und einen Jüngling aus Groningen reduziert, der einfach zu dumm war, um verrückt zu werden. Ich nahm Kontakt zu unserem Hauptquartier auf und ließ einen Nietherterrier einfliegen. Kennen Sie diese Rasse? Nicht? Das sind die besten Spürhunde der Welt. Und grenzenlos loyal, der greift alles und jeden an, auf den Sie zeigen, ungeachtet der Größe. Ein Freund fürs Leben. Im wahrsten Sinne des Wortes. Der Helikopter warf den Hund, einen gerade erst einjährigen Welpen, inmitten des riesigen Sipaliwini-Dschungels ab, in dem auch das Kokain abgeworfen wird – wie sich herausstellte, zehn Kilometer von unserem Versteck entfernt. Ich glaube nicht daran, dass er uns finden könnte, ja ich war mir sogar sicher, dass er die nächsten vierundzwanzig Stunden nicht überleben würde, aber der Hund war in weniger als zwei Stunden bei uns.«

Greve lehnte sich auf seinem Stuhl zurück. Er hatte jetzt alles unter Kontrolle.

»Ich gab ihm den Namen Sidewinder. Wie die wärmesuchende Lenkwaffe, Sie wissen schon! Ich liebte diesen Hund. Deshalb habe ich auch heute noch einen Nietherterrier, ich habe ihn gestern aus Holland abgeholt. Es ist ein Enkel von Sidewinder.«

Diana hatte im Wohnzimmer gesessen und ferngesehen, als ich abends nach dem Einbruch bei Greve nach Hause kam. Brede Sperre stand vor einem Haufen Mikrofone und gab eine Pressekonferenz. Er redete über einen Mord. Einen aufgeklärten Mord. So, wie er es darstellte, hatte er den Fall ganz allein gelöst. Sperres Stimme klang rau und maskulin, wie das sphärische Rauschen eines Radios, kombiniert mit kurzzeitigen Aussetzern, wie bei einer Schreibmaschine mit einem abgenutzten Buchstaben, der auf dem Papier nur schwach zu lesen ist. »Der Tä-er wird mor-en dem Haf-richter vorgefüh-t werden. Weitere Fragen?« Von seinem Dialekt war jetzt nichts mehr zu hören, dabei hatte er laut Google acht Jahre für Ammerud Basketball gespielt. Die Polizeischule hatte er als einer der Jahrgangsbesten verlassen. In einem Interview mit einer Frauenzeitschrift hatte er aus beruflichen Gründen die Frage nach seiner Partnerin offengelassen. Mit der Begründung, eine eventuelle Lebensgefährtin könne ungewünscht ins Rampenlicht der Medien oder der Kriminellen geraten, die er jage. Aber keines der Pin-up-Bilder im gleichen Magazin – leicht aufgeknöpftes Hemd, halb geschlossene Augen, angedeutetes Lächeln – deutete darauf hin, dass er eine Lebensgefährtin hatte.

Ich hatte mich hinter Dianas Sessel gestellt.

»Er ist jetzt ins Kriminalamt gewechselt«, sagte sie. »Mord und so.«

Das wusste ich natürlich, ich googelte Brede Sperre jede Woche, um auf dem Laufenden zu sein. Ich musste schließlich wissen, ob er sich öffentlich über die Jagd auf die Kunsträuberliga äußerte. Außerdem erkundigte ich mich nach Brede Sperre, wann immer sich die Gelegenheit bot. Oslo ist nicht groß. Ich wusste Bescheid.

»Wie schade für dich«, sagte ich leichthin. »Dann besucht er dich ja nicht mehr in der Galerie.«

Sie hatte lachend zu mir aufgesehen, und ich hatte zu ihr heruntergeblickt und gelächelt, sodass wir uns gegenseitig über Kopf betrachteten. Einen Augenblick lang dachte ich, dass das mit Greve nie geschehen war, dass ich mir das alles nur in den schrecklichsten Farben ausgemalt hatte. Jeder von uns stellt sich doch mal die schlimmstmöglichen Dinge vor, nicht zuletzt um auszuprobieren, wie es sich anfühlt und ob man damit leben könnte.

Um sicher zu sein, dass es nur ein böser Traum gewesen war, schlug ich ihr vor, doch im Dezember nach Tokyo zu fliegen, wie sie sich gewünscht hatte. Ich behauptete, meine Meinung geändert zu haben, sie sah mich aber nur überrascht an und sagte, sie könne die Galerie so kurz vor Weihnachten doch nicht schließen, das sei doch die eigentliche Hochsaison. Außerdem fahre niemand im Dezember nach Tokyo. Da sei es eiskalt. Ich schlug vor, stattdessen im Frühling zu fliegen, aber sie wollte nicht so weit im Voraus planen und lieber abwarten, wozu wir dann Lust hatten. Natürlich willigte ich ein, sagte zu allem Ja und ging ins Bett. Ich gab vor, sehr müde zu sein.

Unten im Kinderzimmer kniete ich vor der Mizuko-Jizo-Figur nieder. Der Altar war noch immer unberührt. So weit im Voraus. Abwarten. Dann nahm ich das kleine, rote Kästchen aus der Tasche, fuhr mit den Fingerkuppen über die glatte Oberfläche und stellte es neben den kleinen steinernen Buddha, der auf unser Wasserkind aufpasste.

»Zwei Tage später fanden wir den Drogenhändler in einem kleinen Dorf. Er wurde von einer blutjungen Ausländerin versteckt, die sich später als seine Geliebte herausstellte. Das ist ganz normal, die lachen sich oft solche unschuldig aussehenden Mädchen an, um sie später als Drogenkuriere zu benutzen. Bis die jungen Frauen vom Zoll geschnappt werden und lebenslänglich hinter Gittern landen. Seit dem Beginn unserer Jagd waren fünfundsechzig Tage vergangen.« Clas Greve holte tief Luft. »Meinetwegen hätte sie ruhig noch fünfundsechzig Tage weitergehen können.«

Schließlich meldete sich der Informationschef zu Wort: »Und Sie haben ihn festgenommen?«

»Nicht nur ihn. Seine Geliebte und er gaben uns genug Hinweise, um auch noch dreiundzwanzig seiner Komplizen zu verhaften.«

»Wie ...«, begann der Vorstandsvorsitzende. »Wie verhaftet man so einen ... Desperado?«

»In diesem Fall war das ganz undramatisch«, sagte Clas Greve und verschränkte die Hände hinter dem Kopf. »Die Emanzipation hat auch Suriname erreicht. Als wir das Haus stürmten, hatte er seine Waffen abgelegt und half seiner Freundin mit dem Fleischwolf.«

Der Vorstandsvorsitzende brach in herzliches Gelächter aus und blickte zu seinem Pressechef, der gehorsam, wenn auch etwas vorsichtiger, in sein Lachen einstimmte. Der Chor wurde dreistimmig, als sich Ferdinands hohe Stimme über die beiden anderen legte. Ich studierte die vier glänzenden Gesichter und wünschte mir nichts mehr, als jetzt und hier eine Handgranate zu zünden.

Nachdem Ferdinand das Gespräch beendet hatte, begleitete ich Clas Greve nach draußen, während die anderen vor der abschließenden Besprechung eine Pause machten.
Ich ging mit Greve zum Fahrstuhl und drückte den Knopf.
»Überzeugend«, sagte ich, faltete die Hände vor meiner Anzughose und sah zum Fahrstuhldisplay hoch. »Du machst die Leute glücklich mit deinen Verführungskünsten.«
»Verführung? Na ja. Ich nehme mal an, du fasst es nicht als unredlich auf, wenn man sich selbst bestmöglich verkauft, oder, Roger?«
»Überhaupt nicht. Ich hätte es an deiner Stelle genauso gemacht.«
»Danke. Wann machst du deinen Bericht fertig?«
»Heute Abend.«
»Gut.«
Die Fahrstuhltüren öffneten sich, wir gingen hinein und warteten.
»Ich frage mich nur eines ...«, begann ich. »Dieser Typ, den ihr da verfolgt habt ...«
»Ja?«
»Das war nicht zufällig der Gleiche, der dich damals in diesem Keller gefoltert hat?«
Greve lächelte. »Wie bist du darauf gekommen?«
»Einfach geraten.« Die Fahrstuhltüren schlossen sich. »Und es hat dir wirklich gereicht, ihn festzunehmen?«
Greve zog die Augenbrauen hoch. »Fällt es dir schwer, das zu glauben?«
Ich zuckte mit den Schultern. Der Fahrstuhl setzte sich in Bewegung.
»Eigentlich wollte ich ihn umbringen«, sagte Greve. »Hattest du so viel zu rächen?«
»Ja.«
»Und was für eine Strafe steht im niederländischen Militär auf Mord?«
»Man muss nur dafür sorgen, dass man nicht entdeckt wird. Curare. Beziehungsweise das handelsübliche Suxamethonium.«
»Gift? Wie in den Giftpfeilen?«
»Das nutzen die Headhunter in unserem Teil der Welt.«
Ich nahm an, dass die Zweideutigkeit dieser Aussage beabsichtigt war.
»Eine Suxamethoniumlösung in einem traubengroßen Gummi-

ball mit einer winzigen, kaum sichtbaren Nadel. Man versteckt das Ganze in der Matratze des Zielobjekts. Legt sich die Person hin, drückt sich die Nadel durch die Haut, während der Gummiball vom Gewicht zusammengedrückt wird, sodass das Gift in den Körper injiziert wird.«

»Aber er war zu Hause«, sagte ich. »Und es gab eine Zeugin, seine Freundin.«

»Genau.«

»Wie hast du ihn dazu gebracht, seine Komplizen zu verraten?«

»Ich habe einen Deal mit ihm gemacht. Mein Kollege hat ihn festgehalten, während ich seine Hand in den Fleischwolf steckte und ihm zu verstehen gab, dass wir sie kleinmüllern und er dann zusehen darf, wie unser Hund das Hackfleisch frisst. Er hat geredet wie ein Kind.«

Ich nickte und sah die Szene vor meinem inneren Auge. Die Fahrstuhltüren öffneten sich, und wir gingen zum Ausgang. Ich hielt ihm die Tür auf. »Und was ist passiert, nachdem er geredet hatte?«

»Was soll dann passiert sein?« Greve blinzelte in den Himmel.

»Hast du deinen Teil des Deals eingehalten?«

»Ich …«, sagte Greve, fischte eine Maui-Jim-Titanium-Sonnenbrille aus der Brusttasche und setzte sie auf. »… halte meinen Teil des Deals immer ein.«

»Eine einfache Festnahme also, sonst nichts? Das war alles – nach zwei Monaten Jagd und dem ständigen Risiko, selbst dabei zu sterben?«

Greve lachte leise. »Das verstehst du nicht, Roger. Eine Jagd aufzugeben, ist für jemanden wie mich ganz einfach keine Option. Ich bin wie mein Hund: ein Resultat aus Dressur und der Kombination gewisser Gene. Risiko existiert nicht. Einmal abgefeuert bin ich wie eine wärmesuchende Lenkwaffe, die sich von nichts mehr stoppen lässt, sondern sich von ganzem Herzen die eigene Explosion wünscht. Denk mal darüber nach, du hast im Studium doch auch Psychologie gehabt.« Er legte mir die Hand auf den Arm, deutete ein Lächeln an und flüsterte: »Aber behalt die Diagnose für dich!«

Ich blieb stehen und hielt die Tür auf. »Und das Mädchen? Wie hast du das zum Sprechen gebracht?«

»Sie war vierzehn.«

»Ja und?«

»Was glaubst du?«
»Ich weiß es nicht.«
Greve seufzte tief. »Ich verstehe nicht, wie du so einen Eindruck von mir bekommen konntest, Roger. Ich verhöre keine minderjährigen Mädchen. Ich habe sie persönlich nach Paramaribo gefahren, ihr von meinem Sold ein Flugticket gekauft und sie eigenhändig ins erste Flugzeug nach Hause gesetzt, bevor die surinamischen Behörden sie in die Finger bekamen.«

Ich sah ihm nach, während er mit langen Schritten auf einen silbergrauen Lexus GS 430 zuging.

Der Herbsttag war strahlend schön. An meinem Hochzeitstag hatte es geregnet.

Kapitel 10

Herzfehler

Ich drückte zum dritten Mal auf die Klingel von Lotte Madsen. Ihr Name stand zwar nicht auf dem Schild, ich hatte aber oft genug auf diesen Knopf neben der Tür in der Eilert Sundts gate gedrückt, um zu wissen, dass sie hier wohnte.

Die Dunkelheit und die Kälte waren ganz schnell gekommen. Ich fror. Sie hatte lange gezögert, als ich sie nach dem Lunch von der Arbeit aus angerufen und gebeten hatte, sie an diesem Abend um acht besuchen zu dürfen. Als sie mir endlich ziemlich einsilbig die Audienz gewährte, verstand ich, dass sie in diesem Moment vermutlich ein Versprechen brach, das sie sich selbst gegeben hatte: nichts mehr mit dem Mann zu tun haben zu wollen, der sie so entschlossen verlassen hatte.

Der Türöffner summte, und ich riss die Tür auf, als fürchtete ich, nie wieder eine zweite Chance zu bekommen. Ich nahm die Treppe, weil ich nicht das Risiko eingehen wollte, im Fahrstuhl neben irgendeinem neugierigen Nachbarn zu stehen, der sich die Zeit nahm, mich anzustarren und dumme Schlussfolgerungen zu ziehen.

Lotte hatte die Tür einen Spaltbreit geöffnet, dahinter erkannte ich ihr blasses Gesicht.

Ich trat ein.

»Da bin ich wieder.«

Sie antwortete nicht. Wie üblich.

»Wie ist es dir ergangen?«, fragte ich.

Lotte Madsen zuckte mit den Schultern. Sie sah genauso aus wie bei unserer ersten Begegnung: ein verängstigter Welpe; klein und verwahrlost, mit ängstlichen, braunen Hundeaugen. Ihre fettigen Haare hingen strähnig herab, sie stand leicht gebeugt, und die unförmigen, farblosen Kleider erweckten den Eindruck, als wollte sie ihren Körper eher verbergen als betonen. Wofür es keinerlei Grund gab, denn Lotte war schlank, wohlproportioniert und hatte glatte, perfekte Haut. So, wie sie dastand, strahlte sie eine Unterwürfigkeit aus, die ich bei Frauen vermuten würde, die von ihren Männern geschlagen werden wollen, die immer verlassen werden und nie bekommen, was sie verdienen. Vielleicht war es aber gerade diese Ausstrahlung, die in mir geweckt hatte, was ich bis dahin nicht zu besitzen geglaubt hatte: einen Beschützerinstinkt. Sah man einmal von den geringfügigen platonischen Gefühlen ab, die der Ausgangspunkt unserer kurzen Beziehung waren. Oder unserer Affäre. Affäre. Beziehung ist Präsens. Affäre Vergangenheit.

Das erste Mal habe ich Lotte Madsen auf einer von Dianas Sommervernissagen gesehen. Lotte stand am anderen Ende des Raumes, hatte ihren Blick auf mich gerichtet und etwas zu spät reagiert. Es schmeichelt einem immer, wenn man Frauen bei so etwas ertappt, aber als nichts darauf hindeutete, dass ihr Blick wieder zu mir zurückkommen würde, schlenderte ich zu dem Bild, das sie studierte, und stellte mich selbst vor. Mehr aus Neugier natürlich, da ich Diana – in Anbetracht meiner Natur – immer erstaunlich treu gewesen war. Böse Zungen behaupteten, meine Treue basiere mehr auf einer Risikoanalyse als auf wahrer Liebe. Weil ich nämlich wisse, dass Diana mit ihrer Attraktivität in einer höheren Liga spielte und ich solche Risiken nicht eingehen durfte, es sei denn, ich wollte wieder in meine Liga absteigen.

Mag sein. Aber Lotte Madsen war in meiner Liga.

Ich ordnete sie an diesem Abend gleich der Kunstszene zu: eine schräge Künstlerin oder die Geliebte irgendeines Malers. Nur so war es zu erklären, dass sie es mit ihrer ausgeleierten braunen Cordjeans und dem langweiligen, engen, grauen Pullover in die Galerie geschafft hatte. Es zeigte sich dann aber, dass sie eine Käuferin war. Nicht auf eigene Rechnung, sondern im Auftrag einer dänischen Firma, die ihren neuen Firmensitz in Odense einrichten musste. Sie war freie Übersetzerin für Spanisch und Norwegisch: Broschüren, Artikel, Gebrauchsanweisungen, Filme und hin und wieder ein Fachbuch. Die Firma gehörte zu ihren Stammkunden. Sie sprach leise und lächelte schüchtern, als verstünde sie nicht, warum jemand mit ihr seine Zeit vergeudete. Ich war sofort von Lotte Madsen eingenommen. Ja, ich glaube, »eingenommen« ist das richtige Wort. Sie war süß. Und klein. 1,59 Meter, ich brauchte nicht zu fragen, bei der Körpergröße habe ich ein gutes Augenmaß. Als ich an diesem Abend die Galerie verließ, hatte ich ihre Mail-Adresse, damit ich ihr die Fotos der anderen Bilder des ausstellenden Künstlers zusenden konnte. Zu diesem Zeitpunkt glaubte ich vermutlich selbst noch daran, redliche Absichten zu haben.

Unsere zweite Begegnung fand im Sushi & Coffee statt, wo wir einen Kaffee tranken. Ich hatte ihr erklärt, dass ich ihr die Bilder lieber als Ausdrucke zeigen wollte, da die Bildschirmdarstellungen – genau wie ich – manchmal trogen.

Nachdem ich die Bilder im Schnelldurchlauf vorgestellt hatte, erzählte ich ihr, wie unglücklich ich in meiner Ehe war, dass ich aber nicht gehen wollte, weil ich mich der grenzenlosen Liebe meiner Frau verpflichtet fühlte. Das ist das älteste Klischee bei dem Spiel Verheirateter-Mann-macht-unverheiratete-Frau-an und umgekehrt, aber ich spürte, dass sie diese Sätze noch nie gehört hatte. Ebenso wenig wie ich, aber ich hatte wenigstens andere darüber reden hören und glaubte an die Wirkung.

Als sie dann etwas später auf die Uhr blickte und sagte, sie müsse gehen, fragte ich sie, ob ich abends mal bei ihr vorbeischauen dürfe, um ihr noch einen anderen Künstler vorzustellen, der für ihren Kunden in Odense eine deutlich bessere Investition sei. Sie willigte zögernd ein.

Ein paar Tage später holte ich ein paar schlechte Bilder aus der Galerie und eine gute Flasche Rotwein aus dem Keller und ging zu ihr. Die Niederlage war ihr bereits anzusehen, als sie mir an jenem warmen Sommerabend die Tür öffnete.

Ich erzählte ihr amüsante Losergeschichten, die mich vordergründig in ein unglückliches Licht setzten, eigentlich aber zeigten, dass ich Selbstvertrauen und Erfolg genug hatte, um mir diese Selbstironie leisten zu können. Sie erzählte mir, sie sei ein Einzelkind und mit ihren Eltern durch die ganze Welt gezogen, da ihr Vater Chefingenieur einer internationalen Gesellschaft war, die Wasserwerke baute. Sie habe eigentlich keine richtige Heimat, Norwegen sei ebenso gut wie jedes andere Land. Dafür, dass sie so viele Sprachen beherrsche, redete sie wenig. Übersetzerin, dachte ich. Sie mochte die Geschichten der anderen lieber als ihre eigenen.

Sie fragte mich nach meiner Frau. Sagte »deine Frau«, obwohl Dianas Name ihr bekannt sein musste, schließlich war sie ja auf die Vernissage eingeladen worden. So gesehen machte sie mir die Sache leichter. Und sich selbst auch.

Ich sagte ihr, unsere Ehe habe einen Knacks bekommen, als »meine Frau« schwanger wurde, ich das Kind aber nicht haben wollte und sie schließlich zu einer Abtreibung überredet hatte.

»Hast du das wirklich getan?«, fragte Lotte.

»Vermutlich.«

Ich bemerkte, dass ihr Gesichtsausdruck sich veränderte, und sprach sie darauf an.

»Meine Eltern haben mich auch einmal zu einer Abtreibung überredet. Ich war damals noch ein Teenager, und das Kind hätte keinen Vater gehabt. Aber ich hasse sie noch heute dafür. Und mich selbst auch.«

Ich schluckte und versuchte zu erklären. »Unser Fötus hatte das Down-Syndrom. 85 Prozent aller Eltern, die das entdecken, entscheiden sich für eine Abtreibung.«

Ich bereute den Satz, kaum dass ich ihn ausgesprochen hatte. Was sollte das denn? Sollte Lotte nach dieser Erklärung besser verstehen, warum ich mit meiner eigenen Frau kein Kind haben wollte?

»Deine Frau hätte das Kind mit hoher Wahrscheinlichkeit sowieso verloren«, sagte sie. »Das Down-Syndrom ist häufig mit einem Herzfehler gekoppelt.«

Herzfehler, dachte ich und dankte ihr im Stillen für die Unterstützung, denn wieder hatte sie es mir leichtgemacht. Uns. Eine Stunde später waren wir nackt, und ich feierte einen Sieg, der anderen vielleicht gar zu billig vorgekommen wäre, mich aber ein paar Tage wie auf Wolken schweben ließ. Für ein paar Wochen. Genauer gesagt dreieinhalb. Ich hatte tatsächlich eine Geliebte, die ich nach 24 Tagen wieder verließ.

Als ich sie jetzt betrachtete, kam mir das alles vollkommen unwirklich vor.

Hamsun hat geschrieben, dass wir Menschen die Liebe sattkriegen können. Dass wir nicht haben wollen, was wir in zu großen Portionen serviert bekommen. Sind wir wirklich so banal? Anscheinend. Aber nicht das hatte mich gebremst. Ich hatte mit einem Mal ein schlechtes Gewissen. Nicht, weil ich Lottes Liebe nicht erwidern konnte, sondern weil ich Diana wirklich liebte. Es war eine unausweichliche Erkenntnis, die mir aber erst durch eine etwas bizarre Episode bewusst geworden ist. Es war Spätsommer, der vierundzwanzigste Tag in Sünde, und wir lagen in Lottes kleiner 2-Zimmer-Wohnung in der Eilert Sundts gate im Bett. Wir hatten den ganzen Abend geredet – oder besser gesagt: Ich hatte geredet. Hatte versucht, ihr zu erklären, was das Leben für mich bedeutete. Ich verstehe mich wirklich auf so etwas, ich fasziniere in Paulo-Coelho-Manier die intellektuell eher Anspruchslosen, während ich alle mit größeren Erwartungen verärgere. Lottes melancholische, braune Augen hingen an meinen Lippen und schluckten jedes Wort. Ich konnte förmlich sehen, wie sie in meine Welt aus selbst gezimmerten Gedankengängen eintrat, ihr Hirn meine Schlussfolgerungen annahm und sie sich in meinen Geist verliebte. Ich selbst hatte mich längst in ihre Verliebtheit verliebt, in ihre treuen Augen, ihre stille Art und in ihr leises, kaum hörbares Liebesjammern, das sich so stark von Dianas Kreissägengeheul unterschied. Ich war so verliebt, dass ich mich dreieinhalb Wochen in einem Zustand konstanter Geilheit befand. Als ich mit meinem Monolog endlich zu Ende gekommen war, sahen wir uns bloß an, ich beugte mich vor, legte ihr meine Hand auf die Brust und spürte ihr oder mein Zittern, und im nächsten Moment stürmten wir auch schon durch die Schlafzimmertür zu dem 101 Zentimeter breiten Ikea-Bett mit dem einladenden Namen Brekke. An jenem Abend war ihr Jammern ein klein wenig lauter als sonst. Sie flüsterte mir auf Dänisch etwas ins Ohr, das ich aber nicht verstand, da Dänisch, ganz objektiv betrachtet, eine schwere Sprache ist – dänische Kinder erlernen das Sprechen später als alle anderen Kinder Europas. Ihre unverständlichen Worte erregten mich aber nur noch mehr, sodass ich den Takt beschleunigte. Gewöhnlich reagierte Lotte sehr empfindsam auf diese Beschleunigungen, aber an diesem Abend grub sie ihre Finger in meine Pobacken und drückte mich an sie, was ich als Aufforderung auffasste, noch schneller zu werden. Ich gehorchte und konzentrierte meine Gedanken auf die Beerdigung meines Vaters, auf seinen Leichnam in dem geöffneten Sarg, eine Methode, mit der ich effektiv verhindern konnte, zu früh zu kommen. Oder in diesem Fall, überhaupt zu kommen. Obwohl Lotte mir versichert hatte, die Pille zu nehmen, bekam ich schon bei dem Gedanken an eine Schwangerschaft einen Herzschlag. Ich wusste nicht, ob sie für gewöhnlich einen Orgasmus hatte, wenn wir miteinander schliefen. Ihre leise, beherrschte Art ließ mich vermuten, dass bei ihr auch ein Orgasmus kaum mehr bewirken würde als ein sanfter Wind auf einer Wasseroberfläche – eine leichte Kräuselung, die man schnell übersah. Außerdem war sie ein viel zu sensibles und delikates Wesen, als dass ich sie dem Stress solcher Fragen ausgesetzt hätte. Deshalb war ich vollkommen unvorbereitet auf das, was dann geschah. Ich fühlte, dass ich aufhören musste, genehmigte mir aber noch einen letzten harten Stoß. Und spürte, dass ich in ihr irgendetwas anstieß. Ihr Körper erstarrte, und sie riss Augen und Mund auf. Dann folgte ein Zittern, und einen Augenblick lang fürchtete ich schon, einen epileptischen Anfall ausgelöst zu haben. Doch dann nahm ich etwas Warmes wahr, noch wärmer als ihre Scheide, das mein Glied umschloss und im nächsten Augenblick wie eine Flutwelle auf meinen Bauch, meine Hüften und meine Hoden schwappte.

Ich stützte mich auf die Arme und starrte ungläubig und entsetzt auf den Punkt, an dem unsere Körper sich vereinten. Ihr Geschlecht zog sich zusammen, als wollte sie mich ausstoßen, sie stöhnte tief, eine Art knurrendes Schnarren, das ich noch nie gehört hatte, ehe sich ein zweiter Schwall aus ihr ergoss. Das Wasser schoss aus ihr heraus, spritzte zwischen unsere Hüftknochen und lief auf die Matratze, die die erste Welle noch nicht einmal aufgesaugt hatte. Mein Gott, dachte ich. Ich habe ein Loch in sie gestoßen. Mein Hirn suchte panisch nach möglichen Erklärungen. Sie ist schwanger, dachte ich, und ich habe die Fruchtblase perforiert, sodass die ganze Suppe jetzt aufs Bett läuft. Mein Gott, wir schwimmen im Leben wie im Tod, es ist ein Wasserkind, schon wieder ein Wasserkind! Ich hatte zwar schon mal etwas über feuchte Orgasmen bei Frauen gelesen und so etwas vielleicht auch schon mal in einem Pornofilm gesehen, es aber nicht ernst genommen, sondern als Unsinn abgetan, als ein Produkt männlicher Fantasie, ausgelöst durch den Wunsch nach einem gleichwertigen ejakulierenden Partner. In diesem Moment dachte ich wirklich nur, dass das die Rache war, die Strafe der Götter, weil ich Diana zur Abtreibung überredet hatte: Nun sollte ich also noch einem Kind mit meinem ungehörigen Schwanz das Leben nehmen.

Ich sprang aus dem Bett und riss die Decke herunter. Lotte war zusammengezuckt, ich aber sah ihren nackten, zusammengekauerten Körper nicht, sondern starrte nur blass auf den dunklen Kreis, der sich noch immer auf dem Laken ausbreitete. Langsam wurde mir bewusst, was geschehen war. Oder wichtiger, was nicht geschehen war. Aber das Geschirr war zerbrochen, es war zu spät, und es gab keinen Weg mehr zurück.

»Ich muss gehen«, sagte ich. »Das kann so nicht weitergehen.«

»Was willst du?«, flüsterte Lotte kaum hörbar. Sie lag jetzt in Embryonalstellung auf dem Bett.

»Es tut mir schrecklich leid«, antwortete ich. »Aber ich muss nach Hause und Diana um Verzeihung bitten.«

»Die wirst du aber nicht bekommen«, hauchte Lotte.

Ich vernahm keinen Laut aus dem Schlafzimmer, als ich im Bad ihren Geruch von meinem Körper wusch und dann leise die Wohnung verließ.

Jetzt – drei Monate später – stand ich wieder auf ihrem Flur. Und dieses Mal hatte nicht Lotte den Dackelblick aufgesetzt, sondern ich.

»Kannst du mir verzeihen?«, fragte ich.

»Konnte sie es nicht?«, fragte Lotte ohne jede Betonung. Vielleicht lag das aber auch nur an ihrem dänischen Akzent.

»Ich habe ihr nie erzählt, was passiert ist.«

»Warum nicht?«

»Ich weiß es nicht«, sagte ich. »Die Wahrscheinlichkeit, dass ich einen Herzfehler habe, ist ziemlich groß.«

Sie sah mich lange an. Und tief in ihren melancholischen, braunen Augen ahnte ich ein Lächeln.

»Warum bist du gekommen?«

»Weil ich dich nicht vergessen kann.«

»Warum bist du gekommen?«, wiederholte sie mit einer Entschlossenheit, wie ich sie bei ihr noch nie erlebt hatte.

»Ich dachte bloß, wir könnten …«, begann ich, wurde aber unterbrochen:

»Warum, Roger?«

Ich seufzte. »Ich schulde ihr nichts mehr. Sie hat einen Geliebten.«

Eine lange Stille folgte.

Sie schob die Unterlippe ein winziges bisschen vor: »Hat sie dir das Herz gebrochen?«

Ich nickte.

»Und jetzt willst du, dass ich es dir wieder zusammensetze?«

Niemals zuvor hatte ich diese wortkarge Frau so leicht und unangestrengt reden hören.

»Das schaffst du sowieso nicht, Lotte.«

»Nein, wohl kaum. Weißt du, wer ihr Lover ist?«

»So ein Typ, der sich bei uns um eine Anstellung beworben hat, die er aber nicht bekommen wird. Können wir über etwas anderes reden?«

»Nur reden?«

»Das entscheidest du.«

»Okay. Nur reden. Aber das machst du.«

»In Ordnung. Ich habe eine Flasche Wein mitgebracht.« Sie schüttelte ganz leicht den Kopf. Dann drehte sie sich um, und ich folgte ihr.

Ich redete uns durch die ganze Weinflasche und schlief auf dem Sofa ein. Als ich wieder wach wurde, lag ich mit dem Kopf auf ihrem Schoß. Sie fuhr mir mit den Fingern durch die Haare.

»Weißt du, was mir an dir als Erstes aufgefallen ist?«, fragte sie, als sie bemerkte, dass ich wieder wach war.

»Meine Haare«, antwortete ich.

»Habe ich dir das schon mal gesagt?«

»Nein«, sagte ich und sah auf die Uhr. Halb zehn. Es war an der Zeit, nach Hause zu fahren. Na ja, in die Ruinen eines Zuhauses. Mir graute davor.

»Darf ich wiederkommen?«, fragte ich.

Ich spürte ihr Zögern.

»Ich brauche dich«, sagte ich.

Ich wusste, dass dieses Argument nicht wirklich Tiefe hatte, ich hatte es mir von einer Frau geliehen, die QPR anderen Clubs vorzog, weil ihr diese Mannschaft das Gefühl gab, gebraucht zu werden. Aber ich hatte kein anderes Argument.

»Ich weiß nicht«, sagte sie. »Ich muss darüber nachdenken.«

Diana saß im Wohnzimmer und las, als ich nach Hause kam. Van Morrison sang »… someone like you make it all worth while«, sodass sie mich nicht hörte, bis ich direkt vor ihr stand und laut den Titel ihres Buches vorlas: »*Ein Kind entsteht?*«

Sie zuckte zusammen, doch als sie das Buch sorgsam ins Regal zurückstellte, hellte sich ihr Gesicht auf.

»Schatz, du kommst spät. Hast du noch was Schönes gemacht, oder musstest du so lange arbeiten?«

»Beides«, sagte ich und trat ans Wohnzimmerfenster. Die Garage badete im weißen Mondlicht, aber es sollten noch einige Stunden vergehen, bis Ove das Gemälde abholte. »Ich habe einige Telefonate geführt und mir dann noch ein paar Gedanken über die Anstellung eines Kandidaten bei Pathfinder gemacht.«

Sie klatschte begeistert in die Hände. »Wie spannend. Der, bei dem ich dir geholfen habe? Dieser ... wie hieß der noch mal?«

»Greve.«

»Clas Greve! Wie vergesslich ich bin. Ich hoffe, er kauft ein richtig teures Bild bei mir, wenn er es erfährt, das hätte ich doch wohl verdient, oder?«

Sie lachte hell, streckte die schlanken Beine aus und gähnte. Es fühlte sich an, als würde eine eiserne Klaue nach meinem Herz greifen und es wie eine Wasserbombe zusammendrücken. Ich musste mich schnell wieder zum Wohnzimmerfenster drehen, damit sie nicht den Schmerz in meinem Gesicht sah. Die Frau, von der ich geglaubt hatte, dass sie über Untreue und Betrug erhaben war, wahrte nicht nur mühelos die Fassade, sondern spielte die Rolle der Unschuldigen auch noch höchst professionell. Ich schluckte und wartete, bis ich sicher war, meine Stimme wieder unter Kontrolle zu haben.

»Greve ist nicht der Richtige«, sagte ich, während ich ihr Spiegelbild im Wohnzimmerfenster beobachtete. »Ich werde einen anderen vorschlagen.«

Semiprofessionell. Denn jetzt war ihre Reaktion nicht so gelungen. Ihr Kinn sackte nach unten.

»Schatz, du machst Witze! Er ist doch ... perfekt! Das hast du doch selbst gesagt ...«

»Ich habe mich geirrt.«

»Geirrt?« Zu meiner Freude hörte ich jetzt einen schrillen Unterton in ihrer Stimme. »Was in Gottes Namen meinst du damit?«

»Greve ist Ausländer. Er ist unter eins achtzig. Und er leidet an einer schweren Persönlichkeitsstörung.«

»Unter eins achtzig? Mein Gott, Roger, du bist nicht mal eins siebzig! Ich glaube, unter der Persönlichkeitsstörung leidest eher du!«

Das hatte gesessen. Nicht wegen der Persönlichkeit, da konnte sie durchaus recht haben. Ich riss mich zusammen, damit meine Stimme ruhig klang:

»Warum reagierst du denn so heftig, Diana? Ich hatte auch Hoffnungen in Clas Greve gesetzt, aber es passiert immer wieder, dass Menschen uns enttäuschen und unseren Erwartungen nicht entsprechen.«

»Aber ... aber du kannst dich doch irren. Ist das nicht auch möglich? Er ist der richtige Mann!«

Ich drehte mich zu ihr um und versuchte nachsichtig zu lächeln. »Hör mal, Diana, ich bin in meinem Job wirklich einer der Allerbesten. Und bei diesem Job geht es darum, Menschen einzuschätzen und auszuwählen. Es kommt vor, dass ich mich im Privatleben mal irre ...«

Ich bemerkte ein leichtes Zucken auf ihrem Gesicht.

»Aber nie im Job. Nie.«

Sie schwieg.

»Ich bin todmüde«, sagte ich. »Ich habe gestern nicht so gut geschlafen. Gute Nacht.«

Als ich im Bett lag, hörte ich ihre Schritte. Ruhelos lief sie hin und her. Ich konnte keine Stimmen vernehmen, wusste aber, dass sie immer so auf und ab ging, wenn sie mit ihrem Handy telefonierte. Eine Angewohnheit, die besonders bei der Generation ausgeprägt war, die ohne drahtlose Kommunikation aufgewachsen war. Wir bewegten uns, wenn wir mit dem Handy telefonierten, als faszinierte es uns noch immer, dass so etwas überhaupt möglich war. Irgendwo hatte ich gelesen, dass der moderne Mensch sechsmal mehr Zeit für Kommunikation aufwendete als seine Vorväter. Wir kommunizierten also mehr, aber war damit unsere Kommunikation auch besser? Warum hatte ich Diana nicht mit meinem Wissen konfrontiert, dass sie mit Clas Greve in dessen Wohnung gewesen war? Weil ich wusste, dass sie mir die Gründe nicht erklären könnte und ich auf meine eigenen Annahmen und Vermutungen zurückgreifen müsste? Sie hätte es als ein zufälliges Treffen darstellen können, als einen Ausrutscher, aber selbst dann hätte ich gewusst, dass es nicht stimmte. Keine Frau versuchte, ihren Ehemann dazu zu bewegen, einem anderen Mann, mit dem sie einmal Sex gehabt hatte, einen gut bezahlten Job zu geben.

Natürlich gab es auch noch ganz andere Gründe, den Mund zu halten. Solange ich vorgab, nichts über Greve und Diana zu wissen, konnte mich niemand beschuldigen, bei seiner Kandidatur befangen zu sein, und statt alles Ferdinand überlassen zu müssen, konnte ich meine kleine, miese Rache in aller Ruhe genießen. Außerdem brauchte ich dann nicht zu erklären, auf welche Art und Weise ich Verdacht geschöpft hatte. Schließlich konnte ich Diana gegenüber unmöglich einräumen, ein Dieb zu sein, der sich regelmäßig Zutritt zu fremden Wohnungen verschaffte.

Ich drehte mich im Bett um und lauschte ihren Stilettos, die ihre monotonen, unverständlichen Morsesignale zu mir sendeten. Ich wollte schlafen. Wollte träumen. Wollte weg. Und dann aufwachen und alles vergessen. Denn natürlich war das der wichtigste Grund dafür, dass ich nichts gesagt hatte. Solange es unausgesprochen blieb, gab es noch immer die Chance, alles zu vergessen. Zu schlafen und zu träumen, sodass beim Aufwachen alles verschwunden war, reduziert auf etwas Abstraktes, auf Szenen und Bilder, die es nur in unseren Köpfen gab, nicht schlimmer als die betrügerischen Gedanken und Fantasien, die es in jeder Liebe gibt, selbst in der allertiefsten.

Plötzlich wurde mir klar, dass sie sich ein neues Handy besorgt haben musste, wenn sie jetzt damit telefonierte. Und dass der Anblick dieses neuen Telefons der konkrete, unerschütterliche Beweis war, der mir täglich sagen würde, dass die Geschehnisse nicht bloß ein Traum waren.

Als sie endlich ins Schlafzimmer kam und sich auszog, gab ich vor zu schlafen. Aber in einem bleichen Streifen Mondlicht, der durch die Gardinen fiel, sah ich, wie sie das Handy ausschaltete, bevor sie es in die Tasche ihrer Hose gleiten ließ. Und dass es das gleiche war. Ein schwarzes Prada. Vielleicht war es doch alles nur ein Traum? Ich spürte, wie der Schlaf mich übermannte und in die Tiefe zog. Oder hatte sie sich einfach das exakt gleiche Modell nachgekauft? Ich sank nicht weiter in die Tiefe. Vielleicht hatte er ihr Telefon auch gefunden und sich noch einmal mit ihr getroffen. Ich stieg wieder nach oben, durchbrach erneut die Oberfläche und wusste, dass ich in dieser Nacht kein Auge zumachen würde.

Um Mitternacht lag ich noch immer wach. Durch das geöffnete Fenster glaubte ich ein leises Geräusch aus der Garage zu hören. Vermutlich Ove, der den Rubens holte. Aber so aufmerksam ich auch lauschte, ich hörte ihn nicht wieder gehen. Vielleicht bin ich doch irgendwann eingeschlafen. Jedenfalls träumte ich von einer Welt unter Wasser. Von glücklichen, lächelnden Menschen, stummen Frauen und Kindern mit Sprechblasen, die blubbernd aus ihren Mündern stiegen. Nichts, aber auch gar nichts deutete dabei auf den Alptraum hin, der mich am anderen Ende des Schlafs erwartete.

Kapitel 11

Suxamethonium

Ich stand um acht Uhr auf und frühstückte allein. Dafür, dass sie nicht den Schlaf der Gerechten schlief, schlief Diana verdammt gut. Ich selbst hatte nur ein paar Stunden die Augen zugemacht. Um Viertel vor neun ging ich nach unten zur Garage und schloss die Tür auf. Durch ein offenes Fenster in der Nachbarschaft hörte ich Turbonegro, was ich nicht an der Melodie erkannte, sondern an dem Akzent, mit dem sie die englischen Texte sangen. Die Deckenbeleuchtung schaltete sich automatisch ein und strahlte auf meinen Volvo S 80, der majestätisch, aber unterwürfig auf seinen Herren wartete. Ich legte die Finger an den Handgriff und zuckte im gleichen Moment zusammen. Auf dem Fahrersitz saß jemand! Als sich der erste Schreck gelegt hatte, erkannte ich das längliche Gesicht von Ove Kjikerud. Die Nachtarbeit der letzten Tage hatte ihm anscheinend zugesetzt, denn er saß mit geschlossenen Augen und halb geöffnetem Mund da und schien fest zu schlafen. Als ich die Tür öffnete, reagierte er nicht.

Mit der Stimme aus dem dreimonatigen Offizierskurs, den ich gegen den Willen meines Vaters besucht hatte, rief ich: »Guten Morgen, Kjikerud!«

Er zuckte nicht einmal mit einem Augenlid. Ich holte tief Luft, um ihm den Marsch zu blasen, als ich sah, dass die Innenverkleidung geöffnet war und der Rand des Rubens-Bildes herausragte. Plötzlich wurde mir kalt. Ein Schauer lief mir über den Rücken, wie im Frühling, wenn sich eine Wolke vor die Sonne schob. Und statt laut zu werden, legte ich ihm die Hand auf die Schulter und schüttelte ihn sanft. Noch immer keine Reaktion.

Als ich ihn fester schüttelte, tanzte sein Kopf willenlos auf seinen Schultern hin und her.

Ich legte ihm Daumen und Zeigefinger an den Hals und suchte die Halsschlagader, wusste dann aber nicht, ob ich seinen Puls oder nur mein eigenes klopfendes Herz spürte. Aber er fühlte sich kalt an. Viel zu kalt, oder? Mit zitternden Fingern schob ich eines seiner Augenlider hoch. Und beseitigte auch noch die letzten Zweifel. Unweigerlich wich ich zurück, als mich seine schwarzen Pupillen leblos anstarrten.

Ich habe mich immer als Menschen betrachtet, der auch in kritischen Situationen klar denkt und nicht in Panik verfällt. Vielleicht weil ich in meinem Leben bis dahin keine Situation erlebt hatte, die kritisch genug war, um Panik zu bekommen. Abgesehen von dem Moment natürlich, in dem Diana schwanger wurde. Da war ich wirklich panisch, ohne Frage. War ich also doch ein Mensch, der zur Panik neigte? Auf jeden Fall meldeten sich in diesem Moment eine ganze Reihe eindeutig irrationaler Gedanken. Zum Beispiel die Tatsache, dass ich das Auto mal wieder waschen musste. Dass Ove Kjikeruds Hemd mit dem aufgenähten Dior-Logo vermutlich aus irgendeinem seiner Thailand-Urlaube stammte, und dass Turbonegro im Grunde genau das waren, was sie angeblich nicht waren, nämlich ziemlich glatte Studiomusiker. Trotz aller verwirrten Gedanken erkannte ich aber, was gerade mit mir geschah: Ich war kurz davor, die Kontrolle zu verlieren. Also kniff ich die Augen fest zusammen und schlug mir diese Gedanken aus dem Kopf. Fast regte sich ein wenig Hoffnung in mir, dass das alles gar nicht passiert war. Doch als ich die Augen wieder aufmachte, musste ich feststellen, dass die Realität unverändert war. Der Leichnam von Ove Kjikerud saß noch immer in meinem Auto.

Die erste Schlussfolgerung war einfach: Ove Kjikerud musste weg. Wurde er hier gefunden, kam alles ans Licht. Ich drückte Kjikerud resolut gegen das Lenkrad, legte ihm von hinten die Arme um die Brust und zog ihn aus dem Wagen. Er war schwer, und seine Arme klappten nach oben, als versuchte er, sich aus meiner Umklammerung zu winden. Ich zog ihn noch einmal hoch und packte fester zu, aber wieder das Gleiche: Seine Hände wedelten vor meinem Gesicht herum, und ein Finger verhakte sich in meinem Mundwinkel. Ich spürte einen abgekauten Nagel auf meiner Zunge und spuckte verzweifelt aus, aber der bittere Geschmack des Nikotins hatte sich bereits festgesetzt. Als ich ihn endlich aus dem Wagen hatte, legte ich ihn auf den Garagenboden und öffnete den Kofferraum. Dann wollte ich ihn hochziehen, doch nur seine Jacke und sein falsches Designerhemd kamen meinem Wunsch nach, während er selbst auf dem

Zement sitzen blieb. Ich fluchte, schob eine Hand unter seinen Hosenbund, zerrte ihn hoch und schob ihn kopfüber in den 480 Liter großen Kofferraum. Sein Kopf knallte mit einem dumpfen Geräusch auf den Rand. Ich warf den Kofferraumdeckel zu und rieb mir die Hände, wie man es oft tut, wenn man körperliche Arbeit erfolgreich hinter sich gebracht hat.

Dann ging ich zurück zum Fahrersitz. Auf der Unterlage – eine Matte aus Holzkugeln, wie sie auf der ganzen Welt von Taxifahrern genutzt wird – war kein Blut zu erkennen. Aber woran zum Teufel war Ove gestorben? Herzversagen? Gehirnschlag? Oder irgendeine Überdosis? Mir war klar, dass ich mit meinen Amateurdiagnosen nur Zeit vergeudete, also setzte ich mich in den Wagen. Ich spürte, dass die Holzkugeln erstaunlicherweise noch immer warm waren. Diese Matte war das einzig Wertvolle, was ich von Vater geerbt hatte, er hatte sie wegen seiner Hämorrhoiden benutzt, und ich nutzte sie, um dem Mist vorzubeugen, sollte er erblich sein. Ein plötzlicher Schmerz in einer Pobacke ließ mich zusammenzucken, sodass ich mit dem Knie gegen das Lenkrad stieß. Ich stieg wieder aus dem Wagen und spürte bereits nichts mehr. Trotzdem war ich sicher, dass mich etwas gestochen hatte. Ich beugte mich über den Sitz und musterte ihn, sah bei der gedämpften Innenbeleuchtung aber nichts. Hatte ich mich auf eine halbtote Wespe gesetzt? Aber war der Herbst dafür nicht schon zu weit fortgeschritten? Da bemerkte ich ein Blitzen zwischen zwei Holzkugeln. Ich bückte mich und betrachtete es mir genauer. Eine dünne, kaum sichtbare Spitze ragte dort hervor. Manchmal arbeitet das Hirn so schnell, dass das Bewusstsein ihm nicht mehr folgen kann. Eine andere Erklärung habe ich nicht für die vage Vorahnung, die mein Herz wie wild rasen ließ, noch bevor ich die Sitzmatte angehoben und einen Blick darunter geworfen hatte.

Er hatte wirklich die Größe einer Weintraube. Und er war aus Gummi, genau wie Greve ihn beschrieben hatte. Aber nicht ganz rund: Der Boden war flach, vermutlich damit die Nadelspitze immer genau nach oben zeigte. Ich hielt mir den Gummiball ans Ohr und schüttelte ihn leicht, hörte aber nichts. Zu meinem großen Glück hatte sich der gesamte Inhalt in Ove Kjikerud gepresst, als dieser auf dem Fahrersitz Platz genommen hatte. Ich rieb mir den Po und tastete ihn mit der Hand ab. Mir war etwas schwindelig, aber war das verwunderlich, nachdem ich gerade die Leiche meines Kollegen in den Armen gehalten hatte und von einer beschissenen Suxamethoniumnadel in den Po gestochen worden war – einer Mordwaffe, die aller Wahrscheinlichkeit nach für mich selbst gedacht war? Ich spürte ein Kichern in mir aufsteigen. Furcht hat mitunter diese Wirkung auf mich. Ich schloss die Augen und atmete tief ein. Konzentrierte mich. Das Lachen verschwand und die Wut kam. Es war wirklich nicht zu glauben. Oder doch? War es nicht logisch, dass ein psychopathischer Gewalttäter wie Clas Greve einen lästigen Ehemann auf diese Art aus dem Weg räumte? Ich trat aus voller Kraft gegen die Reifen. Einmal, zweimal. Die Spitze meines John-Lobb-Schuhs bekam einen grauen Fleck.

Aber wie hatte Greve sich Zugang zu meinem Auto verschafft? Wie zum Teufel hatte er …

Da ging das Garagentor auf, und die Antwort spazierte herein.

Kapitel 12

Natascha

DIANA STAND IN DER TÜR DER GARAGE und starrte mich an. Sie schien in aller Eile in ihre Kleider geschlüpft zu sein, sogar ihre Haare waren ungekämmt und standen in alle Richtungen ab. Ihre Stimme war ein kaum hörbares Flüstern:
»Liebling, was ist passiert?«
Ich starrte sie an, während in meinem Kopf genau dieselbe Frage wütete, und ich spürte, wie die Antworten mein bereits gebrochenes Herz vollends zertrümmerten.
Diana. Meine Diana. Wer sonst hätte es sein sollen? Sie hatte das Gift unter die Matte gelegt. Greve und sie hatten sich gegen mich verbündet.
»Ich habe diese Nadel aus der Matte ragen sehen, als ich mich ins Auto setzen wollte«, sagte ich und streckte ihr den Gummiball entgegen.
Sie kam auf mich zu und nahm die Mordwaffe vorsichtig in die Hand. Entlarvend vorsichtig.
»Die hast du gesehen? Die ist doch total winzig!«, fragte sie, ohne die Skepsis in ihrer Stimme verbergen zu können.
»Ich habe scharfe Augen«, entgegnete ich, glaubte aber nicht, dass sie die Doppeldeutigkeit meiner Worte bemerkte oder bemerken wollte.
»Was für ein Glück, dass du dich nicht daraufgesetzt hast«, sagte sie und studierte das kleine Objekt. »Was ist das eigentlich?«
Doch, sie war verdammt professionell.
»Ich weiß es nicht«, antwortete ich leichthin. »Warum bist du in die Garage gekommen?«
Sie sah mich an, ihr Mund öffnete sich, und für einen Moment starrte ich in ein glänzendes Nichts.
»Ich ...«
»Ja, Schatz?«
»Ich lag im Bett und habe dich in die Garage gehen hören, aber

dann hast du den Motor nicht angemacht, ich habe kein Auto gehört, und irgendwann hab ich mir eben Sorgen gemacht. Wie es aussieht, nicht zu Unrecht.«

»Sorgen, na ja, das ist doch bloß eine kleine Nadel.«

»Aber Schatz, solche Nadeln können gefährlich sein.«

»Können sie das?«

»Ja, weißt du das denn nicht? HIV, Tollwut, alle möglichen Viren und Infektionen.«

Sie machte einen Schritt auf mich zu. Jede ihrer Bewegungen war mir vertraut. Ihr Blick wurde weich, und sie spitzte die Lippen. Sie wollte mich umarmen, zögerte dann aber. Irgendetwas in meinem Blick schien sie zurückzuhalten.

»Oh ja«, sagte sie, starrte auf den Gummiball und legte ihn auf die Werkbank, die ich doch nie benützen würde. Dann kam sie rasch zu mir zurück, legte die Arme um mich und beugte sich etwas nach unten, um den Größenunterschied auszugleichen. Sie schmiegte ihre Wange an meinen Hals und fuhr mir mit der linken Hand durch die Haare.

»Ich habe ein bisschen Angst um dich, weißt du.«

Es war, als würde mich eine Fremde umarmen. Alles an ihr war irgendwie verändert, sogar ihr Geruch. Oder war das gar nicht ihr Geruch? Es war abscheulich. Ihre Hand bewegte sich hin und her, als wollte sie mir die Haare waschen, als erreichte ihre Begeisterung für meine Haare gerade in diesem Augenblick neue Höhen.

Am liebsten hätte ich ihr mit der flachen Hand ins Gesicht geschlagen, damit ich den Kontakt spürte, das Klatschen von Haut auf Haut, und ihre Schmerzen miterlebte, den Schock, den ich ihr damit versetzte.

Stattdessen schloss ich die Augen und ließ sie gewähren, ließ mich von ihr massieren, mich aufweichen, bis es mir tatsächlich gefiel. Vielleicht bin ich wirklich krank.

»Ich muss zur Arbeit«, sagte ich, als sie kein Ende zu finden schien. »Die Anstellungsempfehlung muss bis zwölf Uhr fertig sein.«

Aber sie wollte mich nicht loslassen, sodass ich mich schließlich selbst aus ihrer Umarmung befreien musste. In ihren Augen blitzte etwas auf.

»Was ist?«, fragte ich.

Doch sie wollte nicht antworten und schüttelte bloß den Kopf.

»Diana ...«

»Ich wünsche dir einen schönen Tag«, flüsterte sie mit einem leichten Zittern in der Stimme. »Ich liebe dich.«

Und schon war sie durch die Tür verschwunden.

Ich wollte ihr nachrennen, blieb aber stehen. Wäre es nicht ziemlich seltsam, die eigene Mörderin zu trösten? Aber was war hier *nicht* seltsam? Schließlich setzte ich mich ins Auto, atmete langsam aus und blickte nach hinten in den Rückspiegel.

»Bleib am Leben, Roger«, flüsterte ich. »Reiß dich zusammen und bleib am Leben.«

Ich schob den Rubens zurück unter die Deckenverkleidung, verschloss sie und hörte, wie sich das Garagentor langsam öffnete. Ich setzte zurück und fuhr langsam Richtung Stadt.

Oves Auto stand vierhundert Meter weiter unten am Straßenrand. Gut, das konnte dort Wochen stehen, bis jemand reagierte, vermutlich bis der Schnee und mit ihm die Räumfahrzeuge kamen. Wesentlich mehr Sorgen bereitete mir die Tatsache, dass ich eine Leiche im Kofferraum hatte, die ich loswerden musste. Ich überlegte. Es war widersinnig, aber meine Vorsicht im Umgang mit Ove Kjikerud geriet mir nun zu einem echten Vorteil. Wenn ich seine Leiche erst irgendwo abgeladen hatte, konnte mich niemand mehr mit ihm in Verbindung bringen. Aber wo?

Als Erstes kam mir die Müllverbrennungsanlage in Grønmo in den Sinn. Wenn ich etwas fand, womit ich die Leiche einpacken konnte, konnte ich direkt an die Rampe fahren und sie von dort ins knisternde Flammenmeer schmeißen. Der Nachteil war, dass ich das Risiko einging, von anderen Leuten beobachtet zu werden, die dort ihren Müll entsorgten, ganz zu schweigen von den Angestellten, die die Müllverbrennung überwachten. Und wenn ich die Leiche selbst an einem abgelegenen Ort verbrannte? Aber menschliche Körper brennen ziemlich schlecht: In Indien rechnet man durchschnittlich mit zehn Stunden für eine Leichenverbrennung. Oder sollte ich zurück in die Garage fahren, wenn Diana in der Galerie war, und doch noch die Werkbank und die Stichsäge in Betrieb nehmen, die mir mein Schwiegervater ohne sichtbare Ironie zur Hochzeit geschenkt hatte? Ich konnte die Leiche in kleine Stücke zersägen, in Plastik einwickeln, mit Steinen beschweren und in einem der zahllosen Seen in den Wäldern rund um Oslo versenken.

Ich schlug mir mehrmals mit der Faust gegen die Stirn. Verdammt, was waren das denn für Gedanken? Zersägen? Warum das denn? Ich hatte doch oft genug CSI gesehen, um zu wissen, dass ich damit geradezu darum bat, entlarvt zu werden. Ein einziger Blutfleck, die Spur des Sägeblattes, die man bis zur Säge meines Schwiegervaters zurückverfolgen konnte, und schon saß ich in der Scheiße. Und überhaupt, warum sollte ich mir Mühe geben, die Leiche zu verstecken? Warum nicht einfach eine abgelegene Brücke an irgendeinem See suchen und Kjikeruds sterbliche Überreste über das Geländer hieven? Es konnte mir doch egal sein, ob die Leiche irgendwann an die Oberfläche stieg. Schließlich war ich mit dem Mord nicht in Verbindung zu bringen, kannte keinen Ove Kjikerud und wusste nicht einmal, wie man Curare buchstabierte.

Die Wahl fiel auf das Maridalen. Es war nur zehn Minuten von der Stadt entfernt, und es gab dort eine Unzahl von kleinen Seen und Bächen. Überdies war diese Gegend vormittags unter der Woche in der Regel menschenleer. Ich rief Ida-Oda an und sagte, dass ich heute etwas später kommen würde.

Ich fuhr eine halbe Stunde und passierte dabei einige Millionen Kubikmeter Holz und zwei Provinznester, die schockierend nah an der norwegischen Hauptstadt lagen. Aber dann fand ich die Brücke, die ich suchte. An einem Schotterweg, der von der Straße abzweigte. Ich hielt an und wartete fünf Minuten. Keine Menschenseele, kein Auto und kein Haus waren zu sehen oder zu hören, lediglich ein kalter Vogelschrei durchdrang hin und wieder die Stille. Ein Rabe? Auf jeden Fall etwas Schwarzes. Genauso schwarz wie das Wasser, das still und geheimnisvoll nur einen Meter unter der niedrigen Holzbrücke lag. Perfekt.

Ich öffnete den Kofferraum. Ove lag noch immer so, wie ich ihn hineingelegt hatte: Mit dem Gesicht nach unten, die Arme an den Seiten und das Gesäß leicht nach oben ragend. Ich sah mich ein letztes Mal um, um mich zu vergewissern, dass ich allein war. Dann handelte ich. Rasch und effektiv.

Es platschte überraschend leise, als die Leiche auf die Wasseroberfläche traf, ein tiefes Glucksen, als wollte der See sich bei dieser dunklen Tat mit mir verbünden. Ich lehnte mich ans Geländer und starrte auf das stumme, schwarze Wasser. Ich versuchte zu überlegen, was ich jetzt tun musste. Und auf einmal kam es mir so vor, als stiege

Ove Kjikerud wieder zu mir empor: ein grünlich blasses Gesicht mit weit aufgerissenen Augen, das an die Oberfläche wollte, ein Toter mit Schlamm im Mund und Seegras in den Haaren. Ich dachte gerade, dass ich erst mal einen Whisky brauchte, um meine Nerven zu beruhigen, als das Gesicht die Wasseroberfläche durchstieß und weiter zu mir aufstieg.

Ich schrie. Und die Leiche schrie. Ein röchelnder Laut, der allen Sauerstoff aus der Luft zu saugen schien.

Dann war die Leiche wieder weg, verschluckt vom schwarzen Wasser.

Ich starrte ins Dunkel. War das gerade wirklich geschehen? Verdammt ja, das Echo hing ja noch immer über den Baumwipfeln. Ich sprang über das Geländer, hielt die Luft an und wartete darauf, dass das eiskalte Wasser mich umschloss. Doch im nächsten Moment ging ein Stoß durch meinen Körper, und ich stellte fest, dass ich in hüfttiefem Wasser stand. Das heißt, ich stand nicht wirklich auf festem Boden, unter meinem einen Fuß bewegte sich etwas. Ich griff ins schlammige Wasser und bekam etwas zu fassen, das ich erst für Seegras hielt, bis ich den Schädel darunter spürte und ihn zu mir nach oben zog. Ove Kjikeruds Gesicht kam wieder zum Vorschein, seine Augen blinzelten, und wieder war das tiefe Röcheln eines Mannes zu hören, der verzweifelt nach Luft schnappt.

Das war einfach zu viel für mich. Einen Moment hatte ich wirklich Lust, ihn loszulassen und einfach abzuhauen.

Aber das konnte ich doch nicht tun, oder?

Schließlich riss ich mich zusammen und zog ihn bis ans Ende der Brücke. Oves Bewusstsein setzte immer wieder aus, und ich musste aufpassen, seinen Kopf über Wasser zu halten. Mehrmals verlor ich auf dem weichen, rutschigen Boden die Balance, der unter meinen inzwischen komplett ruinierten John-Lobb-Schuhen nachgab. Doch nach ein paar Minuten hatte ich uns beide an Land und schließlich auch in den Wagen bugsiert.

Ich stützte die Stirn gegen das Lenkrad und atmete tief durch.

Der verdammte Vogel krächzte höhnisch, als die Räder auf dem Schotter durchdrehten und wir endlich wegfuhren.

Ich war, wie gesagt, nie zuvor bei Ove Kjikerud gewesen, kannte aber seine Adresse. Ich öffnete das Handschuhfach, nahm das schwarze

Navigationsgerät heraus und tippte Straßennamen und Hausnummer ein, wobei ich versuchte, auf meiner Spur zu bleiben. Das GPS berechnete die kürzeste Fahrtstrecke, analytisch und gefühllos. Sogar die freundliche, kontrollierte Frauenstimme, die mir die Anweisungen gab, klang vollkommen unbeeindruckt von den Geschehnissen. Auch ich musste mich jetzt so verhalten, schärfte ich mir innerlich ein. Korrekt handeln wie eine Maschine und keine dummen Fehler machen.

Eine halbe Stunde später hatte ich die Zieladresse erreicht. Es war eine schmale, stille Straße. Kjikeruds winziges, altes Haus lag ganz am Ende, vor einer Wand aus dunkelgrünem Nadelwald. Ich hielt an, musterte das Haus und stellte erneut fest, dass hässliche Architektur keine Erfindung der Moderne war.

Ove saß neben mir auf dem Sitz, auch er hässlich wie ein Gespenst, leichenblass und so nass, dass seine Kleider gurgelnd schmatzten, als ich seine Taschen durchsuchte. Schließlich fand ich den Schlüssel.

Ich schüttelte ihn wach. Er sah mich nur mit benebeltem Blick an.

»Kannst du gehen?«, fragte ich.

Er starrte mich an wie einen Außerirdischen. Seine Kieferpartie war noch weiter vorgeschoben als sonst, sodass er aussah wie eine Kreuzung aus einer Steinfigur auf den Osterinseln und Bruce Springsteen.

Ich zog ihn aus dem Auto und stützte ihn auf dem Weg zur Tür. Schloss sie gleich mit dem richtigen Schlüssel auf und dachte, dass sich unser Glück jetzt vielleicht doch wieder wendete. Dann schleppte ich ihn ins Haus.

Ich war gerade auf dem Weg in den Flur, als es mir plötzlich einfiel: Der Alarm! Ich brauchte jetzt definitiv keine Wachleute von Tripolis und sicher auch keine Überwachungskamera, die mich mit einem halbtoten Ove Kjikerud zeigte.

»Wie lautet das Passwort?«, schrie ich Ove ins Ohr.

Er zuckte zusammen und wäre mir beinahe aus den Armen gerutscht.

»Ove, das Passwort!«

»Häh?«

»Ich muss den Alarm deaktivieren!«

»Natascha ...«, murmelte er mit geschlossenen Augen. »Ove, jetzt reiß dich zusammen!«

»Natascha ...«

»Das Passwort!« Ich gab ihm eine heftige Ohrfeige, und sofort riss er die Augen auf.

»Aber das sage ich doch, du Idiot! NATASCHA!«

Ich ließ ihn los und hörte ihn zu Boden fallen, als ich zum Ausgang hastete. Hinter der Haustür fand ich rasch den Steuerungskasten der Alarmanlage, inzwischen kannte ich die Lieblingsstellen der Monteure von Tripolis. Eine kleine rote Lampe blinkte und verriet mir, dass der Countdown bis zur Alarmauslösung lief. Ich tippte den Namen der russischen Hure ein, doch beim letzten »a« fiel mir ein, dass Ove Legastheniker war. Weiß der Teufel, wie er ihren Namen geschrieben hatte! Aber meine fünfzehn Sekunden waren bald um, es war zu spät, ihn noch zu fragen. Ich tippte das letzte »a«, schloss die Augen und wartete auf den Alarmton. Wartete. Aber es kam kein Ton. Als ich die Augen wieder öffnete, blinkte das rote Lämpchen nicht mehr. Ich atmete aus und versuchte nicht daran zu denken, wie knapp es gewesen war.

Als ich in den Flur zurückkam, war Ove verschwunden. Ich folgte seinen nassen Fußspuren ins Wohnzimmer. Der Raum schien auch als Arbeitszimmer, Esszimmer und Schlafzimmer genutzt zu werden. An der einen Wand stand ein Doppelbett unter einem der Fenster, während gegenüber ein Plasmafernseher hing. In der Mitte thronte ein Sofatisch mit einem Pizzakarton mit Essensresten. An einer Wand stand ein Schraubstock, in dem eine abgesägte Schrotflinte steckte. Ove war ins Bett gekrochen und stöhnte. Vor Schmerzen, dachte ich. Ich hatte zwar keine Ahnung, was Suxamethonium mit dem menschlichen Körper anstellte, konnte mir aber denken, dass es nicht besonders angenehm war.

»Wie geht es dir?«, fragte ich, ging zu ihm und trat dabei gegen einen kleinen Gegenstand, der über das abgetretene Parkett rollte. Als ich nach unten blickte, sah ich, dass überall auf dem Boden leere Patronenhülsen lagen.

»Ich sterbe«, stöhnte er. »Was ist passiert?«

»Du hast dich im Auto auf eine Spritze mit Suxamethonium gesetzt. Das ist so was Ähnliches wie Curare.«

»CURARE!« Er hob den Kopf und starrte mich an. »Du meinst dieses Pfeilgift? Ich habe dieses Scheißzeug im Körper?«

»Ja, aber anscheinend nicht genug.«

»Nicht genug?«

»Nicht genug, dass es dich umbringen könnte. Er muss sich in der Dosis verschätzt haben.«

»Er? Wer?«

»Clas Greve.«

Oves Kopf sackte wieder auf das Kissen. »Scheiße! Sag nicht, dass du Mist gebaut hast! Hast du uns verraten, Brown?«

»Natürlich nicht«, erwiderte ich und zog einen Stuhl ans Fußende des Bettes. »Die Spritze im Auto hatte einen anderen ... Grund.«

»Einen anderen Grund, als dass wir diesen Typ ... nach Strich und Faden beklaut haben? Und was sollte das bitte für ein Grund sein?«

»Ich will eigentlich nicht darüber reden. Aber die Spritze war auf jeden Fall für mich gedacht!«

»Curare!«, schrie Ove. »Ich muss ins Krankenhaus, Brown, ich sterbe! Warum zum Henker hast du mich hierher gebracht? Ruf den Krankenwagen, sofort!« Er nickte in Richtung einer Plastikskulptur auf dem Nachtschränkchen, die zwei nackte Frauen in der 69er-Stellung darstellte. Das musste wohl das Telefon sein.

Ich schluckte. »Du kannst nicht einfach ins Krankenhaus gehen, Ove.«

»Kann ich nicht? Ich muss! Kapierst du das nicht, du Idiot, ich geh sonst drauf! Ich sterbe! Krepiere!«

»Hör mir zu. Wenn die rauskriegen, dass du dieses Suxamethonium im Körper hast, alarmieren die sofort die Polizei. Das Zeug kriegt man nicht einfach auf Rezept, wir reden hier von einem der tödlichsten Gifte der Welt, genauso gefährlich wie Blausäure und Anthrax. Die werden dir sofort das Kriminalamt auf den Hals hetzen!«

»Na und? Ich halte doch den Mund!«

»Und wie willst du das erklären?«

»Mir wird schon was einfallen.«

Ich schüttelte den Kopf. »Dann hast du keine Chance, Ove. So eine gute Geschichte könnte dir gar nicht einfallen, die das alles erklärt und obendrein plausibel klingt. Du musst hier bleiben, verstehst du? Dir geht es ja auch schon wieder besser.«

»Was weißt denn du schon davon, Brown? Bist du vielleicht Arzt? Nein, du bist bloß ein Scheiß-Headhunter. Mann ey, meine Lungen verbrennen. Ich hab ein Loch in der Milz, und in einer Stunde streiken meine Nieren. Ich muss verdammt noch mal ins Krankenhaus. SOFORT!«

Er hatte sich im Bett aufgerichtet, aber ich drückte ihn wieder in die Kissen.

»Pass auf, ich hol dir jetzt ein Glas Milch. Die neutralisiert Gifte. Im Krankenhaus könnten sie auch nichts anderes für dich tun.«

»Als mir Milch geben?«

Er versuchte noch einmal, sich aufzurichten, aber ich drückte ihn entschieden wieder nach unten. Plötzlich sackte er zusammen, und alle Luft schien aus seinen Lungen zu entweichen. Seine Augäpfel drehten sich nach oben, sein Mund öffnete sich leicht, und sein Kopf sank schlaff aufs Kissen. Ich beugte mich über sein Gesicht und konstatierte stinkenden Tabakatem. Dann lief ich durch die Wohnung und suchte ein Schmerzmittel.

Doch ich fand nur Kugeln und Pulver. Im wahrsten Sinne des Wortes. Der Apothekenschrank, vorschriftsmäßig verziert mit einem roten Kreuz, war voller Schachteln, die nach Auskunft des Etiketts Patronen vom Kaliber 9 Millimeter enthielten. In den Küchenschubladen lagen weitere Patronenschachteln, manche als »Blanks« gekennzeichnet, die wir im Offiziersanwärterkurs als »Fürze« bezeichnet hatten. Platzpatronen. Mit denen schoss Ove wohl auf den Fernseher, wenn ihm das Programm nicht behagte. Ein kranker Mann. Ich öffnete den Kühlschrank und fand – neben einer Tüte fettarmer Milch – eine silberne Pistole. Ich nahm sie heraus. Der Schaft war eiskalt. Die Marke – Glock 17 – war seitlich in den Stahl eingraviert. Ich wog die Waffe in der Hand. Sie schien keine Sicherung zu haben, war aber geladen. Mit anderen Worten, man konnte diese Waffe also einfach nehmen und abfeuern, zum Beispiel wenn man in der Küche war und ungebetenen Besuch bekam. Ich blickte zur Überwachungskamera an der Decke. Mir wurde bewusst, dass Ove Kjikerud viel paranoider war, als ich bis dahin angenommen hatte, sein Verhalten hatte fast schon krankhafte Züge.

Ich nahm die Pistole und die Milch mit. Mit der Waffe konnte ich ihn wenigstens in Schach halten, wenn er wieder aufmüpfig wurde.

Als ich um die Ecke ins Wohnzimmer kam, sah ich, dass er sich aufgerichtet hatte. Seine Ohnmacht war nur gespielt gewesen. In der Hand hielt er eine gekrümmte Plastikfrau mit lüstern herausgestreckter Zunge.

»Schicken Sie einen Krankenwagen«, sagte er laut und deutlich in den Hörer, wobei er mich trotzig anstarrte. Das konnte er sich auch leisten, denn mit der anderen Hand umklammerte er eine Waffe, die ich aus einem Film kannte, *Boyz in the Hood*, Bandenkriege zwischen Schwarzen. Kurz gesagt: eine Uzi. Eine Maschinenpistole, klein und handlich, hässlich und tödlich effektiv, mit der man keine Späße machte. Und diese Waffe war auf mich gerichtet.

»Nein!«, schrie ich. »Tu das nicht, Ove! Die rufen die Poli...«

Er drückte ab.

Es hörte sich an wie Popcorn in einem Topf. Ich dachte wirklich noch, dass das also die Musik meines Todes war. Dann spürte ich etwas an meinem Bauch und blickte nach unten. Sah den Blutstrahl, der aus meinem Körper spritzte und die Milchpackung traf, die ich in der Hand hielt. Weißes Blut? Erst da kapierte ich, dass es umgekehrt war: Die Kugel hatte nicht mich, sondern die Milch getroffen. Automatisch und irgendwie resigniert hob ich die Pistole – verblüfft darüber, dass ich das überhaupt noch konnte – und drückte ab. Das Knallen klang auf jeden Fall potenter als das blöde Ploppen der Uzi und ließ die israelische Schwulenwaffe schlagartig verstummen. Ich senkte die Glock und sah, dass Ove mich anstarrte. Er hatte die Stirn in Falten gelegt. Und unmittelbar über einer der Falten war ein kleines, schwarzes Loch. Dann kippte sein Kopf lautlos nach hinten und sank auf das Kissen. Meine Wut war wie weggewischt, ich blinzelte und blinzelte, als liefe ein Film vor meiner Netzhaut ab. Irgendetwas sagte mir, dass Ove Kjikerud keine weiteren Comebacks haben würde.

Kapitel 13

Methan

ICH RASTE MIT VOLLGAS ÜBER DIE E6, der Regen prasselte nur so herunter, und die Scheibenwischer zuckten frenetisch über die Windschutzscheibe von Ove Kjikeruds Mercedes 280 SE. Es war Viertel nach eins. Erst vier Stunden war es her, dass ich mit viel Glück dem Mordanschlag meiner Frau entgangen war, die Leiche meines Partners in einen See geworfen und dann – plötzlich quicklebendig – gleich wieder gerettet hatte, nur um anschließend zu erleben, dass dieser Partner mich zu erschießen versuchte. Ohne Erfolg zwar, aber mit dem Ergebnis, dass ich ihn mit einem Glückstreffer aus einer Pistole erneut zur Leiche machte. Ich hatte gerade erst die Hälfte der Strecke nach Elverum zurückgelegt.

Die Regentropfen hingen wie geschäumte Milch auf dem Asphalt, und ich beugte mich automatisch über das Lenkrad, um nicht die Einfahrt zu verpassen. Der Ort, zu dem ich wollte, hatte keine Adresse, die ich ins GPS eintippen konnte.

Bevor ich losfuhr, hatte ich mir ein paar trockene Sachen aus seinem Schrank angezogen, mir die Autoschlüssel geschnappt und seine Geldbörse um Bargeld und Kreditkarten erleichtert. Ove hatte ich auf dem Bett liegen lassen. Sollte der Alarm losgehen, war das vorerst nicht so schlimm, da die Überwachungskamera ja keine Bilder vom Bett übermittelte. Auch die Glock hatte ich mitgenommen, denn es war wohl kaum ratsam, die Waffe am Tatort liegen zu lassen. Und natürlich den Schlüsselbund mit den Schlüsseln für unseren festen Treffpunkt, die Hütte in der Nähe von Elverum. Eigentlich ein Ort zum Entspannen, zum Planen und Nachdenken. Ganz sicher aber ein Ort, an dem keiner mich suchen würde, da niemand wusste, dass ich diesen Fleck überhaupt kannte. Außerdem der einzige Ort, an den ich gehen konnte, wenn ich Lotte nicht in die Sache mit hineinziehen wollte. Aber was für eine Sache war das eigentlich? Klar, im Moment wurde ich wahrscheinlich von einem verrückten Holländer gesucht, dessen Beruf ausgerechnet die professionelle Menschenjagd war. Und früher oder später würde mich wohl auch die Polizei suchen, außer sie waren wirklich so dumm, wie ich annahm. Wollte ich eine Chance haben, musste ich es ihnen schwermachen. Zum Beispiel das Auto wechseln, denn nichts identifiziert einen Menschen einfacher als eine siebenstellige Autonummer. Nachdem ich das Piepen des Alarms gehört hatte, der sich automatisch einschaltete, als ich Oves Haus verließ, fuhr ich zurück zu meinem eigenen Haus. Mir war klar, dass Greve dort vielleicht auf mich wartete, sodass ich etwas abseits in einer Nebenstraße parkte. Ich legte meine nassen Kleider in den Kofferraum, nahm den Rubens aus der Deckenverkleidung und schob ihn in die Mappe, schloss den Wagen ab und ging. Oves Auto stand noch immer dort, wo ich es am Morgen gesehen hatte. Ich legte die Mappe auf den Beifahrersitz und fuhr Richtung Elverum.

Da war die Abzweigung. Sie kam plötzlich, und ich musste mich konzentrieren und vorsichtig bremsen. Schlechte Sicht und Aquaplaning. Bei solchen Straßenverhältnissen rutschte man schnell in den Straßengraben. Ich musste aufpassen, denn was ich jetzt gar nicht gebrauchen konnte, waren die Bullen oder weitere Nackenschläge.

Dann war ich plötzlich auf dem Land. Nebelfetzen hingen über den Höfen und den leicht hügeligen Feldern neben der Straße, die immer schmaler und kurviger wurde. Ich hing in der Gischt eines Lastwagens, der Werbung für Sigdal-Küchen machte, und so war es eine Erlösung, als wir endlich zur nächsten Abzweigung kamen und ich die Straße wieder für mich hatte. Die Löcher im Asphalt wurden größer und zahlreicher und die Höfe kleiner und seltener. Eine dritte Abzweigung. Ein Schotterweg. Eine vierte. Verdammte Einöde. Tiefhängende, regenschwere Zweige kratzten über den Lack des Autos wie die Finger eines Blinden, der einen Fremden zu identifizieren versucht. Ich fuhr nur noch im Schneckentempo, war aber zwanzig Minuten später da, ohne auf dem Weg auch nur ein einziges Haus gesehen zu haben.

Ich zog die Kapuze von Oves Pulli über den Kopf und lief durch den Regen, vorbei an der Scheune mit dem seltsam schiefen Anbau. Laut Ove war Sindre Aa, der Einsiedler, der hier wohnte, zu geizig gewesen, um seinem Anbau ein Fundament zu geben, sodass dieser mit den Jahren Zentimeter um Zentimeter im Lehm versank. Ich selbst hatte mit dem Bauern noch nie gesprochen, darum hatte sich immer Ove gekümmert. Aber ich hatte ihn ein paar Mal aus der Ferne gesehen und erkannte seine leicht gebeugte, magere Gestalt auf der Treppe des Wohnhauses. Weiß Gott, wie er bei dem Regen das Auto gehört hatte. Eine fette Katze strich um seine Beine.

»Guten Tag!«, rief ich schon von Weitem.

Keine Antwort.

»Guten Tag, Aa!«, wiederholte ich. Noch immer keine Antwort.

Ich blieb im Regen am Fuß der Treppe stehen und wartete. Die Katze schlich zu mir nach unten. Dabei hatte ich immer geglaubt, dass Katzen Regen hassen. Sie hatte mandelförmige Augen, wie Diana, und drückte sich an mich, als wäre ich ein alter Bekannter. Oder besser: als wäre ich ihr total fremd. Der Bauer senkte das Gewehr. Ove hatte mir einmal erzählt, dass der Alte das Zielfernrohr des Gewehrs benutzte, um zu erkennen, wer zu Besuch kam. Er war zu geizig, um sich ein ordentliches Fernglas zu kaufen. Aus dem gleichen Grund hatte er aber auch nie Munition gekauft, sodass keine Gefahr bestand. Sicher aber hatte sein bewaffnetes Auftreten die gewünschte dämpfende Wirkung auf die Häufigkeit uneingeweihter Besucher. Aa spuckte über das Geländer.

»Wo steckt'n dieser Kjikerud, hä, Brown?« Seine Stimme knirschte wie eine schlecht geölte Tür, und die Art, wie er Kjikerud aussprach, klang wie eine Beschwörung. Ich hatte keine Ahnung, woher er meinen Namen kannte. Sicher nicht von Ove.

»Der kommt später«, sagte ich. »Kann ich den Wagen in der Scheune abstellen?«

Aa spuckte noch einmal aus. »Das kostet aber was. Und dein Wagen ist das auch nicht, das ist Kjikeruds. Wie will er denn herkommen?«

Ich holte tief Luft. »Auf Skiern. Wie viel wollen Sie?«

»Fünfhundert pro Tag.«

»Fünf ... hundert?«

Er grinste. »Unten an der Straße ist es gratis.«

Ich nahm drei von Oves Zweihundertern und ging die Treppe hoch, wo Aa bereits mit ausgestreckter Hand wartete. Er stopfte das Geld in einen prallen Geldbeutel und spuckte noch einmal aus.

»Das Wechselgeld können Sie mir später geben«, sagte ich. Er antwortete nicht, sondern verschwand im Haus und knallte die Tür hinter sich zu.

Ich fuhr das Auto rückwärts in die Scheune und hätte die Reifen im Dunkeln beinahe an den scharfen Stahlspitzen eines Siloblockschneiders aufgeschlitzt. Zum Glück war er an der Rückseite von Sindre Aas blauem Massey-Ferguson-Traktor befestigt und etwas angehoben, sodass er, statt gleich die Reifen zu durchbohren, über den Kofferraumdeckel kratzte und mich noch rechtzeitig warnte, bevor die Spitzen die Heckscheibe durchbohrten.

Ich parkte neben dem Traktor, nahm die Mappe und lief zur Hütte hinauf. Zum Glück war der Nadelwald so dicht, dass die Zweige nicht viele Regentropfen durchließen, daher waren meine Haare, als ich endlich in der Blockhütte war, noch überraschend trocken. Ich wollte Feuer im Kamin machen, ließ es dann aber bleiben. Wenn ich schon das Auto versteckte, war es nicht besonders klug, den Menschen über Rauchsignale zu verkünden, dass jemand in der Hütte war.

Erst jetzt spürte ich, wie hungrig ich war.

Ich hängte Oves Jeansjacke über einen Stuhl in der Küche, durchsuchte die Schränke und fand schließlich eine letzte Dose Labskaus von Oves und meinem vorigen Aufenthalt. In den Schubladen war weder Besteck noch Dosenöffner, aber es gelang mir, mit dem Lauf der Glock ein Loch in die Dose zu schlagen und den fettigen, salzigen Inhalt mit den Fingern herauszufischen.

Danach starrte ich in den Regen, der auf den Wald und den kleinen freien Platz zwischen der Hütte und dem Klohäuschen fiel. Ich ging ins Schlafzimmer, schob die Mappe mit dem Rubens unter die Matratze und legte mich auf das untere Bett, um nachzudenken. Ich kam nicht weit. Vermutlich wegen all des Adrenalins, das ich an diesem Tag produziert hatte. Als ich die Augen wieder öffnete, wurde mir klar, dass ich geschlafen haben musste. Ich blickte auf die Uhr. Vier Uhr nachmittags. Dem Display des Handys entnahm ich, dass ich acht unbeantwortete Anrufe hatte. Vier von Diana, die vermutlich die besorgte Ehefrau spielen und mich fragen wollte, wo in Gottes Namen ich steckte – während Greve sich über ihre Schulter beugte. Drei von Ferdinand, der wohl auf meine Anstellungsempfehlung wartete oder wenigstens auf Instruktionen, wie er sich Pathfinder gegenüber verhalten sollte. Eine Nummer erkannte ich nicht sofort wieder, weil ich sie von der Adressliste gelöscht hatte. Aber nicht aus dem Gedächtnis oder meinem Herzen. Und während ich auf die Nummer starrte, wurde mir bewusst, dass ich – der ich im Laufe meiner mehr als dreißig Jahre auf dieser Erde genug Studienkameraden, Ex-Freundinnen, Kollegen und Geschäftsfreunde zusammengetragen hatte, um ein Netzwerk zu haben, das im Outlook mehr als zwei Megabyte einnahm – nur einen einzigen Menschen hatte, dem ich vertraute. Eine Frau, die ich streng genommen bloß drei Wochen kannte. Na ja, die ich drei Wochen gebumst hatte. Eine wortkarge Dänin mit braunen Augen, die sich wie eine Vogelscheuche anzog und deren Vorname gerade einmal fünf Buchstaben hatte. Ich weiß nicht, wer von uns der tragischere Fall war.

Ich rief die Auslandsauskunft an und ließ mir eine Nummer geben. Die meisten Telefonzentralen in Norwegen sind nachmittags um vier Uhr bereits geschlossen, die Angestellten sind dann schon zu Hause bei ihrem kranken Ehepartner, so geht es jedenfalls aus der Statistik des Landes hervor, das die kürzesten Arbeitszeiten, die großzügigsten Sozialleistungen und die höchste Zahl an Krankmeldungen hatte. Die Telefonzentrale von HOTE hingegen war besetzt und meldete sich, als sei das die normalste Sache der Welt. Ich hatte weder Namen noch Abteilung und spielte nicht ohne Risiko.

»Can you put me through to the new guy, dear?«
»New guy, sir?«
»You know. Head of technical division.«
»Felsenbrink is hardly new, sir.«
»To me he is. So, is Felsenbrink in, dear?«

Vier Sekunden später hatte sie mich mit einem Holländer verbunden, der nicht nur arbeitete, sondern sich überdies frisch und höflich anhörte, obwohl es bereits eine Minute nach vier Uhr war.

»I'm Roger Brown from Alfa Recruiting.« Das stimmte. »Mister Clas Greve has given us your name as a reference.« Das stimmte nicht.

»Right«, sagte der Mann und hörte sich nicht im Mindesten überrascht an. »Clas Greve is the best manager I've ever worked with.«

»So you …«, begann ich.

»Yes, sir, my most sincere recommendations. He is the perfect man for Pathfinder. Or any other company for that matter.«

Ich zögerte. Entschied mich dann aber anders. »Thank you, Mister Fenselbrink.«

»Felsenbrink. Any time.«

Ich steckte das Handy zurück in die Hosentasche. Mir war nicht ganz klar warum, aber ich hatte das Gefühl, dass ich gerade einen Fehler gemacht hatte.

Draußen schüttete es noch immer unerbittlich, und in Ermangelung besserer Ideen nahm ich den Rubens hervor und studierte ihn im Licht des Küchenfensters. Das wütende Gesicht des Jägers Meleager, als er seine Beute aufspießt. Plötzlich wusste ich, an wen er mich erinnert hatte, als ich das Bild zum ersten Mal gesehen hatte: an Clas Greve. Ein Zufall, natürlich, aber Diana hatte mir einmal erzählt, Diana sei der Name der römischen Göttin, die man um Jagdglück und um leichte Geburt bat und die auf Griechisch Artemis hieß. Und Artemis hatte doch auch den Jäger Meleager ausgesandt, oder? Ich gähnte und verlor mich in dem Bild, bis mir bewusst wurde, dass ich da etwas durcheinanderbrachte. Es war genau umgekehrt: Artemis hatte das Untier ausgesandt. Ich rieb mir die Augen. Ich war noch immer müde.

Plötzlich bemerkte ich, dass sich etwas verändert hatte, was ich aber nicht mitbekommen hatte, da ich mich so auf das Bild konzentriert hatte. Ich sah aus dem Fenster und hörte es im gleichen Moment: Der Regen hatte aufgehört.

Ich legte das Bild zurück in die Mappe und entschied mich, es an einem anderen Ort zu verstecken. Ich konnte ja nicht die ganze Zeit in der Hütte bleiben, ich musste schließlich einkaufen und etwas unternehmen. Und diesem Sindre Aa vertraute ich definitiv nicht.

Ich blickte mich um, bis mein Blick auf das Klohäuschen fiel. Die Deckenverkleidung bestand aus lose aufgelegten Brettern. Als ich über den Platz vorm Haus ging, merkte ich, dass ich eine Jacke hätte anziehen sollen. Die erste Frostnacht konnte jederzeit kommen.

Das Klohäuschen war ein notdürftig zusammengezimmerter Verschlag: vier Wände mit Ritzen zwischen den Brettern, die eine natürliche Belüftung sicherstellten, sowie eine Holzkiste mit einem kreisrunden Loch, das mit einem viereckigen, grob zurechtgehauenen Deckel verschlossen war. Ich schob drei leere Klopapierrollen und ein Wochenmagazin mit dem Foto eines unter Drogen stehenden Promis zur Seite und kletterte auf die Kiste. Ich streckte mich zu den Deckenbrettern, die lose auf den Querbalken lagen, und wünschte mir zum millionsten Mal, ein paar Zentimeter größer zu sein. Zu guter Letzt gelang es mir aber, ein Brett hochzudrücken, die Mappe nach oben zu schieben und das Brett wieder wie vorher hinzulegen.

Während ich breitbeinig über dem Klo stand und durch die Ritzen nach draußen blickte, erstarrte ich plötzlich.

Es war mucksmäuschenstill, nur noch vereinzelt fielen schwere Tropfen von den Bäumen zu Boden. Trotzdem hatte ich nichts gehört, nicht einen brechenden Zweig oder das Gurgeln eines Schrittes auf dem matschigen Weg. Oder auch nur ein Winseln des Hundes, der dort neben seinem Herrchen am Waldrand stand. Wäre ich in der Hütte gewesen, hätte ich beide nicht sehen können. Sie standen im toten Winkel, wenn man aus den Hüttenfenstern blickte. Der Hund sah aus wie ein Haufen Muskeln, Kiefer und Zähne in der Karosserie eines Boxers, nur kleiner und viel gedrungener. Lassen Sie es mich noch einmal wiederholen: Ich hasse Hunde. Clas Greve trug einen Tarnponcho und eine grüne Mütze. Er hatte keine Waffe in der Hand, doch die konnte auch unter dem Poncho versteckt sein. Plötzlich wurde mir bewusst, dass dieses Gelände für Greve perfekt war. Wildnis, keine Zeugen, ein Ort, an dem man spielend leicht eine Leiche verbergen konnte.

Plötzlich bewegten sich Hund und Herrchen synchron, wie auf ein lautloses Kommando.

Mein Herz hämmerte vor Angst, trotzdem konnte ich meinen Blick nicht abwenden. Die Geschwindigkeit und die absolute Lautlosigkeit, mit der sie sich vom Waldrand entfernten und auf die Hütte zugingen, in der sie schließlich ohne zu zögern verschwanden, faszinierte mich. Sie ließen die Tür offen stehen.

Ich wusste, dass mir nur ein paar Sekunden blieben, bis Greve wusste, dass die Hütte leer war, ich mich aber in der Nähe befinden musste, da meine Jacke noch über dem Stuhl hing. Und … verdammt! … bis er die Glock neben der leeren Labskausdose auf dem Küchentisch fand. Mein Hirn arbeitete auf Hochtouren, kam aber trotzdem nur zu einer Schlussfolgerung: Ich hatte nichts. Keine Rückzugsmöglichkeit, keinen Plan und keine Zeit. Begann ich zu laufen, dauerte es nur Sekunden, bis ich den zwanzig Kilo schweren Nietherterrier an der Hacke und eine Neun-Millimeter-Bleikugel im Hinterkopf hatte. Ich steckte im wahrsten Sinn des Wortes in der Scheiße. Da geriet mein Hirn in Panik, um gleich darauf etwas zu tun, was ich ihm nicht zugetraut hätte. Es ging einfach noch mal einen Schritt zurück. Zu »in der Scheiße«.

Ein Plan. Ein verzweifelter und in jeglicher Hinsicht abstoßender

Plan. Aber dennoch ein Plan, für den mit allem Nachdruck ein einziger Grund sprach: Es gab keine Alternative.

Ich nahm eine der leeren Klopapierrollen, steckte sie mir in den Mund und überprüfte, wie dicht ich meine Lippen darum schließen konnte. Dann klappte ich den Klodeckel hoch. Der Gestank schlug mir entgegen. Es waren anderthalb Meter bis hinunter in den Behälter mit der dünnflüssigen Mischung aus Exkrementen, Urin, Klopapier und Regenwasser, das durch die Seiten hereinkam. Um den Behälter bis zur Entleerungsstelle mitten im Wald zu tragen, brauchte man mindestens zwei Männer. Es war ein grauenvoller Job, der reinste Alptraum. Im wahrsten Sinn des Wortes. Ove und ich hatten das bislang nur einmal vollbracht, danach hatte ich drei Nächte lang von schwappender Scheiße geträumt. Und auch Aa hatte sich allem Anschein nach vor dieser Arbeit gedrückt, denn der anderthalb Meter tiefe Behälter war bis zum Rand gefüllt. Was mir in diesem Augenblick allerdings sehr recht war. Nicht einmal ein Nietherterrier würde etwas anderes riechen können als Scheiße, wenn er vor diesem Plumpsklo stand.

Ich legte mir den Deckel so auf den Kopf, dass er nicht herunterrutschen konnte, stemmte die Handflächen rechts und links neben das Loch und ließ mich langsam herab.

Es war ein unwirkliches Gefühl, in der Scheiße zu versinken und den leichten Druck des Kots am Körper zu spüren, als ich mich mit gestreckten Gliedern nach unten drückte. Der Klodeckel blieb liegen, als mein Kopf den Rand des Loches passierte. Mein Geruchssinn hatte sich wegen Überlastung bereits ausgeschaltet oder machte Urlaub, sodass ich lediglich eine vermehrte Aktivität meiner Tränendrüsen spürte. Die oberste, flüssigste Schicht des Behälters war eiskalt, während es weiter unten richtiggehend warm wurde, vermutlich spielten sich hier diverse chemische Vorgänge ab. Hatte ich nicht irgendwo gelesen, dass sich in solchen Plumpsklos Methangas bildete, an dem man sterben konnte, wenn man zu viel davon einatmete? Als ich festen Boden unter den Füßen spürte, hockte ich mich hin. Tränen rannen mir über die Wangen, meine Nase lief. Ich legte den Kopf nach hinten, sorgte dafür, dass die Papprolle gerade nach oben zeigte, schloss die Augen und versuchte mich zu entspannen, um den Brechreiz in Schach zu halten. Dann ging ich noch tiefer in die Hocke. Meine Ohren füllten sich mit Scheiße, und plötzlich war alles still und dunkel. Ich zwang mich, durch die Papierrolle zu atmen. Es funktionierte. Jetzt nur nicht tiefer hineinrutschen. Es wäre natürlich ein reichlich symbolträchtiger Tod, an Oves und meiner eigenen alten Scheiße zu ersticken, aber ich hatte weiß Gott keine Lust auf einen symbolträchtigen Tod. Ich wollte leben.

Wie aus weiter Ferne hörte ich eine Tür.

Jemand kam näher.

Ich spürte die Vibrationen schwerer Schritte. Stampfen. Und dann wurde es still. Leichtes Tapsen. Der Hund. Der Klodeckel wurde abgenommen. Ich wusste, dass mich Greve in diesem Moment anstarrte. In mich hinein starrte. Er blickte in die Öffnung einer Klopapierrolle, die direkt in mein Inneres führte. Ich atmete so leise ich konnte. Die Pappe war langsam durchgeweicht, und ich wusste, dass sie bald einknicken und undicht werden würde.

Dann war ein dumpfer Laut zu hören. Was war das?

Der nächste Laut war unverkennbar. Eine plötzliche Explosion ging in ein zischendes Klagen über, das schließlich verstummte. Der Abschluss war ein wohliges Stöhnen.

Oh verdammt, dachte ich.

Und ganz richtig. Ein paar Sekunden später hörte ich ein Platschen, und etwas legte sich schwer auf mein Gesicht. Einen Moment lang erschien der Tod mir durchaus als akzeptable Alternative, aber das ging vorüber. Eigentlich war es ziemlich paradox: Ich hatte nie weniger Grund gehabt zu leben, wünschte mir dieses Leben aber nie intensiver als in diesem Moment. Oben folgte ein langgezogenes Stöhnen, es ging noch weiter. Wenn er nur die Öffnung der Papprolle nicht traf! Ich spürte Panik aufkommen und hatte plötzlich das Gefühl, nicht mehr genug Luft zu bekommen. Erneutes Platschen.

Mir wurde schwindelig, und meine Oberschenkelmuskulatur brannte bereits vor Überanstrengung in der hockenden Stellung. Ich richtete mich ein klein wenig auf, und mein Gesicht durchbrach die Oberfläche. Ich blinzelte und blinzelte und starrte direkt auf Clas Greves weißen, behaarten After. Und davor zeichnete sich ein solider, ja ein mehr als solider, ein wahrhaft imposanter Schwanz ab. Und da ein Mann nicht einmal unter Todesangst seinen Penisneid verdrängen kann, dachte ich an Diana. In diesem Moment wusste ich, dass ich Clas Greve töten würde, wenn er mir nicht zuvorkam. Greve erhob sich, Licht fiel durch das Loch, und ich bemerkte, dass irgendetwas nicht stimmte, dass da etwas fehlte. Ich schloss die Augen und tauchte wieder unter. Das Schwindelgefühl raubte mir fast die Besinnung. War ich im Begriff, an einer Methanvergiftung zu sterben?

Dann war es einen Moment lang still. War es vorbei? Ich war mitten in einem Atemzug, als ich plötzlich spürte, dass keine Luft mehr kam, irgendetwas blockierte die Luftzufuhr. Meine primären Instinkte gewannen die Oberhand, und ich begann zu strampeln. Ich musste hier raus. Mein Gesicht durchbrach die Oberfläche, als ich ein hölzernes Rumpeln hörte. Ich kniff die Augen mehrmals zu und öffnete sie wieder. Über mir war es dunkel. Dann hörte ich schwere Schritte, eine Tür, die geöffnet wurde, gefolgt von leichtem Tapsen und dem Schließen der Tür. Ich spuckte die Klopapierrolle aus und sah, was geschehen war. Etwas Weißes hatte sich über die Öffnung gelegt: das Klopapier, mit dem Greve sich abgewischt hatte.

Ich richtete mich auf und blickte gerade noch rechtzeitig durch die Ritzen zwischen den Planken, um zu sehen, wie Greve den Hund in den Wald beorderte, während er selbst noch einmal in der Hütte verschwand. Sein Hund hetzte bergauf Richtung Bergkuppe. Ich blickte ihm nach, bis er zwischen den Bäumen verschwand. Im gleichen Moment – vielleicht genoss ich einen Moment die Erleichterung, die Hoffnung zu entkommen – entwich mir ein unbeabsichtigtes Schluchzen. Nein, dachte ich. Nicht hoffen. Nicht fühlen. Cool bleiben. Analytisch denken. Komm schon, Brown. Denken. Primzahlen. Behalt die Übersicht über das Schachbrett. Okay. Wie hatte Greve mich finden können? Wie zum Teufel hatte er von der Hütte erfahren? Diana hatte doch nie etwas von diesem Ort gewusst. Mit wem hatte er gesprochen? Keine Antwort. Nein. Tja, welche Möglichkeiten blieben mir? Ich musste hier weg, und ich hatte zwei Vorteile: Die Dämmerung hatte eingesetzt. Und da mein ganzer Körper mit Exkrementen bedeckt war, überlagerte der Gestank meinen eigenen Geruch. Aber ich hatte Kopfschmerzen, und der Schwindel wurde auch immer schlimmer. Ich konnte nicht warten, bis es richtig dunkel war, also kletterte ich aus dem Behälter und ließ mich an der Außenseite nach unten gleiten, bis meine Füße auf dem Hang hinter dem Klohäuschen landeten. Ich hockte mich hin und nahm mir den Waldrand als Ziel. Von dort konnte ich nach unten zur Scheune laufen und dann mit dem Auto abhauen. Denn die Autoschlüssel hatte ich doch wohl noch in der Tasche? Ich fühlte mit der Hand nach. Ich der linken Tasche waren nur ein paar Scheine, Oves Kreditkarte und meine und seine Hausschlüssel. Und in der rechten? Ein erleichterter Seufzer kam mir über die Lippen, als meine Finger die Schlüssel und das Handy fanden.

Das Handy.

Natürlich.

Handys stehen in Verbindung mit einem Sendemast, der ein bestimmtes Gebiet abdeckt. So kann man zwar nur eine gewisse Region bestimmen und keinen exakten Standort ausmachen, aber wenn einer der Telenor-Sendemasten mein Telefon hier ausgemacht hatte, gab es kaum Alternativen: Sindre Aas Haus ist das einzige weit und breit. Natürlich setzte das voraus, dass Clas Greve einen direkten Kontakt zur Zentrale von Telenor hatte. Aber mich überraschte inzwischen gar nichts mehr, nein, und langsam gingen mir die Augen auf. Dieser Felsenbrink, der sich angehört hatte, als hätte er meinen Anruf erwartet, bestätigte meinen Verdacht nur. Es ging gar nicht um eine Dreiecksgeschichte mit mir, meiner Frau und einem geilen Holländer in den Hauptrollen. Hatte ich recht, steckte ich in viel größeren Schwierigkeiten, als ich mir jemals hätte vorstellen können.

Kapitel 14

Massey Ferguson

Ich streckte den Kopf vorsichtig hinter dem Häuschen hervor und blickte zur Hütte. Die schwarzen Scheiben verrieten nichts. Er hatte das Licht also nicht eingeschaltet. Mir blieb keine Wahl. Hier konnte ich nicht bleiben. Ich wartete, bis eine Bö durch die Bäume rauschte, und rannte los. Sieben Sekunden später hatte ich den Waldrand erreicht und versteckte mich hinter ein paar Bäumen. Aber diese sieben Sekunden hatten mir beinahe die Besinnung geraubt, meine Lunge schmerzte, mein Kopf dröhnte, und mir war so schwindelig wie damals, als Vater mich zum ersten Mal mit ins Tivoli genommen hatte. Das war an meinem neunten Geburtstag gewesen, er hatte mir den Besuch geschenkt, und Vater und ich waren die einzigen Gäste, abgesehen von den drei angetrunkenen Teenagern, die sich eine Colaflasche mit einer klaren Flüssigkeit darin teilten. Vater hatte mit seinem seltsamen gebrochenen Norwegisch lange über den Preis des einzigen geöffneten Fahrgeschäfts verhandelt: eine Höllenmaschine, deren Sinn vermutlich darin bestand, einen so lange hin und her zu schleudern, bis man die Zuckerwatte wieder auskotzte, um dann von den Eltern hoffentlich mit Popcorn und Limo getröstet zu werden. Ich hatte mich geweigert, mein Leben dieser wackeligen Maschine zu opfern, aber mein Vater bestand darauf und schnallte dann selbst die Riemen fest, mit denen mein Leben festgehalten werden sollte. Jetzt, ein Vierteljahrhundert später, befand ich mich wieder auf diesem dreckigen, surrealen Jahrmarkt, auf dem alles nach Urin und Betrug stank, während ich Angst hatte und unter Übelkeit litt. Neben mir plätscherte ein Bach. Ich fischte das Handy aus der Tasche und warf es hinein. Dann spür mich jetzt mal auf, du Scheiß-Großstadtindianer, dachte ich und lief über den weichen Waldboden auf Aas Hof zu. Zwischen den Kiefern war es bereits dunkel, aber da hier kein Unterholz wuchs, kam ich gut vorwärts. Schon nach ein paar Minuten sah ich die Lichter des Hauses. Ich lief etwas weiter nach unten, und als die Scheune genau zwischen mir und dem Wohnhaus lag, wagte ich mich aus dem Wald heraus. Ich hatte Grund zu der Annahme, dass Aa eine Erklärung von mir verlangen würde, wenn er mich in diesem Zustand sah, und vielleicht sogar die Polizei rufen würde.

Ich schlich zur Scheunentür, öffnete das Tor und schlüpfte hinein. Mein Kopf. Meine Lunge. Ich blinzelte ins Dunkel und konnte Auto und Traktor kaum unterscheiden. Was machte dieses Scheiß-Methan eigentlich mit einem? Wurde man blind? Methan? Methanol, da war doch was?

Keuchen und der kaum hörbare Laut von Pfoten hinter mir. Dann war das Geräusch verschwunden. Ich wusste sofort, was das bedeutete, konnte mich aber nicht mehr umdrehen. Der Hund war auf mich losgesprungen. Alles war still, sogar mein Herz hatte zu schlagen aufgehört. Im nächsten Augenblick stürzte ich auch schon zu Boden. Ich weiß nicht, ob ein Nieterterrier imstande ist, einem durchschnittlich großen Basketballspieler bis an den Hals zu springen und ihm die Zähne ins Fleisch zu schlagen. Ich aber – das mag ich schon erwähnt haben – bin kein Basketballspieler. Ich stürzte, und die Schmerzen explodierten in meinem Hirn. Krallen rissen meinen Rücken auf, ich hörte das Geräusch von Fleisch, das mit einem leisen Geräusch nachgab, und von brechenden Knochen. Meinen Knochen. Ich versuchte, das Tier zu packen, aber meine Glieder gehorchten mir nicht, als hätten die Kiefer, die sich um meinen Nacken geschlossen hatten, jegliche Kommunikation zwischen Hirn und Gliedmaßen blockiert. Die Befehle drangen ganz einfach nicht mehr durch. Ich lag auf dem Bauch und konnte nicht mal mehr die Sägespäne ausspucken, die ich in den Mund bekommen hatte. Durch den Druck auf die Halsschlagader würde mein Hirn bald keinen Sauerstoff mehr bekommen. Mein Blickfeld wurde bereits kleiner. Sollte ich wirklich so sterben? In der Schnauze eines hässlichen Hundes, der aussah wie ein Fettklumpen? Diese Vorstellung war, gelinde gesagt, unbefriedigend, ja ich fand sie in höchstem Grade beschissen. Mein Kopf begann zu brennen, und eine eiskalte Hitze erfüllte meinen Körper und sickerte mir bis in die Fingerspitzen. Ein fluchender Jubelschrei und plötzlich unbändige, zitternde Kraft, die Leben spendete und Tod versprach.

Ich richtete mich auf, während der Köter sich noch immer in meinem Nacken festgebissen hatte und mir wie eine lebende Stola über den Rücken herabhing. Taumelnd tastete ich mit den Armen nach dem Tier, bekam es aber trotzdem nicht zu fassen. Ich wusste, dass meine plötzliche Energie das letzte, verzweifelte Aufbäumen meines Körpers war, meine letzte Chance, bevor ich ausgezählt wurde. Mein Blickfeld war jetzt nur noch ganz minimal, wie beim Intro eines James-Bond-Films, in meinem Fall also das Outro: alles schwarz, bis auf das kleine Loch, in dem man den Typ mit dem Smoking sieht, der mit einer Pistole auf einen zielt. Und durch dieses Loch sah ich nun einen blauen Massey Ferguson, während ein letzter Gedanke mein Hirn erreichte: Ich hasse Hunde.

Schwankend drehte ich mich mit dem Rücken zum Traktor, ließ mich vom Gewicht des Hundes nach hinten ziehen, trat einen Schritt zurück und verlor das Gleichgewicht. Ich fiel. Die spitzen Stäbe des Siloschneiders nahmen uns in Empfang. Und als ich das Hundefell reißen hörte, wusste ich, dass ich diese Welt nicht allein verlassen würde. Mein Blickfeld zog sich völlig zusammen, und die Welt wurde schwarz.

Ich musste eine Weile weg gewesen sein.

Ich lag auf dem Boden und starrte direkt in einen aufgerissenen Hunderachen. Der Körper des Tieres hing irgendwie schwerelos in der Luft und war zusammengekrümmt wie ein Embryo. Zwei Stahlstäbe steckten im Hunderücken. Ich kam zwar auf die Beine, aber alles drehte sich, sodass ich zur Seite taumelte. Ich fasste mir mit der Hand in den Nacken und spürte frisches Blut aus den Bisswunden sickern. Irgendwie wusste ich, dass ich kurz davor war, verrückt zu werden, denn statt mich ins Auto zu setzen, blieb ich stehen und starrte fasziniert auf das tote Tier. Ich hatte ein Kunstwerk erschaffen. Kalydonischer Hund am Spieß. Es war wirklich schön. Besonders die Tatsache, dass dieses Vieh sogar noch im Tod das Maul aufriss. Vielleicht hatte es vor Schreck eine Kiefersperre bekommen, wenn diese Hunderasse im Augenblick des Todes nicht immer so reagierte. Auf jeden Fall genoss ich den gleichermaßen wütenden wie überraschten Ausdruck des Tieres, als regte es sich noch im Tod darüber auf, nicht nur zu kurz auf dieser Erde gewesen zu sein, sondern überdies auch noch einen derart entwürdigenden Tod hinnehmen zu müssen. Ich hätte ihn am liebsten angespuckt, aber mein Mund war zu trocken.

Stattdessen gelang es mir, den Autoschlüssel aus der Tasche zu fischen und auf unsicheren Beinen zu Oves Mercedes zu gehen. Ich setzte mich hinein und drehte den Schlüssel im Zündschloss. Keine Reaktion. Ich versuchte es noch einmal und gab Gas. Mausetot. Ich starrte durch die Windschutzscheibe und stöhnte. Dann stieg ich aus und öffnete die Motorhaube. Es war so dunkel, dass ich die durchtrennten Kabel nur erahnen konnte. Welche Funktion sie hatten, wusste ich nicht, aber vermutlich waren sie mit für das Wunder verantwortlich, dass ein Auto fuhr und funktionierte. Zum Teufel mit diesem Holländer! Hoffentlich saß Clas Greve noch immer in der Hütte und wartete auf mich. Aber bestimmt begann er sich langsam zu fragen, wo sein Hund blieb. Ruhig, Brown. Okay, die einzige Möglichkeit, jetzt von hier wegzukommen, war Sindre Aas Traktor. Mit dem konnte ich aber nicht schnell fahren, sodass Greve mich problemlos einholen würde. Also musste ich das Auto finden, mit dem er selbst gekommen war – der silbergraue Lexus stand sicher irgendwo am Weg – und es auf die gleiche Weise außer Gefecht setzen, wie er es mit Oves Mercedes gemacht hatte.

Mit raschen Schritten ging ich auf das Wohnhaus zu. Die Haustür war nur angelehnt, und ich wartete fast darauf, dass Sindre Aa auf die Treppe trat. Aber er kam nicht. Ich klopfte an und drückte die Tür auf. Im Windfang standen das Gewehr mit dem Zielfernrohr und ein Paar dreckige Gummistiefel.

»Aa?«

Es hörte sich nicht wie ein Name an, sondern wie der Wunsch, die Fortsetzung einer Geschichte zu hören. Was ja irgendwie auch der Fall war. Ich ging weiter ins Haus und rief immer wieder diesen einen idiotischen Buchstaben. Da nahm ich aus den Augenwinkeln eine Bewegung wahr und drehte mich um. Der Rest Blut, der noch in meinem Körper steckte, gefror mir in den Adern. Ein schwarzes, tierartiges Monster auf zwei Beinen war im gleichen Moment wie ich stehen geblieben und starrte mich mit weit aufgerissenen Augen an. Das Weiß seiner Augen leuchtete aus dem Schwarz heraus. Ich hob die rechte Hand. Das Monster die linke. Ich hob die Linke, es die Rechte. Ein Spiegel! Erleichtert seufzte ich auf. Die Scheiße war an mir getrocknet und bedeckte alles: die Schuhe, den Körper, das Gesicht, die Haare. Ich ging weiter und schob die Wohnzimmertür auf.

Er saß grinsend in einem Schaukelstuhl. Die fette Katze thronte auf seinem Schoß und blinzelte mich mit Dianas mandelförmigen Hurenaugen an. Dann richtete das Tier sich auf und sprang auf den Boden. Die Pfoten landeten weich, und es kam mit schwingenden Hüften auf mich zu, bis es plötzlich erstarrte. Ich roch wohl nicht nach Rosen und Lavendel. Aber nach kurzem Zögern schlich die Katze trotzdem mit einladendem Schnurren zu mir. Anpassungsfähige Tiere, diese Katzen, die wissen, wann sie ein neues Herrchen brauchen. Das alte war nämlich tot.

Sindre Aas Lächeln war darauf zurückzuführen, dass seine Mundwinkel eine blutige Verlängerung bekommen hatten. Eine blauschwarze Zunge ragte aus der aufgerissenen Wange, und ich sah das Zahnfleisch und die Zähne im Unterkiefer. Der mürrische Bauer erinnerte mich an den guten alten PacMan, aber das neue Ohr-zu-Ohr-Grinsen war nicht die Todesursache. Über seinen Hals verliefen zwei gleichmäßige, blutunterlaufene Striche, die sich in der Mitte wie ein X kreuzten. Sindre Aa war von hinten mit einer Garotte erwürgt worden, einem dünnen Nylonfaden oder einem Stahldraht. Ich atmete keuchend durch die Nase, während mein Hirn rasch und ungefragt die Geschehnisse rekonstruierte: Clas Greve war am Hof vorbeigefahren und hatte im Schlamm vor dem Haus meine Reifenspuren bemerkt, die in die Scheune führten. Vermutlich war er weitergefahren, hatte dann aber den Wagen abgestellt, war zurückgelaufen und hatte durch einen Blick in die Scheune seinen Verdacht bestätigt bekommen. Sindre Aa hatte zu diesem Zeitpunkt vermutlich bereits auf der Treppe gestanden. Misstrauisch und schlau. Bestimmt hat er Greve keine klaren Antworten auf seine Fragen nach mir gegeben, er wird sich vage ausgedrückt haben. Hatte Greve ihm Geld geboten? Waren sie ins Haus gegangen? Auf jeden Fall musste Aa noch immer wachsam gewesen sein, denn als Greve ihm die Garotte über den Kopf gezogen hatte, war es ihm anscheinend gelungen, noch schnell das Kinn zu senken, sodass der Draht sich nicht um seinen Hals legte. Beim anschließenden Kampf musste der Draht sich dann in Aas Wange geschnitten haben. Aber dank seiner Kraft war es Greve schließlich doch gelungen, den todbringenden Draht um den Hals des verzweifelten Alten zu legen. Ein stiller Zeuge, ein stiller Mord. Aber warum hatte Greve es sich nicht einfacher gemacht? Warum hatte er ihn nicht einfach erschossen?

Die nächsten Nachbarn waren doch kilometerweit entfernt. Hatte er Angst, mich zu warnen? Dann kapierte ich: Er hatte ganz einfach keine Waffe. Ich fluchte leise. Denn jetzt hatte er eine, ich hatte sie ihm richtiggehend serviert, auf dem Küchentisch in der Hütte. Wie blöd konnte man eigentlich sein?

Ich wurde auf das tropfende Geräusch und die Katze aufmerksam, die jetzt zwischen meinen Beinen stand. Mit ihrer hellroten Zunge leckte sie das Blut auf, das von meinem Hemd auf den Boden tropfte. Eine betäubende Müdigkeit überkam mich, und ich atmete dreimal tief durch. Ich musste mich jetzt konzentrieren. Weiterdenken, einen klaren Kopf behalten, nur so konnte ich die lähmende Furcht auf Distanz halten.

Als Erstes musste ich die Traktorschlüssel finden. Ich lief planlos von Raum zu Raum und riss alle Schubladen auf. Im Schlafzimmer fand ich eine einzelne, leere Patronenhülse und im Flur einen Schal, den ich mir fest um den Nacken band, um die Blutung zu stoppen. Aber keinen Traktorschlüssel. Ich sah auf die Uhr. Greve machte sich mittlerweile wohl wirklich Sorgen um seinen Hund. Zu guter Letzt ging ich zurück ins Wohnzimmer, beugte mich über Aas Leiche und durchsuchte seine Taschen. Da! Auf dem Schlüsselring stand sogar Massey Ferguson. Ich hatte zwar nur wenig Zeit, durfte aber auf keinen Fall nachlässig werden. Jetzt kam es darauf an, alles richtig zu machen. Also: Wenn sie Aa fanden, würden sie diesen Ort wie einen Tatort behandeln und nach biologischen Spuren suchen. Ich hastete also in die Küche, befeuchtete ein Handtuch und wischte damit in allen Zimmern, in denen ich gewesen war, das Blut und mögliche Fingerabdrücke weg. Als ich schon im Windfang stand, fiel mein Blick auf das Gewehr. Vielleicht hatte ich ja doch mal Glück und es war eine Patrone im Lauf? Ich packte die Waffe, rüttelte und zog an einem Hebel und hörte ein Klicken von Bolzen oder Auslösern oder wie auch immer diese Dinger hießen, bis es mir schließlich gelang, die Waffe aufzuklappen. Ein kleines rotes Ding ragte mir entgegen, die Kammer war leer. Keine Patrone. Ich hörte ein Geräusch und blickte auf. Die Katze stand auf der Schwelle zur Küche und starrte mich gleichsam besorgt und vorwurfsvoll an: Ich konnte sie doch nicht einfach so verlassen? Ich trat fluchend nach dem treulosen Geschöpf, das entsetzt zur Seite sprang und ins Wohnzimmer flüchtete. Dann wischte ich schnell das Gewehr ab, stellte es zurück, ging nach draußen und drückte die Tür mit dem Fuß zu.

Der Traktor startete mit einem Brüllen. Und brüllte weiter, als ich aus der Scheune fuhr. Ich ließ das Tor hinter mir offen, denn ich hörte, was der Traktor brüllte: »Clas Greve! Brown versucht abzuhauen! Beeil dich, los, beeil dich!«

Ich gab Vollgas und fuhr den gleichen Weg, über den ich gekommen war. Es war jetzt stockfinster, und das Licht der Traktorleuchten tanzte über den holperigen Weg.

Vergeblich hielt ich nach dem Lexus Ausschau, aber der musste doch irgendwo hier stehen! Nein, jetzt dachte ich nicht klar, er konnte ihn ja auch auf der anderen Seite des Hofs geparkt haben. Ich schlug mir selbst mit der Hand ins Gesicht. Blinzeln, atmen, nicht müde werden, nicht nachlassen. So.

Vollgas. Ein beständiges, forderndes Brüllen. Wohin? Nur weg.

Mein Blickfeld schien wieder schmaler zu werden, und das Dunkel wurde größer. Ich bekam wieder einen Tunnelblick, war kurz davor, das Bewusstsein zu verlieren, und atmete so tief ich nur konnte. Sauerstoff ins Hirn. Hab Angst, sei wach, bleib am Leben!

In das monotone Brüllen des Motors hatte sich jetzt auch noch ein anderes Geräusch gemischt. Ein Oberton.

Ich wusste, was es war, und umklammerte das Lenkrad nur noch fester.

Ein anderer Motor.

Das Licht traf meinen Spiegel.

Ein Wagen näherte sich ohne jede Hast von hinten. Warum sollte er es auch eilig haben? Wir waren vollkommen allein hier in der Wildnis, wir hatten alle Zeit der Welt.

Meine einzige Hoffnung war, dass ich ihn hinter mir halten konnte, damit er mir nicht den Weg versperren konnte. Ich fuhr auf der Mitte der Schotterstraße und beugte mich dabei tief über das Lenkrad, um ein möglichst kleines Ziel für die Glock zu bieten. Dann kamen wir zu einer Kurve, nach der der Weg plötzlich gerader und breiter wurde, und als ob Greve das Gelände wie seine Westentasche kennen würde, gab er plötzlich Gas und war neben mir. Ich lenkte den Traktor nach rechts, um ihn in den Graben abzudrängen, aber zu spät, er kam an mir vorbei. Stattdessen war jetzt ich auf dem Weg in den Graben, zerrte verzweifelt am Lenkrad und holte den Traktor mit letzter Kraft auf die Straße zurück. Vor meinen Augen brannte jetzt ein blaues Licht. Und auf jeden Fall zwei rote Bremslichter, die mir zeigten, dass der Wagen vor mir hielt. Ich blieb ebenfalls stehen, ließ den Motor jedoch weiterlaufen und stieg nicht ab. Ich wollte nicht hier sterben, hier in der Einöde, stumm wie ein Schaf. Meine einzige Chance bestand jetzt darin, ihn aus dem Auto zu bekommen, ihn zu überfahren und dann mit dem Profil meiner gewaltigen Reifen wie Pfefferkuchenteig zu zermatschen.

Auf der Fahrerseite öffnete sich eine Autotür. Ich gab dem Gaspedal einen kleinen Schubser mit der Schuhspitze, um ein Gefühl dafür zu bekommen, wie schnell der Motor reagierte. Nicht schnell. Vor meinen Augen drehte sich alles, und mein Blick begann wieder zu schwimmen. Trotzdem sah ich eine Gestalt auf mich zukommen. Ich zielte und versuchte krampfhaft, mich zu konzentrieren. Die Person war groß und dünn. Groß und dünn? Clas Greve war nicht groß und dünn.

»Sindre?«

»What?«, sagte ich, obwohl mein Vater mir eingebläut hatte, dass ich »I beg your pardon?«, »Sorry, sir?« oder »How can I accommodate you, madam?« sagen sollte. Ich rutschte auf dem Sitz ein Stück nach unten. Mein Vater hatte meiner Mutter verboten, das Kind auf dem Schoß zu haben. Er meinte, der Junge würde dadurch verweichlicht. Siehst du mich jetzt, Vater? Bin ich verweichlicht? Darf ich jetzt auf deinen Schoß?

Dann hörte ich einen herrlich norwegischen Tonfall etwas zögerlich durch die Dunkelheit singen:

»Are you from the ... eh ... Asylantenheim?«

»Asylantenheim?«, wiederholte ich.

Er stand jetzt neben dem Traktor, und ich sah seitlich zu ihm nach unten, während meine Hände das Lenkrad noch immer umklammerten.

»Oh Entschuldigung«, sagte er. »Sie haben auf mich ... so ... äh, sind Sie in die Jauchegrube gefallen?«

»Ich hatte einen kleinen Unfall, ja.«

»Das sehe ich. Ich habe Sie angehalten, weil das Sindres Traktor ist. Und weil hinten am Siloschneider ein Hund hängt.«

Meine Konzentration hatte also doch nicht gereicht. Ha, ha. Diesen verdammten Köter hatte ich glatt vergessen, hörst du das, Vater? Zu wenig Blut im Hirn. Zu viel ...

Ich verlor das Gefühl in den Fingern, dann rutschten sie vom Lenkrad, und ich wurde ohnmächtig.

Kapitel 15

Besuchszeit

Ich wachte auf und war im Himmel. Alles war weiß, und ein Engel blickte auf meine Wolke herab und fragte mich, ob ich wüsste, wo ich war. Ich nickte, und der Engel sagte mir, jemand wolle mit mir reden, es sei aber nicht eilig, er könne warten. Ja, dachte ich, er kann warten. Denn wenn er zu hören bekommt, was ich getan habe, wird er mich schnurstracks hier rauswerfen, mich aus dieser wohlig weichen Wolke verbannen und mich in die Tiefe stürzen. Dann werde ich fallen, endlos, bis ich ganz unten bin, wo ich hingehöre, im Feuer, in der Schmiedehalle, im ewig währenden Säurebad meiner Sünden.

Ich schloss die Augen und flüsterte, dass ich am liebsten noch nicht gestört werden würde.

Der Engel nickte verständnisvoll, deckte mich sorgfältig zu und verschwand auf klappernden Holzsohlen. Ich hörte Stimmen auf dem Flur, bevor die Tür hinter ihr ins Schloss fiel.

Ich betastete die Bandage, die sie mir um den Hals gewickelt hatten. Ein paar Erinnerungsfetzen tauchten in meinem Bewusstsein auf. Das Gesicht des großen, dünnen Mannes über mir, der Rücksitz eines Autos, das schnell über kurvige Straßen fuhr, zwei Männer in Krankenpflegerkitteln, die mir auf eine Bahre halfen. Die Dusche. Ich hatte in einer Dusche gelegen, in warmem, angenehmem Wasser, bis ich wohl wieder die Besinnung verloren hatte.

Am liebsten wäre ich wieder ohnmächtig geworden, aber mein Hirn verriet mir, dass dieser Luxus nur vorübergehend war, dass der Sand noch immer durch die Sanduhr rann, die Erde sich noch immer drehte und der Lauf der Dinge unaufhaltsam war. Nur für einen kurzen Moment hatte alles innegehalten und tief durchgeatmet.

Nachdenken.

Ja, doch, das Nachdenken tut weh! Wie viel leichter wäre es jetzt, einfach loszulassen und zu resignieren, sich nicht gegen die Schwerkraft des Schicksals zu wehren. Es ist nur so, dass der triviale Lauf der Dinge so enervierend und blöd ist, dass man einfach wütend werden muss.

Und anfängt nachzudenken.

Dass dort draußen Clas Greve saß und mit mir reden wollte, war ausgeschlossen, aber es konnte natürlich die Polizei sein. Ich sah auf die Uhr. Acht Uhr morgens. Wenn die Polizei die Leiche von Sindre Aa bereits entdeckt hatte und mich verdächtigte, war es wenig wahrscheinlich, dass bloß ein Mann kam, der dann höflich draußen vor der Tür wartete. Vielleicht war es ein Beamter, der einfach fragen wollte, was geschehen war, vielleicht ging es um den Traktor, der vermutlich noch immer auf der Straße stand ... vielleicht hoffte ich aber auch nur, dass es die Polizei war. Oder hatte ich jetzt genug gelitten? Sollte ich einfach mein Leben retten und ihnen sagen, wie alles zusammenhing? Ich lag da, spürte in mich hinein, und fühlte, wie das Lachen in mir aufstieg. UND WIE!

Im gleichen Moment ging die Tür auf, die Geräusche auf dem Flur drangen zu mir herein und ein Mann in weißem Kittel betrat das Zimmer. Er sah blinzelnd auf die Schreibunterlage, die er in der Hand hatte.

»Ein Hundebiss?«, fragte er, hob den Kopf und lächelte mich an.

Ich erkannte ihn sofort wieder. Die Tür fiel hinter ihm ins Schloss, und wir waren allein.

»Tut mir leid, dass ich nicht länger warten konnte«, flüsterte er.

Der weiße Arztkittel kleidete Clas Greve. Weiß der Himmel, wie er daran gekommen war und wie er mich gefunden hatte. Mein Handy lag doch in einem Bach. Weniger fraglich war, was jetzt geschehen würde. Und als wollte er das bestätigen, steckte er die Hand in die Kitteltasche und zog eine Pistole heraus. Meine Pistole. Oder genauer gesagt, Oves Pistole. Und um ganz genau zu sein: eine Glock 17 mit Neun-Millimeter-Bleikugeln, die sich verformen, wenn sie auf Gewebe treffen, und in Anbetracht ihrer geringen Größe eine unverhältnismäßig große Menge Fleisch, Muskeln, Knochen und Gehirnmasse herausreißen und – nachdem sie den Körper passiert haben – das Ganze an die Wand hinter dir klatschen, welche dann aussieht wie ein Gemälde von Barnabas Furnas. Die Mündung der Pistole zeigte auf mich. Es wird häufig behauptet, man habe in einem solchen Moment einen trockenen Mund. Ich kann diese Behauptung nur bestätigen.

»Ich hoffe, es geht in Ordnung, dass ich deine Pistole benutze, Roger?«, sagte Clas Greve. »Meine eigene habe ich nicht mit nach Norwegen genommen. Es ist heutzutage so ein Aufwand mit Flugzeugen und Waffen, außerdem konnte ich das alles ...« Er breitete die Arme aus. »... nicht vorhersehen. Andererseits ist es wohl auch besser, wenn die Kugel nicht zu mir zurückverfolgt werden kann, nicht wahr, Roger?«

Ich antwortete nicht.

»Nicht wahr?«, wiederholte er.

»Warum ...«, begann ich mit einer Stimme, die so rau war wie ein Wüstenwind.

Clas Greve wartete mit aufrichtiger Neugier, bis ich den Satz fortsetzte.

»Warum tust du das alles?«, flüsterte ich. »Alles nur wegen einer Frau, die du gerade erst getroffen hast?«

Er zog die Stirn in Falten. »Redest du von Diana? Wusstest du, dass sie und ich ...«

»Ja«, unterbrach ich ihn, um den Rest nicht hören zu müssen.

Er lachte kurz. »Bist du so ein Idiot, Roger? Glaubst du wirklich, es geht bei dieser Sache hier um dich und mich?«

Ich antwortete nicht. Ich hatte verstanden. Es ging nicht um so triviale Dinge wie Leben, Gefühle oder geliebte Menschen.

»Diana war doch nur ein Mittel zum Zweck, Roger. Ohne sie wäre ich doch gar nicht an dich herangekommen. Schließlich hast du den ersten Köder nicht geschluckt.«

»An mich herangekommen?«

»Ja. Wir planen das seit mehr als vier Monaten, seit wir wissen, dass Pathfinder einen neuen Geschäftsführer sucht.«

»Wir?«

»Rate mal.«

»HOTE?«

»Und unser neuer amerikanischer Besitzer. Wir waren – um es freiheraus zu sagen – ökonomisch etwas down, als sie im Frühjahr zu uns kamen. Und bei der Übernahme, die nach außen wie ein Aufkauf aussah, in Wahrheit aber eine Rettungsaktion darstellte, mussten wir ein paar Bedingungen akzeptieren. Eine davon war, dass wir ihnen auch Pathfinder lieferten.«

»Ihnen Pathfinder liefern? Wie das denn?«

»Du weißt genauso viel wie ich, Roger. Auch wenn offiziell die Aktionäre und der Vorstand eine Firma leiten, steht doch der Geschäftsführer am Steuer. Und der entscheidet zu guter Letzt auch, an wen verkauft wird. Als ich HOTE leitete, habe ich immer darauf geachtet, dem Vorstand so wenig Informationen wie möglich zu geben, sie dabei aber in alle Unsicherheiten einzuweihen, sodass sie mir jederzeit vertraut haben. Aber das war für sie ohnehin das Beste. Kein einigermaßen kompetenter Geschäftsführer, der das Vertrauen des Vorstands hat, sollte Schwierigkeiten haben, eine Gruppe schlecht informierter Eigentümer dazu zu bringen, jederzeit das zu tun, was er will.«

»Du übertreibst.«

»Tue ich das? Soweit ich weiß, verdienst du dir deine Brötchen doch gerade damit, diese sogenannten Vorsitzenden zu beeinflussen.«

Natürlich hatte er recht.

»Dann will HOTE ...«, begann ich.

»Ja, HOTE will Pathfinder übernehmen.«

»Weil die Amerikaner das als Bedingung für die Rettung von HOTE gestellt haben?«

»Die Gelder, die wir als Eigner von HOTE bekommen haben, sind so lange auf einem Konto eingefroren, bis die Übernahme perfekt ist. Natürlich ohne dass das irgendwo schriftlich fixiert wäre.«

Ich nickte langsam. »Dann ist deine Kündigung als Protest gegen die Übernahme nur Show, um als glaubwürdiger Kandidat für Pathfinder dazustehen?«

»Exakt.«

»Und wenn du den Job als Geschäftsführer bei Pathfinder hast, lautet dein Auftrag, die Gesellschaft zu zwingen, an die Amerikaner zu verkaufen?«

»Zwingen klingt so hart. Wenn Pathfinder in ein paar Monaten herausfindet, dass ihre Technologie für HOTE kein Geheimnis mehr ist, werden sie selbst einsehen, dass sie allein keine Chance haben, und die Zusammenarbeit suchen. Das ist dann die beste Lösung.«

»Weil du heimlich diese Technologie an HOTE verraten hast?«

Greves Lächeln war dünn und weiß wie ein Bandwurm: »Wie gesagt, es wäre die perfekte Ehe.«

»Die perfekte Zwangsehe, meinst du wohl.«

»Wenn du so willst. Aber mit der Kombination der Technologien von HOTE und Pathfinder werden wir alle GPS-Militäraufträge der westlichen Welt an Land ziehen. Und vermutlich auch ein paar der östlichen ... Das ist doch wohl die eine oder andere Manipulation wert, oder?«

»Und ich sollte euch den Weg zu dieser Anstellung ebnen?«

»Ich wäre auch so ein starker, erfolgversprechender Bewerber gewesen, meinst du nicht auch?« Clas Greve hatte sich ans Fußende des Bettes gestellt. Er hielt die Pistole in Hüfthöhe und stand mit dem Rücken zur Tür. »Aber wir wollten auf Nummer sicher gehen, fanden heraus, welche Rekrutierungsfirmen sie kontaktiert hatten, und recherchierten dann ein bisschen. Dabei zeigte sich, dass du ein gewisses Renommee hast, Roger Brown. Es heißt, dass die von dir vorgeschlagenen Kandidaten so gut wie immer genommen werden. Du sollst da ja sogar so einen Rekord halten. Deshalb wollten wir natürlich über dich gehen.«

»Welch eine Ehre. Aber warum hast du nicht einfach direkt mit Pathfinder Kontakt aufgenommen und dein Interesse bekundet?«

»Aber Roger! Ich bin der Ex-Geschäftsführer des großen bösen Wolfs, der alle aufkauft, hast du das vergessen? Bei Pathfinder hätten doch sofort die Alarmglocken geläutet, wäre ich direkt zu ihnen gegangen. Ich musste ›gefunden‹ werden. Und dann überredet. Nur das war glaubwürdig, nur so würde man mir abnehmen, dass ich ohne böse Absichten zu Pathfinder komme.«

»Ich verstehe. Und warum dann der Umweg über Diana? Warum hast du nicht direkt Kontakt mit mir aufgenommen?«

»Jetzt stellst du dich aber dumm, Roger. Auch du hättest Verdacht geschöpft, wenn ich mich angeboten hätte. Ich glaube, du hättest mich nicht mal mit der Kneifzange angefasst.«

Er hatte recht, ich stellte mich wirklich dumm. Aber er war auch dumm. Dumm und so stolz auf seinen genialen, gerissenen Plan, dass er der Versuchung nicht wiederstehen konnte, mir alles haarklein zu erzählen, bis jemand durch diese verdammte Tür kam. Denn es musste doch bald jemand kommen, schließlich lag ich in einem Krankenhaus!

»Du sprichst mir zu edle Motive bei meiner Arbeit zu, Clas«, sagte ich und dachte, dass man doch keinen Menschen hinrichten kann, den man duzt? »Ich stelle Kandidaten ein, von denen ich glaube, dass sie den Job bekommen werden, das heißt aber nicht, dass diese Leute auch wirklich das Beste für den Betrieb sind.«

»Doch«, sagte Greve und zog die Stirn in Falten. »Nicht einmal ein Headhunter wie du wäre so unmoralisch, oder?«

»Ich habe den Eindruck, du kennst dich in der Welt der Headhunter nicht gerade aus. Du hättest Diana da raushalten sollen.«

Greve schien sich zu amüsieren. »Hätte ich?«

»Wie hast du sie an den Haken gekriegt?«

»Willst du das wirklich wissen, Roger?« Er hatte die Pistole ein klein wenig angehoben. Ein Meter lag zwischen der Mündung und mir. Zwischen die Augen?

»Ich muss doch sowieso sterben, nachdem du es mir erzählt hast, Clas.«

»Wie du willst.« Er ließ die Pistole wieder sinken. »Ich war ein paar Mal in ihrer Galerie. Hab ein paar Sachen gekauft. Irgendwann hab ich angefangen, ihren Empfehlungen zu folgen. Dann habe ich sie auf einen Kaffee eingeladen. Wir haben über alles Mögliche geredet, auch über persönliche Dinge, wie man das nur mit Fremden macht. Über Eheprobleme ...«

»Ihr habt über unsere Ehe gesprochen?«, rutschte es mir heraus.

»Ja, natürlich. Ich bin doch geschieden, habe also vollstes Verständnis. Ich verstehe zum Beispiel, dass eine hübsche, reife und fruchtbare Frau wie Diana nicht damit leben kann, dass ihr Ehemann ihr kein Kind schenken will. Oder dass er sie zu einer Abtreibung überredet, weil der Junge das Down-Syndrom hat.« Clas Greve grinste so breit wie Aa in seinem Schaukelstuhl. »Besonders da ich selber Kinder liebe.«

Blut und Vernunft verließen mein Hirn, und es blieb nur noch Platz für einen einzigen Gedanken: den Mann zu töten, der vor mir stand. »Du ... du hast ihr gesagt, dass du ... dass du dir Kinder wünschst?«

»Nein«, sagte Greve leise. »Ich habe gesagt, dass ich mir ein Kind von *ihr* wünsche.«

Ich musste mich konzentrieren, um mit beherrschter Stimme weitersprechen zu können: »Diana würde mich nie für einen Scharlatan wie dich ...«

»Ich habe sie mit in meine Wohnung genommen und ihr mein sogenanntes Rubens-Bild gezeigt.«

Ich war verwirrt. »Dein sogenanntes ...?«

»Ja, das Bild ist natürlich nicht echt, nur eine sehr gute, alte Kopie, die noch aus der Zeit von Rubens stammt. Die Deutschen haben das Bild wirklich lange für echt gehalten. Meine Großmutter zeigte mir das Bild schon, als ich noch klein war und bei ihr wohnte. Es tut mir leid, dass ich euch angelogen und es für echt ausgegeben habe.«

Die Neuigkeit hätte vielleicht einen Effekt auf mich haben sollen, aber ich war gefühlsmäßig bereits derart ausgebombt, dass ich sie einfach regungslos hinnahm. Gleichzeitig wurde mir aber auch bewusst, dass Greve das ausgetauschte Bild noch nicht bemerkt hatte.

»Wie auch immer, die Kopie hat ihre Aufgabe erfüllt«, sagte Greve. »Als Diana sah, was sie wohl noch immer für einen Rubens hält, schloss sie daraus wahrscheinlich, dass ich ihr nicht nur ein Kind schenken konnte, sondern auch in der Lage sein würde, sie und das Kind auch in Zukunft adäquat zu versorgen. Dass ich ihr damit – kurz gesagt – das Leben geben konnte, von dem sie träumte.«

»Und sie ...«

»... war mehr als bereit, dafür zu sorgen, dass ihr zukünftiger Ehemann den Geschäftsführerposten bekommt, der ihm auch das Ansehen gab, das mit dem Geld einhergehen sollte.«

»Du willst damit sagen ... der Abend in der Galerie ... das war alles nur Theater ... von Anfang an?«

»Natürlich. Mal davon abgesehen, dass wir den Sieg nicht so einfach einfahren konnten, wie wir uns das erhofft hatten. Als Diana mich anrief und erzählte, dass du dich doch gegen mich entschieden hattest ...« Er verdrehte betont theatralisch die Augen. »Kannst du dir den Schock vorstellen, Roger? Die Enttäuschung? Die Wut? Ich konnte einfach nicht verstehen, was dir an mir nicht gefiel. Warum, Roger, warum? Was habe ich dir getan?«

Ich schluckte. Er wirkte so unglaublich entspannt, als hätte er alle Zeit der Welt, um mir die Kugel in die Stirn oder ins Herz zu setzen, oder welchen Körperteil auch immer er sich bei mir ausgeguckt hatte.

»Du bist zu klein«, sagte ich.

»Wie bitte?«

»Und dann hast du Diana dazu gebracht, diesen Gummiball mit Suxamethonium unter der Sitzmatte zu platzieren? Sollte sie mir das Leben nehmen, damit ich dich nicht von der Liste der möglichen Kandidaten streiche?«

Greve runzelte die Stirn. »Suxamethonium? Interessant, dass du wirklich überzeugt bist, deine Frau wäre bereit, für ein Kind und ein kleines Stückchen Glück einen Mord zu begehen. Vielleicht hast du ja recht. Aber darum habe ich sie wirklich nicht gebeten. Der Gummiball enthielt eine Mischung aus Ketalar und Dormicum, ein schnell wirkendes Betäubungsmittel. Es ist sehr stark und wirklich nicht ungefährlich. Wir wollten dich betäuben, wenn du dich morgens in den Wagen setzt, und dann sollte Diana dich zu einem vorher abgesprochenen Treffpunkt fahren.«

»Was für ein Treffpunkt?«

»Eine Hütte, die ich gemietet hatte. So ähnlich wie die, in der ich dich gestern zu finden hoffte. Aber mit einem freundlicheren und weniger neugierigen Vermieter.«

»Und da sollte ich ...«

»Überredet werden.«

»Wie das?«

»Du weißt schon. Mit kleinen Anreizen. Drohungen, wenn nötig.«

»Folter?«

»Folter hat durchaus unterhaltsame Seiten, aber erstens hasse ich es, anderen als mir selbst Schmerzen zuzufügen, und zweitens ist Folter ab einem gewissen Moment viel weniger effektiv als landläufig angenommen. Also nein, an richtig intensive Folter hatten wir nicht gedacht. Nur ein bisschen, damit du auf den Geschmack kommst und die grenzenlose Angst vor den Schmerzen geweckt wird, die in jedem von uns steckt. Es ist nämlich die Angst und nicht der Schmerz, der dich gefügig macht. Bei einem zielgerichteten, professionellen Verhör geht man nie über diese leichte, assoziative Form der Folter hinaus ...« Er grinste. »... auf jeden Fall steht das so in den CIA-Richtlinien. Und die sind besser als das FBI-Modell, das du benutzt, oder was meinst du, Roger?«

Ich spürte, dass ich unter meinem Verband zu schwitzen begonnen hatte.

»Und was wolltest du erreichen?«

»Dass du die Anstellungsempfehlung ausfüllst und wie geplant unterschreibst. Wir hätten sie sogar für dich frankiert und zur Post gebracht.«

»Und wenn ich es nicht getan hätte? Noch ein bisschen mehr Folter?«

»Wir sind keine Unmenschen, Roger. Wenn du dich geweigert

hättest, hätten wir dich einfach dabehalten. Bis Alfa die Anstellungsformalitäten einem deiner Kollegen übertragen hätte. Vermutlich deinem Mitarbeiter. Ferdinand heißt der, nicht wahr?«

»Ferdy«, sagte ich mürrisch.

»Genau. Der schien doch ganz positiv eingestellt zu sein. Genauso wie der Vorstandsvorsitzende und der Pressesprecher. Das hast du doch auch so gesehen, oder? Es trifft doch wohl zu, dass ich nur noch durch eine negative Beurteilung von Roger Brown persönlich gestoppt werden konnte? Siehst du, wir hätten dir also gar nicht zu schaden brauchen.«

»Du lügst«, sagte ich.

»Tue ich das?«

»Du hattest nie vor, mich am Leben zu lassen. Warum solltest du mich anschließend laufen lassen und das Risiko eingehen, dass ich dich verrate?«

»Ich hätte dir einen guten Rat gegeben: Ewiges Leben gegen ewiges Schweigen.«

»Betrogene Ehemänner sind nicht gerade zuverlässige Geschäftspartner, Greve. Und das weißt du.«

Greve strich sich mit dem Lauf der Waffe über das Kinn. »Mag sein. Doch, vielleicht hast du recht. Wir hätten dich wohl getötet. Aber das war jedenfalls der Plan, wie ich ihn Diana erzählt habe. Und sie hat mir geglaubt.«

»Weil sie es glauben wollte.«

»Östrogen macht blind, Roger.«

Ich wusste nicht mehr, was ich sagen sollte. Verdammt, warum kam denn keiner …?

»In dem Schrank, in dem ich diesen Kittel gefunden habe, lag auch so ein BITTE NICHT STÖREN-Schild«, sagte Greve, als hätte er meine Gedanken gelesen. »Ich glaube, die hängen diese Schilder draußen an die Tür, wenn ein Patient auf der Bettpfanne sitzt.«

Der Lauf zeigte nun wieder direkt auf mich, und ich sah, wie sich sein Finger auf den Abzug legte. Er hatte die Pistole nicht angehoben, vermutlich wollte er aus der Hüfte schießen, so wie das James Cagney in den Gangsterfilmen der 40er und 50er Jahre mit unglaublicher Treffsicherheit getan hatte. Dummerweise sagte mir meine innere Stimme, dass bestimmt auch Clas Greve zu diesen unglaublich treffsicheren Schützen gehörte.

»Ich denke, das ist durchaus angemessen«, sagte Greve, der die Augen in Erwartung des Knalls bereits etwas zusammengekniffen hatte. »Der Tod ist trotz allem Privatsache, nicht wahr?«

Ich schloss die Augen. Ich hatte die ganze Zeit über recht gehabt. Ich war im Himmel.

»Entschuldigen Sie, Doktor!«

Die Stimme hallte im Raum wider.

Ich öffnete die Augen und sah drei Männer hinter Greve stehen, während die Tür sich langsam schloss.

»Wir sind von der Polizei«, sagte die Stimme, die zu dem Mann in Zivil gehörte. »Es geht hier um einen Mordfall, deswegen konnten wir auf das Schild an der Tür leider keine Rücksicht nehmen.«

Ich sah, dass mein rettender Engel tatsächlich eine gewisse Ähnlichkeit mit erwähntem James Cagney hatte, aber vielleicht lag das auch nur an dem grauen Trenchcoat. Oder an dem Medikament, das sie mir gegeben hatten, denn seine beiden Kollegen in den schwarzen Uniformen mit dem schwarzweiß karierten Reflektorband (das mich an Matschanzüge denken ließ) verwirrten mich vollkommen: Sie glichen einander wie ein Ei dem anderen: fett wie Schweine und riesengroß.

Greve stand an meinem Bett wie versteinert und starrte mich voller Wut an, ohne sich umzudrehen. Die Pistole, die die Polizisten hinter ihm nicht sehen konnten, zeigte noch immer direkt auf mich.

»Ich hoffe, wir stören mit diesem kleinen Mord nicht allzu sehr, Herr Doktor?«, sagte der Polizist in Zivil spitz und ließ keinen Zweifel daran, wie sehr es ihn ärgerte, dass der Mann im weißen Kittel ihn vollständig ignorierte.

»Nicht doch«, sagte Greve, wandte ihnen aber noch immer den Rücken zu. »Der Patient und ich waren gerade fertig.« Er öffnete seinen Arztkittel und steckte sich die Waffe vorne unter den Hosenbund.

»Ich ... ich ...«, begann ich, wurde aber von Greve unterbrochen: »Bleiben Sie ruhig, ich informiere Ihre Frau Diana über Ihren Zustand. Überlassen Sie das ruhig uns. Haben wir uns verstanden?«

Ich konnte nur blinzeln. Greve beugte sich über das Bett und tätschelte durch die Decke mein Knie.

»Wir müssen vorsichtig sein, verstanden?«

Ich nickte stumm. Das musste definitiv an dem Medikament liegen, so entsetzlich konnte die Wirklichkeit doch gar nicht sein.

Greve richtete sich lächelnd auf: »Diana hat übrigens recht. Sie haben wirklich schöne Haare.«

Er drehte sich um, senkte den Kopf und blickte auf seine Schreibunterlage. Als er an den Polizisten vorbeiging, sagte er: »Er steht jetzt bis auf Weiteres ganz zu Ihrer Verfügung.«

Die Tür schloss sich hinter Greve, und James Cagney trat vor: »Mein Name ist Sunded.«

Ich nickte langsam und spürte, wie mir die Bandage in den Hals schnitt: »Sie kommen keine Sekunde zu früh, Sundet.«

»Sunded«, wiederholte er ernst. »Mit ›d‹ am Ende. Ich bin vom Kriminalamt in Oslo und ermittle in einem Mordfall. Das hier sind Endride und Eskild Monsen von der Polizei in Elverum.«

Ich musterte die beiden beeindruckt. Zwei Zwillingswalrösser in identischen Uniformen und mit identischen Bärten. Wirklich viel Polizei für wenig Geld.

»Zuerst möchte ich Sie über Ihre Rechte aufklären«, begann Sunded.

»Moment mal!«, rief ich. »Was soll das heißen?«

Sunded lächelte müde. »Das bedeutet, dass Sie verhaftet sind, Herr Kjikerud.«

»Kji...« Ich biss mir auf die Zunge. Sunded wedelte mit etwas, das ich als Kreditkarte erkannte. Eine blaue Kreditkarte. Oves Kreditkarte. Aus meiner Tasche. Sunded zog fragend die Augenbrauen hoch.

»Cool«, sagte ich. »Weswegen bin ich verhaftet?«

»Wegen des Mordes an Sindre Aa.«

Ich starrte Sunded an, während er mit alltäglichen und selbst gewählten Worten – statt mit dem vaterunserartigen Standardsprüchlein aus amerikanischen Filmen – erklärte, dass ich das Recht auf einen Anwalt hatte und keine Aussage zu machen brauchte. Er schloss damit, dass der Oberarzt ihnen gestattet habe, mich abzuholen, sobald ich aufgewacht sei. Ich hätte schließlich nur eine kleine Fleischwunde im Nacken.

»Ist in Ordnung«, sagte ich, noch bevor er mit seiner Erklärung am Ende war. »Ich komme mehr als gerne mit.«

Kapitel 16

Wagen Null Eins

Es zeigte sich, dass das Krankenhaus auf dem Land ein Stück außerhalb von Elverum lag. Erleichtert sah ich die matratzenähnlichen, weißen Gebäude hinter mir verschwinden, ohne auch nur irgendwo einen silbergrauen Lexus zu sehen.

Der Wagen, in dem wir saßen, war ein alter, aber gepflegter Volvo mit derart rauem Motorengeräusch, dass ich den Verdacht hatte, er wäre für private Rennen genutzt worden, bevor man ihn zum Polizeiauto umlackierte.

»Wo sind wir?«, fragte ich vom Rücksitz, wo ich zwischen den gewaltigen Körpern von Endride und Eskild Monsen eingeklemmt saß. Meine Kleider, das heißt Oves, waren in die Reinigung gegeben worden, aber ein Krankenpfleger hatte uns ein Paar Tennisschuhe und einen grünen Jogginganzug mit den Initialen des Krankenhauses gegeben und mit Nachdruck darum gebeten, die Sachen gewaschen wieder zurückzubringen. Außerdem waren mir alle Schlüssel und Oves Geldbörse ausgehändigt worden.

»Hedmark«, sagte Sunded vom *gunshot seat* aus, dem Beifahrersitz.

»Und wohin fahren wir?«

»Das geht Sie nichts an«, fauchte der junge, aknegezeichnete Fahrer und blickte eiskalt in den Rückspiegel. *Bad cop.* Schwarze Nylonjacke mit gelben Buchstaben auf dem Rücken. »Ko-Daw-Ying-Club Elverum«. Vermutlich wieder so eine geheimnisvolle, sehr neue, aber trotzdem uralte Kampfsportart. Er kaute so frenetisch Kaugummi, dass seine Kiefermuskulatur im Vergleich zum restlichen Körper schon überdimensioniert wirkte. Der pickelige Jüngling war so dünn und schmal, dass seine Arme ein V bildeten, wenn er wie jetzt das Lenkrad hielt.

»Achten Sie auf die Straße«, sagte Sunded leise.

Der Pickelige murmelte etwas und starrte missmutig auf den geraden Asphaltstreifen, der sich durch die unglaublich flache Kulturlandschaft zog.

»Wir bringen Sie auf die Polizeidienststelle nach Elverum, Kjikerud«, sagte Sunded. »Ich bin aus Oslo hier hoch gekommen und soll Sie heute, wenn nötig auch noch morgen verhören. Oder übermorgen. Ich hoffe, Sie spielen mit, ich hab nämlich nichts übrig für die Hedmark.« Er trommelte mit den Fingern auf einen kleinen, beautycase-artigen Reisekoffer, den Endride ihm nach vorne gegeben hatte, weil zwischen uns dreien einfach kein Platz mehr auf dem Rücksitz gewesen war.

»Ich spiele mit«, sagte ich und spürte, dass meine Arme mir langsam einschliefen. Die Monsen-Zwillinge atmeten in gleichmäßigem Takt, was bedeutete, dass ich alle vier Sekunden zusammengedrückt wurde wie eine Mayonnaisetube. Ich fragte mich, ob ich einen der beiden bitten sollte, in einem anderen Rhythmus zu atmen, ließ es aber bleiben. Nachdem ich schon kurz davor gewesen war, von Greve im Krankenhaus erschossen zu werden, empfand ich die jetzige Enge in gewisser Weise sogar als Sicherheit. Es erinnerte mich an meine Kindheit, wenn ich mit meinem Vater zur Arbeit fahren durfte, weil Mutter krank war. Dann saß ich zwischen zwei ernsten, aber freundlichen Erwachsenen auf der Rückbank der Botschaftslimousine. Alle waren immer fein angezogen, aber niemand so fein wie Vater, der eine Chauffeurmütze trug und den Wagen ruhig und elegant durch die Stadt steuerte. Anschließend hatte Vater mir immer ein Eis gekauft und gesagt, ich hätte mich wie ein echter Gentleman verhalten.

Es knackte im Funkgerät.

»Psst«, brach der Pickelige die Stille im Wagen.

»An alle Streifenwagen«, knisterte eine nasale Frauenstimme.

»Also an alle beide«, murmelte der Junge und drehte lauter.

»Egmon Karlsen hat seinen Lastwagen gestohlen gemel...«

Der Rest der Durchsage ertrank im Gelächter des Jungen und der Monsen-Zwillinge. Ihre Körper bebten und zitterten und gaben mir eine wirklich angenehme Massage. Wahrscheinlich wirkten meine Medikamente noch immer.

Der Pickelige griff zum Mikro und sprach hinein: »Hat Karlsen sich nüchtern angehört? Over.«

»Nicht wirklich«, antwortete die Frauenstimme.

»Dann ist er wieder besoffen gefahren und hat ihn irgendwo stehen lassen und vergessen. Ruf im Bamse Pub an, vermutlich steht er da auf dem Parkplatz. So ein achtzehnrädriger mit der Aufschrift ›Sigdal-Küchen‹. Over und aus.«

Er hängte das Mikro wieder in die Halterung, und es kam mir so vor, als wäre die Stimmung im Auto mit einem Mal lockerer, sodass ich einen Versuch unternahm:

»Ich habe mitbekommen, dass jemand ermordet worden ist, aber darf ich fragen, was das mit mir zu tun hat?«

Meine Frage blieb unbeantwortet, ich sah Sunded aber an, dass er nachdachte. Und plötzlich drehte er sich zur Rückbank um und sah mich an. »Gut, wir können das ebenso gut schon hier hinter uns bringen. Wir wissen, dass Sie es waren, der ihn umgebracht hat, Kjikerud, Sie haben nicht die Spur einer Chance. Schließlich haben wir eine Leiche und einen Tatort und genug Beweise, die Sie mit beiden in Verbindung bringen.«

Ich hätte schockiert sein müssen, mein Herz hätte rasen oder ins Stocken geraten müssen, oder wie immer es reagierte, wenn man einen Polizisten triumphierend sagen hörte, er habe ausreichend Beweise, um einen lebenslänglich hinter Gitter zu bringen. Aber ich war nicht schockiert, und mein Herz raste auch nicht. Denn ich hörte keinen triumphierenden Polizisten, ich hörte Inbaud, Reid und Buckley. Schritt eins. Die direkte Konfrontation. Oder wie es im Handbuch heißt: Mach dem Verdächtigen zu Beginn des Verhörs deutlich klar, dass du alles weißt. Sag »wir« oder »die Polizei« und niemals »ich«. Du musst »wissen« und nicht »glauben«. Verdreh das Selbstbild des Verdächtigen, rede Personen mit niedrigem Status mit »Herr« an und solche mit hohem Status mit dem Vornamen.

»Aber unter uns gesagt«, fuhr Sunded fort und senkte die Stimme auf eine Art, die Vertraulichkeit signalisierte: »Nach allem, was ich gehört habe, ist Sindre Aa kein großer Verlust. Wenn Sie diesem Griesgram nicht den Garaus gemacht hätten, hätte das hoffentlich jemand anders erledigt.«

Ich unterdrückte ein Gähnen. Schritt zwei. Sympathisiere mit dem Verdächtigen und spiele die Tat herunter.

Sunded fuhr fort, als ich nicht antwortete. »Ich habe aber auch eine gute Nachricht für Sie. Wenn Sie von sich aus schnell ein Geständnis ablegen, wird sich das positiv auf Ihr Strafmaß auswirken.«

Na, so was – das konkrete Versprechen! Diese Taktik schlossen Inbaud, Reid und Buckley eigentlich vollkommen aus. Das war eine juristische Finte, auf die eigentlich nur Leute zurückgriffen, die wirklich verzweifelt waren. Dieser Mann wollte wirklich so schnell wie möglich aus der Hedmark weg.

»Also, warum haben Sie es getan, Kjikerud?«

Ich blickte aus dem Seitenfenster. Felder. Höfe. Felder. Höfe. Ein Bach. Felder. Wunderbar einschläfernd.

»Nun, Kjikerud?« Ich hörte Sundeds Finger auf dem Beautycase herumtrommeln.

»Sie lügen«, sagte ich.

Das Trommeln hörte auf. »Sagen Sie das noch mal.«

»Sie lügen, Sunded. Ich habe keine Ahnung, wer Sindre Aa ist, und Sie haben keinerlei Beweise gegen mich.«

Sundeds Lachen klang wie ein Rasenmäher. »Nicht? Nun, dann erklären Sie uns mal, wo Sie die letzten vierundzwanzig Stunden waren. Tun Sie uns den Gefallen, Kjikerud?«

»Vielleicht«, sagte ich. »Wenn Sie mir sagen, worum es in diesem Fall geht.«

»Knall ihm eine!«, spuckte der Pickelige. »Endride, gib ihm …!«

»Halten Sie den Mund«, sagte Sunded ruhig und wandte sich wieder zu mir. »Und warum sollten wir Ihnen das sagen, Kjikerud?«

»Weil ich dann vielleicht mit Ihnen rede. Wenn nicht, halte ich meinen Mund, bis mein Anwalt gekommen ist. Aus Oslo.« Ich sah Sundeds Lippen schmal werden und fügte hinzu: »Morgen vielleicht, wenn wir Glück haben …«

Sunded neigte den Kopf zur Seite und studierte mich, als wäre ich ein Insekt, von dem er noch nicht genau wusste, ob er es in seine Sammlung aufnehmen oder einfach zerquetschen sollte.

»Okay, Kjikerud. Es fing damit an, dass Ihr Nebenmann da einen Anruf bekommen hat, ein herrenloser Traktor stünde irgendwo mitten auf der Straße. Er fand den Traktor und einen ganzen Schwarm Krähen, die sich an dem Lunchpaket zu schaffen machten, das hinten am Siloschneider hing. Die Weichteile des Hundes waren schon weg. Dieser Traktor gehörte Sindre Aa, aber aus verständlichen Gründen ging der nicht ans Telefon, als man ihn anrief, sodass schließlich jemand zu ihm hochfuhr und ihn in dem Schaukelstuhl fand, in den Sie ihn gesetzt hatten. In der Scheune fanden wir einen Mercedes mit kaputtem Motor und Nummernschildern, die ihn als Ihr Fahrzeug auswiesen, Kjikerud. Als Nächstes brachte die Polizei in Elverum den toten Hund mit einem Routinebericht aus dem Krankenhaus in Verbindung: Ein halb bewusstloser Mann, dessen Kleider über und über voller Scheiße waren, sei mit einem üblen Hundebiss eingeliefert worden. Sie riefen an, und der diensthabende Krankenpfleger bestätigte, dass der Bewusstlos eine Kreditkarte in der Tasche gehabt hatte, auf der der Name Ove Kjikerud stand. Und schwups – hier sind wir.«

Ich nickte. So hatten sie mich also gefunden. Aber wie um alles in der Welt hatte Greve das so hingekriegt? Diese Frage kreiste noch immer unbeantwortet in meinem zugegeben etwas tauben Hirn. Und dann kam mir auf einmal in den Sinn, dass Greve Kontakte zur lokalen Polizei haben könnte. Kannte er jemand, der es ihm ermöglicht hatte, noch vor der Polizei ins Krankenhaus zu kommen? Nein! Dann wären sie nicht so ins Krankenzimmer geplatzt und hätten mich gerettet. Nein, wieder falsch! Denn für ihr überraschendes Auftauchen war ja Sunded verantwortlich, und der gehörte nicht zur lokalen Polizei, sondern war vom Kriminalamt in Oslo.

Ich spürte Kopfschmerzen aufkommen, als sich der nächste Gedanke meldete: Aber was, wenn meine Vermutung stimmte? War ich dann im Polizeigewahrsam wirklich sicher? Plötzlich vermittelte mir der synchrone Atem der Monsen-Zwillinge keine Sicherheit mehr. Meine Ruhe war weg, mit einem Mal vertraute ich nichts und niemandem mehr. Abgesehen vielleicht von einem Menschen: dem, der nicht dazugehörte. Dem Mann mit dem Beautycase. Ich musste die Karten auf den Tisch legen und Sunded alles erzählen, ihn dazu bringen, mich auf eine andere Dienststelle zu bringen. Elverum war sicher korrupt. Vermutlich saß in diesem Streifenwagen mindestens ein Maulwurf.

Das Funkgerät knisterte: »Wagen Null Eins, kommen!«
Der Pickelige griff zum Mikro. »Ja, Lise?«
»Vor dem Bamse Pub steht kein Lastwagen. Over.«
Wenn ich Sunded alles erzählte, musste ich natürlich eingestehen, ein Kunstdieb zu sein. Aber wie sollte ich die Polizei davon überzeugen, dass ich Ove in Notwehr erschossen hatte, ja dass es sich beinahe um einen Unfall gehandelt hatte? Der Mann war durch Greves Betäubungsmittel ja so weggetreten gewesen, dass er beinahe über Kreuz sah.

»Streng dich an, Lise. Hör dich um. In dieser Gegend kann man keinen achtzehn Meter langen Sattelzug verstecken, okay?«

Die Stimme, die ihm antwortete, klang sauer: »Karlsen sagt, dass du das Auto vor ihm finden solltest, schließlich bist du Polizist und noch dazu sein Schwager. Over.«

»Verdammt noch mal, Lise, das kannst du vergessen!«

»Er meint, das wär wirklich nicht zu viel verlangt, du hättest schließlich seine am wenigsten hässliche Schwester gekriegt.«

Ich wurde vom Lachen der Monsen-Zwillinge durchgeschüttelt.

»Sag dem Trottel, dass wir heute endlich mal richtige Polizeiarbeit zu erledigen haben«, fauchte der Pickelige. »Over und aus.«

Ich hatte keine Ahnung, wie ich dieses Spiel spielen sollte. Es war nur eine Frage der Zeit, bis herauskam, dass ich eine andere Identität hatte. Sollte ich es ihnen gleich sagen, oder war das ein Trumpf, den ich besser später aus dem Ärmel ziehen sollte?

»Jetzt sind Sie an der Reihe, Kjikerud«, sagte Sunded. »Ich habe Sie mal ein bisschen überprüft. Sie sind ja ein alter Bekannter. Und laut unseren Papieren unverheiratet. Wie soll ich da denn die Worte dieses Arztes verstehen, dass er sich um Ihre Frau kümmern will? Diana, nicht wahr?«

Damit hatte dieser Trumpf also seinen Wert verloren. Ich blickte seufzend aus dem Seitenfenster. Brachland und Felder. Keine entgegenkommenden Autos, keine Häuser. Nur in der Ferne konnte man die Staubwolke eines Traktors oder eines Autos auf einem Feldweg erkennen.

»Ich weiß nicht«, antwortete ich. Ich musste nachdenken, einen klaren Gedanken fassen. Das ganze Schachbrett im Auge behalten.

»Was hatten Sie für eine Beziehung zu Sindre Aa, Kjikerud?«

Es begann mich zu ermüden, ständig mit einem fremden Namen angesprochen zu werden. Ich wollte schon antworten, als mir plötzlich klar wurde, dass ich mich geirrt hatte. Schon wieder. Die Polizei hielt mich ja wirklich für Ove Kjikerud! Das war der Name des Patienten, der ins Krankenhaus eingeliefert worden war. Und wenn sie diese Nachricht an Greve weitergegeben hatten, warum war der dann aufgetaucht, um einen Kjikerud zu besuchen? Schließlich hatte er noch nie von diesem Mann gehört. Auf der ganzen Welt wusste niemand, dass Ove Kjikerud etwas mit mir – Roger Brown – zu tun hatte!

Das passte einfach alles nicht zusammen. Er musste mich irgendwie anders gefunden haben.

Ich sah die Staubwolke über das Feld näher kommen. »Haben Sie meine Frage verstanden, Kjikerud?«

Zuerst hatte Greve mich in der Hütte aufgespürt. Dann im Krankenhaus. Und das, obwohl ich kein Handy mehr hatte. Greve hatte keine Kontakte zur Polizei und hatte mich zum Schluss auch nicht mehr über Telenor finden können. Aber wie *hatte* er mich dann gefunden?

»Kjikerud? Hallo?«

Die Staubwolke auf dem Feldweg hatte ein höheres Tempo, als ich anfangs angenommen hatte. Ich sah die Straßenkreuzung, der wir uns näherten, und hatte mit einem Mal den Eindruck, dass diese Wolke uns angepeilt hatte und wir auf Kollisionskurs waren. Hoffentlich wusste der Fahrer des anderen Autos, dass wir Vorfahrt hatten.

Aber vielleicht sollte der Pickelige ihm ein Zeichen geben und auf die Hupe drücken. Gib ihm ein Zeichen. Hup. Was hatte Greve im Krankenhaus gesagt? »Diana hat recht. Du hast wirklich schöne Haare.« Ich schloss die Augen und spürte ihre Hände in meinen Haaren. Unten in der Garage. Ihr Geruch. Irgendwie anders. Sie hatte nach ihm gerochen, nach Greve. Nein, nicht nach Greve. Nach HOTE. Die uns längst angepeilt hatten. Und wie in Zeitlupe fielen alle Puzzleteilchen an ihren Platz. Warum hatte ich das nicht gleich kapiert? Ich öffnete die Augen.

»Wir sind in Lebensgefahr, Sunded.«

»Der Einzige, der hier in Gefahr ist, sind Sie, Kjikerud. Oder wie auch immer Sie heißen.«

»Was?«

Sunded blickte in den Spiegel und hob die Kreditkarte hoch, die er mir im Krankenhaus gezeigt hatte.

»Sie sehen dem Typ hier auf dem Bild nicht gerade ähnlich. Und als ich mir Kjikeruds Akte angesehen habe, stand da, er sei eins dreiundsiebzig. Und Sie sind ... wie groß? Eins fünfundsechzig?«

Es war still geworden im Auto. Ich starrte auf die Staubwolke, die sich rasch näherte. Das war kein Auto. Das war ein Lastwagen mit Anhänger. Er war jetzt so nah, dass ich die Schrift auf der Seite lesen konnte. »Sigdal-Küchen«.

»Eins achtundsechzig«, sagte ich.

»Verdammt noch mal, wer sind Sie dann?«, brummte Sunded.

»Ich bin Roger Brown. Und der LKW, der da gerade von links kommt, ist der gestohlene Sattelzug von Karlsen.«

Alle Köpfe drehten sich nach links.

»Was zum Teufel geht da vor?«, fragte Sunded mürrisch.

»Was da vorgeht?«, sagte ich. »Ganz einfach. Der Lastwagen da wird von einem Typen namens Clas Greve gefahren. Er weiß, dass ich in diesem Auto sitze, und hat die Absicht, mich zu töten.«

»Wie ...«

»Er hat ein GPS-Ortungsgerät, mit dem er mich finden kann, wo auch immer ich mich aufhalte. Und er tut das, seit meine Frau mir heute Morgen mit einer Hand voller Gel durch die Haare gestrichen hat, in dem sich mikroskopisch kleine Sender befanden. Die kleben jetzt an meinen Haaren und können auch nicht herausgewaschen werden.«

»Lassen Sie diesen Unsinn«, fauchte der Mann vom Kriminalamt.

»Sunded ...«, begann der Pickelige. »Das ist wirklich Karlsens Sattelzug.«

»Wir müssen anhalten und sofort umkehren«, sagte ich. »Sonst tötet er uns alle! Machen Sie schon!«

»Fahren Sie weiter«, befahl Sunded.

»Kapieren Sie denn nicht, was hier geschehen wird?«, rief ich. »Sie sind gleich tot, Sunded.«

Sunded begann wieder sein Rasenmäherlachen, aber diesmal schien das Gras irgendwie zu hoch zu sein. Denn jetzt sah auch er ... dass es zu spät war.

Kapitel 17

Sigdal-Küchen

EINE KOLLISION ZWISCHEN ZWEI FAHRZEUGEN ist ganz einfache Physik. Alles ist dem Zufall überlassen, doch sämtliche Zufälle lassen sich durch die Gleichung »Kraft mal Zeit = Masse mal Geschwindigkeitsänderung« in einen logischen Zusammenhang bringen. Setzt man die Zufälle in diese Gleichung ein, bekommt man eine ebenso einfache wie gnadenlose Geschichte. Eine Geschichte, die einem vielleicht erklärt, was geschieht, wenn ein voll beladener Lastzug mit 25 Tonnen Gewicht und einer Geschwindigkeit von 80 km/h mit einem PKW mit 1800 kg Gewicht (die Monsen-Zwillinge mitgerechnet) und gleicher Geschwindigkeit zusammenstößt. Ausgehend von Zufällen wie Treffpunkt, Beschaffenheit der Karosserie oder der Position der Körper zueinander gibt es unzählige Varianten. Doch etwas haben all diese Varianten gemeinsam: Es sind Tragödien. Und der PKW hat definitiv ein Problem.

Als der Lastzug, gefahren von Clas Greve, um 10.13 Uhr den Wagen Null Eins, einen Volvo 740, Baujahr 1989, am vorderen Kotflügel traf, und zwar ziemlich nah an der Fahrertür, wurden der Motorblock, beide Vorderräder und die Beine des Pickeligen seitlich durch die Karosserie verschoben und der Wagen in die Luft geschleudert. Airbags wurden nicht ausgelöst, denn die werden bei Volvo erst seit 1990 eingebaut. Der Polizeiwagen – bereits jetzt ein Totalschaden – segelte über die Straße und die Leitplanke und stürzte auf die Nadelbäume zu, die dicht an dicht am Fluss am Fuß der Böschung standen. Bevor der Polizeiwagen Null Eins durch die ersten Baumwipfel brach, hatte er zweieinhalb Rückwärtssaltos mit anderthalbfacher Schraube vollführt. Es waren keine Zeugen anwesend, die meine Aussage bestätigen könnten, aber alles geschah wirklich genau so. Es ist – wie gesagt – einfache Physik. Ebenso wie die Tatsache, dass der Lastzug ohne sichtbare Schäden über die verlassene Kreuzung fuhr, um auf der anderen Seite mit kreischenden Bremsen stehen zu bleiben. Er prustete wie ein Drache, als die

Bremsen sich endlich lösten, aber der Gestank des heißen Gummis und der verbrannten Bremsbeläge hing noch Minuten später über der Landschaft.

Um 10.14 Uhr hatten die Nadelbäume zu schwanken aufgehört, der Staub hatte sich gelegt, nur der Lastzug stand noch mit laufendem Motor da, während die Sonne weiterhin unbeeindruckt auf die Felder der Hedmark schien.

Um 10.15 Uhr fuhr das erste Auto an der Unfallstelle vorbei, doch vermutlich bemerkte der Fahrer nur, dass etwas unter seinen Reifen knirschte, vielleicht Glasscherben, und dass ein Lastzug auf dem Randstreifen stand. Er hatte keinen Grund zu der Vermutung, dass unter den Bäumen am Fluss ein Polizeiwagen auf dem Dach lag.

Ich weiß das alles, weil ich aus meiner Position erkennen konnte, dass wir auf dem Dach lagen und von der Straße aus nicht zu sehen waren. Die Uhrzeiten stimmen nur, wenn man davon ausgeht, dass Sundeds Uhr, die unmittelbar vor mir lag und tickte, richtig ging. Ich glaube jedenfalls, dass es seine war, denn sie hing am Handgelenk eines abgerissenen Armes, der aus einem grauen Trenchcoat ragte.

Ein Windhauch wehte den beißenden Geruch der Bremsbeläge und das Brummen eines Dieselmotors im Leerlauf zu uns herüber.

Die Sonnenstrahlen glitzerten vom wolkenlosen Himmel durch die Bäume, doch um mich herum regnete es, nämlich Benzin, Öl und Blut. Es tropfte und versickerte. Die anderen waren alle tot. Der Pickelige hatte keine Akne mehr. Er hatte überhaupt kein Gesicht mehr. Und Sunded war zusammengefaltet wie ein Pappkamerad, ich sah ihn durch seine eigenen Beine blicken. Die Zwillinge wirkten einigermaßen intakt, hatten aber zu atmen aufgehört. Dass ich selbst noch am Leben war, hatte ich einzig und allein der Tatsache zu verdanken, dass die Monsen-Familie zur Fettleibigkeit neigte, welche ihre Körper zu perfekten Airbags machte. Aber die gleichen Körper, die mir eben noch das Leben gerettet hatten, drohten jetzt, es mir zu nehmen. Die ganze Karosserie war zusammengedrückt, und ich hing kopfüber auf der Rückbank. Einer meiner Arme war frei, aber ansonsten war ich derart fest zwischen den beiden Polizisten eingeklemmt, dass ich mich weder bewegen noch atmen konnte. Vorläufig funktionierten meine Sinne aber noch einwandfrei. Sodass ich das Benzin auslaufen sah, spürte, wie es in mein Hosenbein lief, am Körper entlang und am Kragen wieder nach draußen. Und ich hörte den Lastzug oben auf der Straße im Leerlauf prusten und brummen. Ich wusste genau, dass Clas Greve da oben wartete, nachdachte und die Situation analysierte. Sein GPS zeigte keinerlei Bewegung an. Er dachte, dass er trotzdem nach unten gehen und sich vergewissern sollte, dass alle tot waren. Andererseits war es nicht leicht, diese Böschung hinunterzuklettern, und der Rückweg würde noch schwieriger werden. Außerdem war es unwahrscheinlich, dass jemand einen solchen Crash überlebte. Trotzdem, man schlief doch gleich viel besser, wenn man es wusste, es mit eigenen Augen gesehen hatte …

Fahr, betete ich. Fahr.

Da ich bei Bewusstsein war, konnten sich die Gedanken dummerweise frei entfalten, sodass ich mir sehr gut ausmalen konnte, was geschehen würde, wenn er mich in Benzin gebadet fand.

Fahr. Fahr!

Der Dieselmotor des Lastzugs schnaufte, als spräche er mit sich selbst.

Die Geschehnisse waren mir jetzt vollkommen klar. Greve war nicht zu Sindre Aa gegangen, um ihn zu fragen, wo ich war. Das konnte er ja von seinem GPS ablesen. Aa musste schlicht und einfach verschwinden, weil er Greve und dessen Wagen gesehen hatte. Während Greve danach vom Haus zur Hütte hinauf gegangen war, war ich auf dem Klo verschwunden, sodass er mich in der Hütte vergeblich suchte. Vermutlich hatte er daraufhin erneut seinen GPS-Tracker überprüft und überrascht festgestellt, dass mein Signal verschwunden war, weil die Sender in meinen Haaren zu diesem Zeitpunkt unter einer Schicht von Exkrementen lagen, welche die HOTE-Sender bekanntermaßen nicht durchdringen konnten. Ich Idiot hatte mehr Glück gehabt, als ich verdiente.

Dann hatte Greve seinen Hund auf die Suche nach mir geschickt und selbst in der Hütte gewartet, immer noch, ohne Signale zu empfangen. Denn der in den Haaren getrocknete Kot blockierte die Sender auch noch, als ich in der Scheune war, die Leiche von Sindre Aa fand und mit dem Traktor die Flucht ergriff.

Erst mitten in der Nacht hatte das GPS-Ortungsgerät plötzlich wieder Signale von sich gegeben. Zu diesem Zeitpunkt lag ich im Badezimmer des Krankenhauses und bekam die Haare gewaschen.

Greve hatte sich daraufhin vermutlich sofort ins Auto gesetzt und war im Morgengrauen beim Krankenhaus angekommen. Weiß der Teufel, wie er den Lastzug gestohlen hatte, aber mich zu finden, den geistesschwachen, lallenden Brown, war ein Kinderspiel gewesen.

Die Finger an Sundeds abgerissenem Arm umklammerten noch immer den Griff des Beautycase. Die Uhr an seinem Handgelenk tickte. 10.16 Uhr. In einer Minute würde ich das Bewusstsein verlieren. In zwein ersticken. Entscheide dich, Greve.

Und dann tat er es.

Ich hörte den Lastzug rülpsen, dann wurde der Motor leiser. Er hatte ihn ausgeschaltet und war auf dem Weg hierher! Oder ... oder er hatte einen Gang eingelegt?

Ein leises Brummen. Das Knirschen von Schotter unter Reifen, die 25 Tonnen trugen. Dann wurde das Brummen lauter. Und lauter. Und wieder leiser, bis es in der Ferne verschwand und erstarb.

Ich schloss die Augen und bedankte mich. Dafür, dass ich nicht von Greve verbrannt wurde, sondern lediglich erstickte. Denn diese Art zu sterben sollte recht angenehm sein: Das Hirn macht bloß nach und nach die Zimmertüren zu. Man wird schläfrig, benommen, hört auf zu denken, und damit verschwinden dann auch die Probleme. In gewisser Weise erinnert es an die Wirkung kräftiger Drinks. Doch, dachte ich, mit so einem Tod kann ich leben.

Ich musste fast lachen bei diesem Gedanken.

Ich, der ich fast mein ganzes Leben darauf verwendet hatte, das Gegenteil von meinem Vater zu werden, sollte also wie er in einem Autowrack sterben. Doch war ich wirklich so anders als er? Als ich zu alt war, um von diesem verdammten Säufer verprügelt zu werden, hatte ich begonnen, ihn zu schlagen. Auf die gleiche Art, wie er Mutter schlug, nämlich ohne sichtbare Spuren zu hinterlassen. Ich hatte es zum Beispiel höflich abgelehnt, als er anbot, mir das Fahren beizubringen, und ihm mitgeteilt, dass ich gar keinen Führerschein machen wollte. Ich hatte die hässliche, verwöhnte Botschaftertochter angemacht, die Vater jeden Tag zur Schule fuhr, nur um sie mittags mit nach Hause zu bringen und ihn zu demütigen. Und es bereut, als ich Mutter zwischen Hauptgericht und Nachtisch in der Küche weinen sah. Ich hatte mich in London auf exakt der Schule beworben, die Vater einmal als Tummelplatz all jener bezeichnet hatte, die sich später in die soziale Hängematte legen wollten. Aber das alles war ihm nicht so nah gegangen, wie ich gehofft hatte. Es war ihm sogar gelungen, einigermaßen stolz zu lächeln, als ich es ihm erzählte. Er war schon gerissen. Und als er mich später in jenem Herbst fragte, ob Mutter und er mal aus Norwegen kommen und mich auf dem Campus besuchen könnten, lehnte ich ab, und zwar mit der Begründung, ich wolle nicht, dass meine Kommilitonen entdeckten, dass mein Vater kein hohes Tier im Diplomatischen Korps, sondern bloß ein simpler Chauffeur sei. Ich glaubte zu spüren, dass ich ihn damit an einem wunden Punkt erwischte. Nicht wund im Sinne von sensibel, sondern einfach schmerzhaft.

Ich hatte Mutter vierzehn Tage vorher über die Hochzeit informiert und ihr gesagt, dass es nur eine einfache Zeremonie geben würde, bloß meine Braut und ich und die Trauzeugen. Dass sie aber willkommen sei, so sie denn ohne Vater käme. Mutter hatte wütend gesagt, dass sie ohne ihn natürlich nicht kommen würde. Edle, treue Seelen leiden ja oft unter Loyalität, sogar zu den niedrigsten Menschen. Ja, vor allem zu solchen.

Diana hätte meine Eltern eigentlich nach Abschluss des Sommersemesters kennenlernen sollen, aber drei Wochen vor unserer Abreise aus London rief mich ein Polizist über eine schlechte Telefonleitung an und informierte mich über den Autounfall. Sie waren auf dem Rückweg von der Hütte gewesen. Es war dunkel und hatte geregnet, und sie fuhren einfach zu schnell. Die alte Straße war vorübergehend gesperrt, dort baute man eine Autobahn, daher gab es eine neue, vielleicht etwas unlogische Kurve, die aber deutlich mit Warnhinweisen ausgeschildert war. Der neue Asphalt schluckte Licht, natürlich. Ein geparktes Baufahrzeug. Irgendwann hatte ich den Polizisten unterbrochen und darum gebeten, dass meinem Vater Blut abgenommen wurde für einen Alkoholtest. Nur damit sie bestätigt bekamen, was ich bereits wusste: Er hatte Mutter getötet.

An diesem Abend habe ich allein in einem Pub im Baron's Court zum ersten Mal Alkohol getrunken. Und in aller Öffentlichkeit geweint. Als ich im stinkenden Pissoir stand und mir die Tränen abwischte, sah ich das schlaffe, versoffene Gesicht meines Vaters in dem gebrochenen Spiegel. Und erinnerte mich an die aufmerksame, ruhige Glut in seinen Augen, als er auf das Schachbrett geschlagen hatte, gegen die Königin, die durch die Luft wirbelte – mit einem zweieinhalbfachen Salto rückwärts –, bevor sie auf den Boden fiel und er mich schlug. Nur dieses eine Mal, aber er hatte es getan. Mit der flachen Hand, unter mein Ohr. In diesem Augenblick sah ich in seinem Blick, was Mutter als seine Krankheit bezeichnete. Hinter seinen Augen wohnte ein hässliches, elegantes und blutrünstiges Monster. Aber dennoch, auch dieses Monster war ein Teil meines Vaters, von demselben Fleisch und Blut wie ich.

Blut.

Von ganz tief unten drängte sich etwas durch all die Schichten der Leugnung und stieg an die Oberfläche. Die ausufernde Erinnerung eines Gedankens, der sich nicht mehr in Schach halten ließ, nahm Gestalt an. Wurde unter Schmerzen artikuliert und damit zur Wahrheit. Einer Wahrheit, die ich bisher mit meinen Lügen mit Erfolg auf Distanz hatte halten können, wenigstens eine Armlänge von mir entfernt: Es war nicht die Angst, dass ein Kind mich verdrängen könnte, die mich bewog, jeglichen Nachwuchs abzulehnen. Es war die Furcht vor dieser Krankheit. Die Furcht davor, dass ich, der Sohn, auch unter ihr litt. Dass sie hinter meinen Augen auf der Lauer lag. Ich hatte alle angelogen. Lotte hatte ich erklärt, ich hätte das Kind nicht haben wollen, weil es einen Chromosomenfehler hatte. In Wahrheit war ich derjenige, dem etwas fehlte.

Jetzt floss alles auseinander. Mein Leben war wie die Wohnung eines Toten, und jetzt hatte mein Hirn die Möbel mit Tüchern abgedeckt, die Türen geschlossen und wollte gerade den Strom abstellen. Es tropfte und sickerte, es lief mir über Augen und Stirn und in die Haare. Und ich wurde von zwei menschlichen Ballons erstickt. Ich dachte an Lotte. Und als ich so auf der Schwelle stand, dämmerte mir etwas. Ich sah Licht. Ich sah … Diana? Was tat die Verräterin hier? Ballons …

Mein einer Arm war frei, er hing locker herab und bewegte sich jetzt in Richtung Beautycase. Meine tauben Finger lösten Sundeds Griff und öffneten die Tasche. Von meiner Hand tropfte Benzin in die Tasche, während ich sie durchsuchte und ein Hemd herauszog, ein Paar Strümpfe, eine Unterhose und eine Kulturtasche. Das war alles.

Ich öffnete die Kulturtasche und kippte den Inhalt auf die Unterseite des Wagendachs. Zahncreme, ein Rasierapparat, Pflaster, Shampoo, ein Plastikbeutel, den er wohl für die Sicherheitskontrolle am Flughafen brauchte, Vaseline … da! Eine Schere, ein scharfes, kleines, leicht gebogenes Ding, das manche Leute aus irgendwelchen Gründen noch immer dem Nagelschneider vorzogen.

Ich tastete einem der Zwillinge über Bauch und Brustkorb und versuchte einen Reißverschluss oder Knöpfe zu finden. Aber ich verlor langsam das Gefühl in der Hand, und meine Finger wollten weder gehorchen noch irgendwelche Signale an mein Hirn senden. Also nahm ich die Schere und hieb die Spitze in den Bauch von … nun, nehmen wir mal an, es war Endride.

Der Nylonstoff gab mit einem reißenden, befreienden Laut nach, glitt zur Seite und entblößte einen prallen Bauch, der nur noch vom hellblauen Hemdenstoff der Polizeiuniform zurückgehalten wurde. Ich schnitt das Hemd schnell auf, und behaartes Fleisch und bläulich weiße Haut kamen zum Vorschein. Jetzt war ich an dem Punkt, vor dem mir graute. Der Gedanke an die mögliche Belohnung – zu leben und zu atmen – verdrängte alle anderen, also schwang ich die Schere mit voller Wucht dicht über dem Nabel in seinen Bauch. Dann zog ich sie wieder heraus, aber es geschah nichts.

Seltsam. Da war ein deutliches Loch in seinem Bauch, aber es kam nichts heraus, was – wie ich gehofft hatte – den Druck auf mich vermindert hätte. Der Ballon war noch immer dicht.

Ich stach erneut zu. Ein weiteres Loch. Ein weiterer ausgetrockneter Brunnen.

Ich schwang die Schere wie ein Verrückter, schwupp, schwupp, schwupp, doch nichts geschah. Verdammt, aus was für einem Material waren diese Zwillinge eigentlich gemacht? Bestanden die bloß aus Fett? Sollte die zunehmende Fettsucht der Bevölkerung auch mir das Leben nehmen?

Ein weiteres Auto fuhr oben auf der Straße vorbei.

Ich versuchte zu schreien, bekam aber keine Luft.

Mit letzter Kraft rammte ich ihm die Schere noch einmal in den Bauch, aber dieses Mal zog ich sie nicht wieder heraus, ich schaffte es ganz einfach nicht. Stattdessen begann ich nach einer Weile, sie zu bewegen. Ich drückte Daumen und Zeigefinger auseinander und dann wieder zusammen, und schnitt mich so in seinen Bauch hinein. Es ging überraschend leicht. Und dann geschah etwas. Ein Rinnsal Blut lief aus dem Loch über den Bauch und verschwand unter den Kleidern, bis es am bärtigen Hals wieder auftauchte, über Kinn und Lippen lief und schließlich im Nasenloch verschwand.

Ich schnitt weiter. Frenetisch. Und begriff, dass Menschen in Wahrheit jämmerliche Kreaturen sind, denn der Körper öffnete sich ebenso simpel, wie ich das bei Walen im Fernsehen gesehen hatte. Bloß mithilfe einer Nagelschere! Ich hielt erst inne, als sein Bauch einen Spalt hatte, der vom Unterleib bis zu den Rippen reichte. Doch es quollen keine Eingeweide oder Blut heraus, wie ich erwartet hatte. Mein Arm wurde immer tauber, bis mir die Schere aus den Fingern rutschte und sich ein alter Bekannter meldete: der Tunnelblick. Durch die immer kleiner werdende Tunnelöffnung sah ich die Decke des Wagens. Ein Schachbrettmuster aus Grautönen. Um mich herum die kaputten Figuren. Ich gab auf und schloss die Augen. Es war angenehm, einfach loszulassen. Ich spürte, wie mich die Schwerkraft ins Innere der Erde zog, den Kopf voran, wie bei einem Kind auf dem Weg aus der Gebärmutter. Ich wollte nach draußen gepresst werden, in den Tod, ein neues Leben. Jetzt spürte ich sogar die Wehen, zitternde Kontraktionen, die meinen Körper massierten. Und ich sah die weiße Dame. Hörte das Geräusch des Fruchtwassers, das auf den Boden klatschte.

Und roch den Gestank!

Mein Gott, was für ein Gestank!

Ich wurde geboren, und mein neues Leben begann mit einem Sturz, einem Schlag gegen den Kopf, gefolgt von totaler Finsternis.

Vollkommener Dunkelheit.

Dunkelheit.

Sauerstoff?

Dann wurde es heller.

Ich öffnete die Augen. Ich lag auf dem Rücken und starrte nach oben auf die Rückbank, auf der die Zwillinge und ich eben noch eingeklemmt gewesen waren. Ich lag also auf dem Himmel des Wagens, auf dem Schachbrett. Und ich atmete. Es stank nach Tod und den Eingeweiden von Menschen. Ich blickte mich um. Es sah aus wie in einer Metzgerei, wenn gewurstet wird. Aber das Merkwürdige war, dass ich nun nicht tat, was meiner Natur entsprochen hätte: Ich verdrängte die Eindrücke nicht, ich weigerte mich nicht zu sehen, und ich zog mich auch nicht in eine andere Welt zurück. Stattdessen schien mein Gehirn sich auszuweiten, um diese Sinneseindrücke in ihrem ganzen Umfang aufnehmen zu können. Ich entschloss mich, hier zu sein. Ich atmete tief ein. Sah, lauschte.

Dann hob ich die Figuren vom Boden auf und stellte sie wieder aufs Schachbrett, eine nach der anderen. Als Letztes die kaputte weiße Dame. Ich musterte sie und stellte sie dann direkt vor den schwarzen König.

TEIL IV

Die Auswahl

Kapitel 18

Die weiße Dame

Ich saß im Autowrack und starrte auf den Rasierapparat. Man denkt mitunter schon seltsame Sachen. Die weiße Dame war kaputt. Sie, mit der ich meinen Vater, meine Herkunft, ja mein ganzes früheres Leben in Schach gehalten hatte. Sie, die mir ihre Liebe beteuert hatte und der ich geschworen hatte – auch wenn es eine Lüge war –, sie allein dafür immer mit einem Teil meiner selbst zu lieben. Sie, die ich als meine bessere Hälfte bezeichnet hatte. Ja, ich hatte sie wirklich für die gute Seite meines Janusgesichts gehalten. Aber ich hatte mich geirrt. Und ich hasste sie. Nein, nicht einmal das: Diana Strom-Eliassen existierte für mich nicht mehr. Trotzdem hockte ich hier drin, umgeben von vier Leichen, mit einem Rasierapparat in der Hand und einem einzigen Gedanken im Kopf:

Würde Diana mich noch lieben können, wenn ich kein einziges Haar mehr auf dem Kopf hatte?

Man denkt mitunter – wie schon gesagt – seltsame Sachen. Also verdrängte ich den Gedanken und schaltete den Rasierer ein. Die Maschine, die einmal einem Mann namens Sunded gehört hatte, vibrierte in meiner Hand.

Ich sollte mich verändern. Ich wollte mich verändern. Auch der alte Roger Brown existierte nun nicht mehr. Ich fing an. Eine Viertelstunde später betrachtete ich mich in dem letzten Stück Rückspiegel, das noch in der Halterung hing. Es war – wie ich schon befürchtet hatte – kein schöner Anblick. Mein Kopf sah aus wie eine Erdnuss mit Schale, länglich und mit einer kleinen Delle in der Mitte. Der glattrasierte Schädel leuchtete blass und weiß über dem gebräunten Gesicht. Aber ich war ich: der neue Roger Brown.

Zwischen meinen Beinen lagen meine abrasierten Locken. Ich stopfte sie in die durchsichtige Plastiktüte, die ich dann in die Gesäßtasche von Eskild Monsens Uniformhose schob. Dort fand ich auch eine Geldbörse. Sie enthielt ein bisschen Bares und eine Kreditkarte. Da ich keine Lust hatte, mich durch den Gebrauch von Ove Kjikeruds Kreditkarte aufspüren zu lassen, nahm ich die Geldbörse mit. In der Jackentasche des Pickeligen fand ich ein Feuerzeug und überlegte einen Moment, ob ich das benzinmarinierte Autowrack nicht anzünden sollte. Das würde die Identifizierung der Leichen erschweren und mir vielleicht einen Tag Ruhe geben. Andererseits würde auf den ersten Rauch ziemlich rasch ein Notruf folgen, noch bevor ich die Gegend verlassen hatte, während ohne Rauch und mit ein bisschen Glück noch Stunden vergehen konnten, bis jemand das Wrack entdeckte. Ich starrte auf die fleischige Fläche, auf der einmal das Gesicht des Pickeligen gesessen hatte, und fasste einen Entschluss. Ich brauchte beinahe zwanzig Minuten, um ihm Hose und Jacke auszuziehen und ihm dann meinen eigenen, grünen Jogginganzug anzuziehen. Es ist merkwürdig, wie schnell man sich daran gewöhnen kann, Menschen aufzuspießen und aufzuschneiden. Mit chirurgischer Akribie trennte ich ihm die Haut von den Zeigefingern ab (ich wusste nicht, ob Fingerabdrücke von der rechten oder linken Hand genommen wurden) und schnitt danach auch noch die Daumen ein, damit die Verletzungen natürlicher wirkten und damit glaubhaft. Als ich fertig war, trat ich zwei Schritte vom Wrack zurück und musterte das Resultat. Blut, Tod und Stille. Sogar der braune Fluss am Rand des Waldes schien in stummer Unbeweglichkeit eingefroren zu sein. Irgendwie erinnerte mich das Ganze sehr an die skandalträchtigen, makabren Installationen von Morten Viskum. Hätte ich eine Kamera gehabt, ich hätte Bilder gemacht, sie Diana geschickt und ihr vorgeschlagen, die Abzüge in der Galerie auszustellen. Wie eine Warnung vor all dem, das noch kommen sollte. Denn was hatte Greve gesagt? Es ist die Angst und nicht der Schmerz, der dich gefügig macht.

Ich ging an der Hauptstraße entlang. Natürlich riskierte ich, dass Clas Greve über diese Straße fuhr und mich sah. Aber ich machte mir keine Sorgen. Zum einen würde er den kahlgeschorenen Typen in der schwarzen Nylonjacke mit dem Schriftzug des Elverum Ko-Daw-Ying-Clubs auf dem Rücken nicht erkennen. Zum anderen ging diese Person anders als der Roger Brown, den er kennengelernt hatte: Sie bewegte sich aufrechter und langsamer. Und drittens ließ das GPS-Gerät keinen Zweifel daran, dass ich mich noch im Inneren des Autowracks befand und mich keinen Meter bewegt hatte. Logisch. Ich war ja auch tot.

Ich lief an einem Hof vorbei, ging aber weiter. Ein Auto fuhr an mir vorbei und bremste leicht ab. Vielleicht fragten sich die Insassen, wer ich war, doch dann gaben sie wieder Gas und verschwanden im scharfen Herbstlicht.

Es roch gut hier draußen. Erde und Gras, Wald und Kuhmist. Die Wunden im Nacken brannten etwas, aber die Steifheit meines Körpers ließ zunehmend nach. Ich machte immer längere Schritte, atmete tief durch und spürte, wie die Lebensgeister in mich zurückkehrten.

Nach einer halben Stunde Weg befand ich mich noch immer auf dem gleichen, endlosen Feld, sah in der Ferne aber ein blaues Schild und ein kleines Schutzhäuschen. Eine Bushaltestelle.

Eine Viertelstunde später stieg ich in einen grauen Überlandbus, bezahlte mit dem Bargeld aus Eskild Monsens Portemonnaie und erfuhr, dass der Bus nach Elverum fuhr, von wo aus ich mit der Bahn Anschluss nach Oslo hatte. Ich nahm gegenüber von zwei platinblonden Frauen Mitte dreißig Platz. Keine von beiden würdigte mich auch nur eines Blickes.

Ich döste ein, wachte aber wieder auf, als ich eine Sirene hörte. Der Bus wurde etwas langsamer und fuhr an den Straßenrand. Ein Polizeiwagen raste mit Blaulicht an uns vorbei. Wagen Null Zwei, dachte ich und spürte, wie mich eine der Blonden musterte. Als unsere Blicke sich begegneten, merkte ich, dass sie instinktiv wegschauen wollte, meine Hässlichkeit war einfach zu viel für sie. Sie schaffte es aber nicht, und ich lächelte sie an, bevor ich wieder aus dem Fenster blickte.

Die Sonne schien auch auf die Heimat des alten Roger Brown, als der neue um 15.10 Uhr aus dem Zug stieg. Aber ein eiskalter Wind wehte durch die klaffenden Wunden der malträtierten Tigerskulpturen vor dem Osloer Hauptbahnhof, als ich über den Platz in Richtung Skippergata lief.

Die Drogendealer und Huren auf der Tollbugata starrten mich an, verschonten mich aber mit den Angeboten, die sie dem alten Roger Brown immer gemacht hatten. Vor dem Eingang des Hotels Leon blieb ich stehen und blickte an der Fassade empor, in der der bröckelnde Putz weiße Wunden hinterlassen hatte. Unter einem der Fenster machte ein Plakat Werbung für ein Zimmer für 400 Kronen pro Nacht.

Ich betrat das Haus und ging zur Rezeption. Oder REZETPION, wie auf dem Schild stand, das hinter dem Mann am Tresen hing.

»Ja?«, sagte er anstelle des sonst üblichen »Willkommen«, das ich aus den Hotels gewohnt war, in denen der alte Roger Brown verkehrte. Das Gesicht des Portiers lag unter einem Firnis aus Schweiß, als hätte er hart gearbeitet, zu viel Kaffee getrunken oder als wäre er von Natur aus nervös. Sein flackernder Blick ließ Letzteres vermuten.

»Haben Sie ein Einzelzimmer?«, fragte ich.

»Ja. Für wie lange?«

»Eine Nacht.«

»Eine ganze?«

Ich war nie zuvor im Hotel Leon gewesen, aber schon ein paar Mal daran vorbeigefahren. Deshalb war ich nicht wirklich überrascht, dass sie auch Zimmer auf Stundenbasis für das horizontale Gewerbe vermieteten. Also für die Frauen, die weder Schönheit noch Grips genug hatten, um sich mit ihrem Körper ein von Ove Bang entworfenes Haus und eine eigene Galerie in Frogner zu sichern.

Ich nickte.

»400«, sagte der Mann. »Im Voraus.« Er sprach mit dem schwedischen Akzent, den Prediger oder Sänger von Tanzcombos aus irgendeinem Grund bevorzugten.

Ich schob ihm Eskild Monsens Kreditkarte über den Tisch. Aus Erfahrung weiß ich, dass es den Hotels egal ist, ob sich die Unterschriften ähneln, trotzdem hatte ich in der Bahn sicherheitshalber ein bisschen an dem Schriftzug gearbeitet. Das Problem war das Foto. Es zeigte ein rundes Gesicht mit langen, lockigen Haaren und schwarzem Bart. Trotz Unterbelichtung hatte der Mensch auf dem Foto keinerlei Ähnlichkeit mit dem Mann mit dem schmalen Gesicht und dem frisch rasierten Schädel, der vor der Rezeption stand. Der Portier studierte das Bild.

»Sie sehen dem Foto aber gar nicht ähnlich«, sagte er ohne aufzusehen.

Ich wartete. Bis er seinen Blick hob und dem meinen begegnete.

»Krebs«, antwortete ich.

»Was?«

»Chemotherapie.«

Er blinzelte drei Mal.

»Drei Behandlungszyklen«, sagte ich.

Sein Adamsapfel hüpfte beim Schlucken in die Höhe. Ich sah, wie unschlüssig er war. Komm schon! Ich musste endlich ins Bett, mein Nacken brannte höllisch. Ich fixierte ihn weiter, bis er schließlich zu Boden blickte und mir die Karte zurückgab.

»Sorry. Ich kann mir keine Schwierigkeiten leisten, ich stehe unter Beobachtung. Haben Sie Bargeld?«

Ich schüttelte den Kopf. Nur ein Zweihunderter und eine Zehn-Kronen-Münze waren mir nach dem Zugticket geblieben.

»Sorry«, wiederholte er und streckte mir den Arm fast flehend so weit entgegen, dass die Karte meine Brust berührte.

Ich nahm sie entgegen und marschierte nach draußen.

Nach diesem Erlebnis brauchte ich es gar nicht erst in anderen Hotels zu versuchen. Wenn sie die Karte im Leon nicht akzeptierten, dann auch an keinem anderen Ort. Eher lief ich noch Gefahr, dass jemand die Polizei rief.

Also musste ich auf Plan B zurückgreifen.

Ich war neu in der Stadt, ein Fremder. Ohne Geld, ohne Freunde, ohne Vergangenheit oder Identität. Die Fassaden, die Straßen und die Passanten, sie alle erschienen mir anders, als sie Roger Brown erschienen wären. Eine dünne Wolkenschicht hatte sich vor die Sonne geschoben, und die Temperaturen waren noch weiter gesunken.

Am Hauptbahnhof musste ich erfragen, welcher Bus nach Tonsenhagen fuhr, und als ich einstieg, sprach der Fahrer mich aus irgendeinem Grund auf Englisch an.

Der Weg von der Bushaltestelle zu Oves Haus ging steil bergauf, trotzdem fror ich, als ich endlich daran vorbeiging. Ich umkreiste die Gegend ein paar Minuten lang, um sicherzugehen, dass keine Polizei in der Nähe war. Dann ging ich rasch zur Tür und schloss auf.

Drinnen war es warm. Der Thermostat war mit einer Zeitschaltuhr verbunden.

Ich tippte »Natascha« ein, um den Alarm zu deaktivieren, und ging in das kombinierte Wohn- und Schlafzimmer. Es roch wie beim letzten Mal: dreckiges Geschirr, ungewaschenes Bettzeug, Waffenöl und Schwefel. Ove lag noch immer so auf dem Bett, wie ich ihn zurückgelassen hatte. Es kam mir vor, als läge das alles schon eine Woche zurück.

Ich fand die Fernbedienung, legte mich neben Ove aufs Bett und schaltete den Fernseher ein. Blätterte durch den Videotext, aber es gab keinen Hinweis auf einen verschwundenen Streifenwagen oder tote Polizisten. Natürlich hatte die Polizei in Elverum einen schlimmen Verdacht und war längst auf der Suche, aber so etwas posaunte man nicht heraus, bevor man sich nicht ganz sicher war, dass es sich nicht um ein banales Missverständnis handelte. Früher oder später würden sie das Auto aber finden. Wie viel Zeit würde vergehen, bis sie erkannten, dass die Leiche ohne Fingerkuppen in dem grünen Jogginganzug doch nicht der verhaftete Ove Kjikerud war? Ein Tag mindestens. Höchstens zwei.

Aber das waren alles Dinge, von denen ich eigentlich keine Ahnung hatte. Der neue Roger Brown wusste über die Arbeitsmethoden der Polizei nicht mehr als sein Vorgänger, begriff aber, dass die Situation trotz unsicherer Datenbasis konkrete Entschlüsse erforderte. Er musste ein gewisses Risiko eingehen und handeln, bevor es zu spät war, er musste genug Angst zulassen, um voll konzentriert zu sein, aber nicht so viel, dass sie ihn lähmte.

Deshalb schloss ich die Augen und schlief.

Als ich wieder aufwachte, zeigte die Uhr am Rand des Videotextes 20.03 Uhr. Und darunter eine Zeile, die verkündete, dass mindestens vier Personen, darunter drei Polizisten, bei einem Verkehrsunfall unweit von Elverum ums Leben gekommen waren. Das Wrack des bereits am Vormittag vermisst gemeldeten Polizeiwagens war am Nachmittag in einem Wäldchen am Fluss Trekkelva gefunden worden. Eine fünfte Person, ebenfalls ein Polizist, werde noch vermisst. Die Polizei nahm an, dass er aus dem Wagen in den Fluss geschleudert worden war, auf den die Suche sich jetzt konzentrierte. Die Polizei bat die Öffentlichkeit um Hinweise auf den Fahrer eines gestohlenen Lastzuges mit der Aufschrift »Sigdal-Küchen«, der zwanzig Kilometer von der Unfallstelle entfernt auf einem Waldweg gefunden worden war.

Fanden sie heraus, dass der Verhaftete Kjikerud verschwunden war, würden sie früher oder später hier auftauchen. Ich musste mir eine andere Bleibe für die Nacht suchen.

Ich holte tief Luft. Dann beugte ich mich über Oves Leiche, nahm das Telefon vom Nachtschränkchen und wählte die einzige Telefonnummer, die ich auswendig kannte.

Sie nahm den Hörer nach dem dritten Klingeln ab.

Statt des üblichen schüchternen, aber warmen »Hallo?« antwortete Lotte mit einem kaum hörbaren »Ja?«.

Ich legte sofort wieder auf. Ich wollte ja nur wissen, ob sie zu Hause war. Vermutlich würde sie auch den Rest des Abends dort sein.

Ich schaltete den Fernseher aus und stand auf.

Nach einer zweiminütigen Suche hatte ich zwei Pistolen gefunden: eine im Badezimmerschrank und eine eingeklemmt hinter dem Fernseher. Ich nahm die kleine schwarze, die hinter dem Fernseher gesteckt hatte, holte zwei Schachteln aus der Küchenschublade, eine mit scharfer Munition und eine, die mit »blanks« beschriftet war. Dann füllte ich das Magazin mit scharfen Patronen, lud durch und sicherte die Pistole. Anschließend steckte ich die Waffe so unter meinen Hosenbund, wie ich es bei Clas Greve gesehen hatte. Ich ging ins Bad und legte die andere Pistole wieder zurück. Nachdem ich die Schranktür geschlossen hatte, blieb ich noch kurz vor dem Spiegel stehen und betrachtete mich. Die hübsche Form und die markanten Linien meines Gesichts, die brutale Nacktheit des Schädels, die fast fieberhafte Intensität des Blickes und der Mund, entspannt und entschlossen, still und doch sprechend.

Egal, wo ich morgen früh aufwachte, ich würde einen Mord auf dem Gewissen haben. Einen *vorsätzlichen* Mord.

Kapitel 19

Vorsätzlicher Mord

DU GEHST ÜBER DIE STRASSE, in der du wohnst. Stehst im Dunkel der Nacht unter ein paar Bäumen und siehst zu deinem eigenen Haus auf. Zu den Lichtern im Fenster, der Bewegung hinter den Gardinen, vielleicht von deiner Frau. Ein Nachbar, der seinen englischen Setter ausführt, geht an dir vorbei und schaut dich an, sieht aber nur einen Fremden in einer Straße, in der sonst jeder jeden kennt. Der Mann ist misstrauisch, und der Setter knurrt laut. Sie riechen beide, dass du Hunde hasst. Denn Tiere wie Menschen halten zusammen gegen Eindringlinge, gegen ungebetene Gäste in dem Refugium, in dem sie sich hoch oben über der chaotischen Stadt mit ihrer Mischung aus Interessen und Terminen verschanzt haben. Sie wollen einfach nur, dass hier oben alles so bleibt, wie es ist, denn die Dinge laufen wunderbar. Es geht ihnen so gut, dass niemand die Karten neu mischen will. Nein, lasst die Asse und Könige in den Händen derer, die sie bereits haben, Unsicherheit ist schädlich für die Investitionsbereitschaft, feste Rahmenbedingungen sichern die Produktivität, und die dient wiederum der Gemeinschaft. Man muss etwas erschaffen, bevor man es verteilen kann.

Es ist schon erstaunlich, dass der politisch konservativste Mensch, den ich jemals getroffen habe, ein Chauffeur war, der für Menschen fuhr, die viermal so viel verdienten wie er selbst und sich ihm gegenüber mit ihrer peinlich korrekten Höflichkeit unendlich überheblich verhielten.

Vater sagte einmal, dass ich in seinem Haus nicht mehr willkommen wäre, wenn ich Sozialist würde, und dass das Gleiche auch für meine Mutter gelten würde. Er war nicht wirklich nüchtern, als er das sagte, was mich aber nur in meiner Meinung bestärkt, dass ich diese Aussage wörtlich nehmen konnte. Er war ein wahrer Verfechter des indischen Kastensystems und meinte, wir seien nach Gottes Willen unserem Stand zugewiesen worden und es sei unsere verdammte Pflicht, dort auch unser elendes Leben zu leben. Oder wie der

Glöckner in Falkbergets *Die vierte Nachtwache* sagt, als Pastor Sigismund ihm vorschlägt, ihn zu duzen: »Ein Glöckner ist ein Glöckner. Und ein Pastor ein Pastor.«

Mein Aufbegehren, die Rebellion des Chauffeurssohns, bestand deshalb aus Bildung, Heirat mit der Tochter eines reichen Mannes, Anzügen von Ferner Jacobsen und einem Haus am Voksenkollen. Sie war fehlgeschlagen. Vater hatte nämlich die Frechheit besessen, mir zu verzeihen, ja er war sogar so gerissen, mir seinen Stolz vorzuspielen. Als ich an seinem Grab stand und wie ein Kind schluchzte, wusste ich, dass ich nicht aus Trauer um meine Mutter weinte, sondern aus Wut auf ihn.

Der Setter und der Nachbar (merkwürdig, aber ich erinnerte mich wirklich nicht an seinen Namen) wurden vom Dunkel verschluckt. Ich überquerte die Fahrbahn. Auf der Straße hatten keine fremden Autos gestanden, und als ich mein Gesicht ans Fenster der Garage presste, sah ich, dass auch sie leer war.

Ich schlich mich rasch in die raue, beinahe stoffliche Dunkelheit des Gartens und stellte mich unter die Apfelbäume. Ich wusste ganz genau, dass man mich dort vom Wohnzimmer aus nicht sehen konnte.

Ich aber konnte sie sehen.

Sie lief ihm Wohnzimmer auf und ab und hielt sich ihr Prada-Telefon ans Ohr. Ihre ungeduldigen Bewegungen verrieten mir, dass sie jemand zu erreichen versuchte, der nicht ans Telefon ging. Sie trug Jeans. Niemand trug diese Hosen so wie Diana. Obwohl sie einen weißen Wollpullover anhatte, drückte sie sich den freien Arm gegen die Brust, als fröre sie. Große Häuser aus den 30er Jahren brauchen lange, bis sie nach einem Temperatursturz wieder warm werden, wie viele Heizkörper man auch andreht.

Ich wartete, bis ich vollkommen sicher war, dass sie allein war. Überprüfte, ob die Pistole noch im Hosenbund steckte. Atmete tief durch. Was ich vorhatte, war das Schwierigste, was ich jemals getan hatte. Trotzdem wusste ich, dass ich es schaffen würde. Der neue Roger Brown würde es schaffen. Vielleicht kamen mir aus diesem Grund die Tränen. Weil alles bereits entschieden war. Ich ließ sie laufen, und sie rannen wie warme Liebkosungen über meine Wangen, während ich mich darauf konzentrierte, leise zu sein und nicht unkontrolliert zu atmen oder womöglich zu schluchzen. Nach fünf Minuten waren meine Tränen versiegt. Ich trocknete mir die Wangen. Dann ging ich schnell zur Haustür und schloss so leise wie möglich auf. Auf dem Flur blieb ich lauschend stehen. Das Haus schien den Atem anzuhalten, nur das Klackern ihrer Schritte oben auf dem Parkett war zu hören. Bald würde auch dieses Geräusch verstummen.

Es war zehn Uhr abends, und hinter der Tür, die nur angelehnt war, erkannte ich ein blasses Gesicht und ein Paar braune Augen.
»Kann ich bei dir schlafen?«, fragte ich.
Lotte antwortete nicht, wie gewöhnlich, starrte mich aber wie ein Gespenst an. So entgeistert hatte ich sie noch nie gesehen.
Ich lächelte schief und fuhr mir mit der Hand über den kahlen Schädel.
»Ich habe mich …« Ich suchte nach den richtigen Worten. »… mich entschieden, alles abzuschneiden.«
Sie blinzelte zweimal. Dann öffnete sie die Tür, und ich schlüpfte in die Wohnung.

Kapitel 20

Wiederauferstehung

Ich wachte auf und sah auf die Uhr. Acht. Es wurde Zeit. Vor mir lag das, was man einen großen Tag nennt. Lotte lag auf der Seite mit dem Rücken zu mir, in die Laken gewickelt, die sie einem normalen Federbett vorzog. Ich schlüpfte auf meiner Seite aus dem Bett und zog mich rasch an. Es war eiskalt, und ich fror wie ein Schneider. Ich schlich in den Flur, zog Jacke, Mütze und Handschuhe an und ging in die Küche. In einer Schublade fand ich eine Plastiktüte, die ich in die Hosentasche stopfte. Dann öffnete ich den Kühlschrank und dachte, dass dies der erste Morgen meines Lebens war, an dem ich als Mörder aufwachte. Als ein Mann, der eine Frau erschossen hatte. Es kam mir vor wie eine Zeitungsmeldung, ein Artikel, den man überblätterte, weil die Fälle immer so übel und schrecklich banal waren. Ich nahm einen Karton rosa Grapefruitsaft heraus und wollte ihn an die Lippen setzen. Ließ es dann aber bleiben und holte mir ein Glas aus dem Hängeschrank. Man muss nicht alles schleifen lassen, nur weil man zum Mörder geworden ist. Nachdem ich ausgetrunken, das Glas gespült und den Saft wieder in den Kühlschrank gestellt hatte, setzte ich mich aufs Sofa. Die kleine schwarze Pistole in meiner Jackentasche drückte mir in den Bauch, und ich nahm sie heraus. Sie roch noch immer, und ich wusste, dass dieser Geruch mich immer an den Mord erinnern würde. An die Hinrichtung. Ein Schuss hatte gereicht. Aus nächster Nähe, als sie mich umarmen wollte. Ich hatte geschossen, als sie gerade die Arme ausbreitete, und hatte sie ins linke Auge getroffen. Mit Absicht? Vielleicht. Vielleicht hatte ich ihr etwas nehmen wollen, so wie sie versucht hatte, mir alles zu nehmen. Die verräterische Lügnerin hatte das Blei empfangen, das wie ein Phallus geformte Geschoss war in sie eingedrungen, wie ich es einmal getan hatte. Und nie wieder tun würde. Jetzt war sie tot. Meine Gedanken kamen in kurzen Sätzen, sachlich konstatierend. Gut, so musste ich auch weiterhin denken, mir meine Kälte bewahren und keine Gefühle zulassen. Noch hatte ich nicht alles verloren.

Ich nahm die Fernbedienung und schaltete den Fernseher ein. Im Videotext gab es keine Neuigkeiten, die Redaktion war so früh vermutlich noch gar nicht im Büro. Dort stand auch jetzt noch, dass die vier Leichen in dem Polizeiauto bei Elverum im Laufe des morgigen Tages identifiziert werden sollten – also heute – und dass eine Person noch immer vermisst wurde.

Eine Person. Es hieß jetzt nicht mehr »ein Polizist«, dabei hatten sie das anfangs doch so formuliert? Wussten sie also inzwischen, dass der Vermisste der Verhaftete war? Vielleicht, vielleicht auch nicht, es gab keine Fahndungsmeldung.

Ich beugte mich über die Armlehne und griff zum Hörer von Lottes gelbem Telefon, das ich in Gedanken, wenn ich sie anrief, immer dicht an ihren Lippen sah. Ihre Zungenspitze ganz nah an meinem Ohr, wenn sie ihre Lippen befeuchtete. Ich rief die Auskunft an, bat um zwei Nummern und fiel der Frau im Callcenter ins Wort, als sie sagte, die Nummern würden mir vom Band vorgelesen:

»Ich würde sie gerne von Ihnen persönlich hören, vielleicht habe ich Schwierigkeiten, sie sonst zu verstehen«, sagte ich.

Ich bekam die beiden Telefonnummern, prägte sie mir ein und bat sie, mich mit der ersten zu verbinden. Die Telefonzentrale des Kriminalamtes meldete sich nach dem zweiten Klingeln.

Ich meldete mich als Runar Bratli und gab mich als einen Verwandten von Endride und Eskild Monsen aus. Ich sagte, ich sei von der Familie gebeten worden, die Kleider der Toten abzuholen, es habe mir aber niemand gesagt, wohin ich kommen oder wen ich fragen sollte.

»Einen Augenblick«, sagte die Frau in der Zentrale und schob mich in die Warteschleife.

Ich lauschte einer überraschend schönen Panflötenversion von »Wonderwall« und dachte an Runar Bratli. Seine Bewerbung für eine Führungsposition hatte ich einmal nicht berücksichtigt, obwohl er der mit Abstand qualifizierteste Kandidat gewesen war. Und groß. So groß, dass er sich in unserem letzten Gespräch beklagt hatte, in seinem Ferrari immer den Kopf einziehen zu müssen. Dieses Auto war eine kindliche, dumme Investition gewesen, wie er mir mit einem jugendlichen Lächeln eingestanden hatte, und er konnte den Kauf vermutlich nur mit seiner Midlife-Crisis erklären. Ich hatte mir damals notiert: OFFEN, GENUG SELBSTVERTRAUEN, UM AUCH SEINE SCHLECHTEN SEITEN ZU OFFENBAREN. Alles war eigentlich perfekt gewesen, hätte er dann nicht noch diesen einen Satz nachgeschoben: »Wenn ich mir in diesem Auto den Kopf stoße, bin ich manchmal richtig neidisch …«

Er hatte den Satz an dieser Stelle abgebrochen, den Blick von mir abgewendet und einen der Firmenrepräsentanten angesehen. Dann verkündete er, dass er den Ferrari jetzt gegen ein Allradfahrzeug eintauschen werde, ein Gefährt, das man ruhig auch mal seiner Frau anvertrauen kann. Alle am Tisch hatten gelacht. Ich auch. Mit keiner Miene hatte ich verraten, dass ich seinen vorher begonnenen Satz in Gedanken vollendet hatte – »Neidisch … auf so kleine Leute wie Sie« – und ihn ein für alle Mal von der Liste der erfolgversprechenden Kandidaten gestrichen hatte. Leider besaß er keine interessanten Kunstwerke.

»Die Kleider befinden sich im Rechtsmedizinischen Institut«, erklärte die Frau von der Telefonzentrale. »Also im Reichshospital in Oslo.«

»Ach ja?«, sagte ich und versuchte, nicht zu einfältig zu wirken. »Warum das denn?«

»Das ist so üblich, wenn der Verdacht besteht, dass ein Verbrechen vorliegen könnte. Das Auto scheint von diesem Lastzug vorsätzlich gerammt worden zu sein.«

»Verstehe«, sagte ich. »Vermutlich haben sie mich deshalb um Hilfe gebeten. Ich wohne in Oslo, wissen Sie.«

Die Frau antwortete nicht. Ich konnte förmlich sehen, wie sie die Augen verdrehte und mit ihren sorgfältig lackierten Fingernägeln ungeduldig auf die Tischplatte trommelte. Aber vielleicht irrte ich mich auch.

Headhunter zu sein, bedeutet nicht notwendigerweise, dass man über Menschenkenntnis oder besondere Empathie verfügt. Möglicherweise sind diese Eigenschaften sogar hinderlich, wenn man es in dieser Branche bis ganz nach oben schaffen will.

»Können Sie dem Zuständigen in der Rechtsmedizin sagen, dass ich jetzt auf dem Weg dorthin bin?«, fragte ich. »Mein Name ist Runar Bratli.«

Ich hörte ihr Zögern. Vermutlich stand so etwas nicht in ihrem Arbeitsvertrag. Die Arbeitsverträge im öffentlichen Dienst sind in der Regel schreckliche Machwerke. Glauben Sie mir, ich muss sie ständig lesen.

»Ich habe nichts damit zu tun, ich will nur helfen«, sagte ich. »Ich gehe davon aus, dass jemand mich empfängt, damit ich die Sache schnell über die Bühne bringen kann.«

»Ich werde es versuchen«, meinte sie.

Ich legte auf und wählte die zweite Nummer. Er antwortete beim fünften Klingeln.

»Ja?« Seine Stimme klang ungeduldig, fast verärgert.

Ich versuchte aus den Hintergrundgeräuschen herauszuhören, wo er sich befand. War er in meinem Haus oder in seiner Wohnung?

»Buh«, sagte ich, dann legte ich auf.

Damit war Clas Greve alarmiert.

Ich wusste nicht, was er tun würde, sicher aber schaltete er jetzt seinen GPS-Tracker ein, um zu überprüfen, wo der Geist sich befand.

Ich ging zurück zum Schlafzimmer und blieb auf der Schwelle stehen. Im Dunkeln erkannte ich nur die Kontur ihres Körpers unter dem Laken. Ich widerstand dem plötzlichen Impuls, mich auszuziehen, unter das Laken zu schlüpfen und mich an sie zu schmiegen. Stattdessen spürte ich dem seltsamen Gefühl nach, dass es bei all dem, was passiert war, nicht um Diana gegangen war, sondern um mich. Ich schloss die Schlafzimmertür leise und verließ die Wohnung. Wie bei meinem Kommen hatte ich das Treppenhaus auch jetzt ganz für mich allein, sodass ich niemanden grüßen konnte. Auch als ich auf die Straße trat, erwiderte niemand mein freundliches Nicken. Niemand sah mich oder bestätigte anderweitig meine Existenz. Inzwischen hatte ich begriffen, was dieses Gefühl eigentlich bedeutete: Ich existierte einfach nicht.

Es war an der Zeit, wieder ins Leben zu treten.

Das Reichshospital liegt an einem der zahlreichen Hänge oberhalb von Oslo. Bevor es gebaut wurde, befand sich an der gleichen Stelle eine kleine Irrenanstalt, die später in Nervenheilanstalt umgetauft, dann als Sanatorium und schließlich als psychiatrische Klinik bezeichnet worden war. Die Bezeichnung blieb immer nur so lange, bis der Durchschnittsbürger kapiert hatte, dass es sich um eine Klinik für Verrückte handelte. Ich habe diese Wortklaubereien nie verstanden. Anscheinend waren die Leute, die für diese Bezeichnungen verantwortlich waren, der Auffassung, dass die Menschen nichts weiter als voreingenommene Idioten sind, die man möglichst hinters Licht führen muss. Nicht, dass sie damit nicht auch mal recht haben könnten, aber trotzdem war es irgendwie befreiend, die Frau hinter der Glasscheibe am Empfang Klartext reden zu hören:

»Sie müssen nach unten in die Leichenhalle, Bratli.«

Offenbar war es in Ordnung, eine Leiche zu sein. Niemand scheint sich daran zu stören, als Leiche bezeichnet zu werden, dabei gibt es doch auch zwischen Toten Qualitätsunterschiede. Machte es wirklich nichts, durch das Wort »Leiche« auf ein Stück Fleisch reduziert zu werden, dessen Herz zufällig nicht mehr schlägt? Oder lag es einfach daran, dass die Leichen ihre Minderheitenrechte nicht einklagen konnten, da sie sich in trauriger Überzahl befanden?

»Dahinten die Treppe runter«, sagte sie und bedeutete mir mit dem Arm die Richtung. »Ich rufe unten an und melde Sie an.«

Ich folgte ihren Anweisungen. Meine Schritte hallten zwischen den kahlen, weißen Wänden wider, sie waren das Einzige, das die Stille durchbrach. Ganz hinten in einem langen, schmalen weißen Kellergang stand ein Mann in einem grünen Krankenhauskittel in der Tür. Er hätte Chirurg sein können, aber seine übertrieben entspannte Haltung und vielleicht auch sein Bart verrieten mir, dass er etwas weiter unten in der Hierarchie einzuordnen war.

»Bratli?«, rief er so laut, dass es mir wie eine ganz bewusste Beleidigung all jener vorkam, die hier im Keller schliefen. Die Worte echoten beängstigend im Gang.

»Ja«, sagte ich und hastete zu ihm, um zu vermeiden, dass er mir noch mehr zurief.

Er hielt mir die Tür zu einem kleinen Raum auf, anscheinend eine Garderobe, und ich trat ein. Der Mann ging zu einem Schrank und öffnete ihn.

»Jemand vom Kriminalamt hat hier angerufen und gesagt, dass Sie die Sachen der Monsen-Jungs holen wollen«, sagte er, noch immer mit übertrieben lauter Stimme.

Ich nickte. Mein Puls ging schnell, aber er raste nicht so, wie ich befürchtet hatte. Immerhin befand ich mich in einer kritischen Phase, am Schwachpunkt meines Plans.

»Und wer sind Sie?«

»Ein Vetter«, sagte ich ganz locker. »Die Angehörigen haben mich gebeten, ihre Kleider zu holen. Nur die Kleider, nicht die Wertsachen.«

Ich hatte mich bewusst für »Angehörige« entschieden. Mag sein, dass sich das formell anhörte, aber da ich nicht wusste, ob die Monsen-Zwillinge verheiratet waren oder ob ihre Eltern noch lebten, musste ich Worte benutzen, die alle Möglichkeiten offenließen.

»Warum nimmt Frau Monsen die denn nicht selber mit?«, fragte der Mann. »Sie kommt doch gegen zwölf.«

Ich schluckte. »Vermutlich scheut sie sich, wegen all dem Blut.«

Er grinste. »Und Sie nicht?«

»Nein«, sagte ich einfach und hoffte inständig, dass er nicht noch mehr Fragen stellte.

Der Angestellte der Gerichtsmedizin reichte mir ein Formular, das auf einer Schreibunterlage befestigt war. »Sie müssen hier unterschreiben.«

Ich kritzelte ein R und eine Wellenlinie, gefolgt von einem B und einer ähnlichen Welle, die ich mit einem i-Punkt abschloss.

Der Mann blickte nachdenklich auf die Unterschrift. »Haben Sie Ihren Ausweis dabei?«

Das hatte ich befürchtet. Mein Plan drohte in die Brüche zu gehen.

Ich klopfte mir auf die Hosentaschen und setzte ein bedauerndes Lächeln auf: »Oh, ich glaube, ich habe meine Brieftasche im Auto unten auf dem Parkplatz liegen lassen.«

»Sie meinen oben auf dem Parkplatz?«

»Nein, unten. Ich habe unten beim Forschungszentrum geparkt.«

»So weit unten?«

Ich sah sein Zögern. Natürlich hatte ich auch das einkalkuliert. Sollte ich fortgeschickt werden, um meinen Ausweis zu holen, würde ich einfach abhauen. Das war keine Katastrophe, nur erreichte ich dann nicht, wofür ich gekommen war. Ich wartete. Und hörte schon bei den ersten beiden Worten, dass sein Entschluss zu meinen Ungunsten ausgefallen war.

»Sorry, Bratli, aber wir müssen uns hier an die Vorschriften halten. Nehmen Sie es mir nicht übel, aber Mordfälle ziehen immer wieder die seltsamsten Gestalten an. Mit den abstrusesten Interessen.«

Ich tat verblüfft. »Wollen Sie damit sagen, dass ... dass es Leute gibt, die die Kleider von Ermordeten sammeln?«

»Sie würden nicht glauben, auf was für Ideen manche Menschen kommen«, antwortete er. »Vielleicht haben Sie die Monsen-Zwillinge ja nie gesehen und kennen den Fall nur aus den Medien. Sorry, aber so ist es nun mal.«

»In Ordnung, ich bin gleich wieder zurück«, sagte ich und ging zur Tür. Wo ich stehen blieb, als wäre mir gerade etwas in den Sinn gekommen. Dann spielte ich die letzte Karte aus. Genauer gesagt: die Kreditkarte.

»Bevor ich es vergesse«, sagte ich und griff in meine Gesäßtasche. »Als Eskild das letzte Mal bei mir war, hat er seine Kreditkarte vergessen. Könnten Sie die seiner Mutter geben, wenn sie kommt …?«

Ich reichte sie dem Mann, der die Karte entgegennahm und einen Blick auf den Namen und das Bild des bärtigen jungen Mannes warf. Ich war bereits auf dem Weg durch die Tür, ließ mir aber Zeit, und dann hörte ich endlich seine Stimme hinter mir:

»Das reicht mir als Nachweis, Bratli. Hier, nehmen Sie seine Sachen mit.«

Erleichtert drehte ich mich um. Ich nahm die Plastiktüte aus der Hosentasche und stopfte die Kleider hinein.

»Haben Sie alles?«

Ich legte meine Hand auf die Tasche von Eskilds Uniformhose und spürte, dass auch die Plastiktüte mit meinen abgeschnittenen Haaren noch da war. Ich nickte.

Als ich wegging, musste ich mich zwingen, nicht zu rennen. Ich war in diesem Moment bereits wiederauferstanden, es gab mich wieder, und das ließ mich auf seltsame Weise innerlich jubeln. Die Räder drehten sich wieder, mein Herz schlug, und Blut und Schicksal waren in Wallung. Mit langen Schritten stieg ich die Treppe hinauf, ging rasch an der Frau hinter der Glasscheibe vorbei und hatte bereits meine Hand auf der Klinke, als ich eine bekannte Stimme hinter mir hörte.

»Heh, Sie da, warten Sie!«

Natürlich. Es war alles viel zu leicht gewesen.

Langsam drehte ich mich um. Ein Mann – auch er war mir bekannt – kam auf mich zu und streckte mir seinen Dienstausweis entgegen. Dianas heimlicher Schwarm. Ein ketzerischer Gedanke meldete sich in meinem Kopf: Das war's.

»Kriminalamt«, sagte der Mann mit tiefer Pilotenstimme. Sphärisches Rauschen mit Ansätzen von Drop-outs. »Kann ich kurz mit Ih-en spreche-, Meister?« Wie eine Schreibmaschine mit einem abgenutzten Buchstaben.

Es heißt, dass wir uns unbewusst immer ein etwas zu großes Bild von den Menschen machen, die wir im Film oder im Fernsehen sehen. Bei Brede Sperre war dies nicht der Fall. Er war noch größer, als ich angenommen hatte. Ich zwang mich, stehen zu bleiben, und als er schließlich vor mir stand, überragte er mich wie ein Turm. Von ganz oben sahen mich zwei stahlgraue Augen an. Seine Haare waren hell und seine Frisur jugendlich und gerade so zerzaust, dass sie ihm etwas Vertrauenswürdiges gab. Eines der Dinge, die ich über Brede Sperre gehört hatte, war, dass er ein Verhältnis mit einem sehr bekannten und sehr männlichen norwegischen Politiker gehabt haben soll. Aber diese Schwulen-Gerüchte waren vermutlich nur der letzte Beweis dafür, dass auch er längst zu den Prominenten zählte. Ja, fast ein Ritterschlag. Andererseits hatte derjenige, der mir dieses Gerücht zugetragen hatte – ein männliches Modell von Baron von Bulldog, der sich die Teilnahme an einer Vernissage von Diana erbettelt hatte –, mir mit allem Nachdruck versichert, dass er sich selbst bereits von diesem »Polizeigott«, wie er ihn voller Ehrfurcht nannte, hatte sodomisieren lassen.

»Aber sicher, worum geht es denn?«, sagte ich mit steifem Lächeln und hoffte, dass mir die Penetrationsangst nicht in den Augen stand.

»Wunderbar, Meister. Ich habe gerade erfahren, dass -ie der Vetter der Monsen-Zwillinge sind und sie gut kennen. Könnten Sie uns, wenn es Ihnen keine Umstände macht, vielleicht helfen, die Leichen zu identifizieren?«

Ich schluckte. Die Anrede »Meister« war fast schon frech, gleichzeitig drückte er sich aber übertrieben höflich aus mit seinem »wenn es Ihnen keine Umstände macht«. Sperres Blick blieb dabei neutral. Spielte er mit mir, oder war er immer so? Oder war das eine Art Berufskrankheit? Ich hörte mich selbst stammelnd das Wort »identifizieren« wiederholen, als wäre mir dieser Begriff völlig fremd.

»Die Mutter kommt in ein paar Stunden«, sagte Sperre. »Aber je mehr Zei- wir sparen -önnen ... Wir wären Ihnen sehr dankbar. Es dauert nur ein paar Se-unden.«

Ich wollte nicht. Mein Körper protestierte, und mein Hirn verlangte von mir, mich zu weigern und möglichst schnell das Weite zu suchen. Schließlich war ich wieder am Leben. Ich – das heißt die Plastiktüte, die ich in der Hand hatte – war eine Person, deren Bewegungen sich jetzt wieder auf Clas Greves GPS-Tracker abzeichneten. Es war nur eine Frage der Zeit, bis er die Jagd wieder aufnehmen würde, ich roch die Hunde bereits und spürte Panik in mir aufkeimen. Ein anderer Teil meines Hirns aber – der Teil mit der neuen Stimme – sagte mir, dass ich mich nicht weigern durfte, wollte ich kein Misstrauen wecken. Außerdem sollte es nur ein paar Sekunden dauern.

»Selbstverständlich«, sagte ich und lächelte weiter, bis mir bewusst wurde, dass dieses Lächeln eine recht unpassende Reaktion auf die bevorstehende Identifikation der Leichname meiner Verwandten war.

Wir gingen den gleichen Weg zurück, den ich gekommen war.

Der Gerichtsmediziner im Keller nickte mir lächelnd zu, als wir durch die Garderobe gingen.

»Sie sollten sich darauf vorbereiten, dass die Verstorbenen übel zugerichtet sind«, sagte Sperre und öffnete eine schwere Metalltür, durch die wir in die Leichenhalle gelangten. Ein Schauer lief mir über den Rücken. Der ganze Raum weckte Assoziationen an das Innere eines Kühlschranks: weiße Wände, weiße Decken, weißer Fußboden, die Temperatur betrug wenige Grad über null, und es roch nach Fleisch, dessen Verfallsdatum längst abgelaufen war.

Die vier Leichen lagen nebeneinander auf Metalltischen. Nur die Füße ragten unter den weißen Laken hervor. Überrascht stellte ich fest, dass es stimmte, was man in so vielen Filmen sah: Jeder Tote war mit einem Metallschild gekennzeichnet, das an einem seiner großen Zehen hing.

»Sind Sie bereit?«, fragte Sperre.

Ich nickte.

Er zog zwei Laken schnell und elegant wie ein Zauberkünstler beiseite. »Verkehrsunfälle ...«, sagte der Polizist und wippte auf den Füßen, »... sind häufig schlimm. Da fällt die Identifikation schwer, wie Sie sehen können.« Es kam mir mit einem Mal so vor, als spräche Sperre auffallend langsam. »Eigentlich hätten fünf im Auto sitzen sollen, wir haben aber nur diese vier Körper gefunden. Vermutlich ist der fünfte in den Fluss geschleudert und abgetrieben worden.«

Ich starrte, schluckte und atmete heftig durch die Nase. Gespielt natürlich. Denn selbst nackt sahen die Monsen-Zwillinge jetzt deutlich besser aus als im Autowrack. Außerdem stank es hier drinnen nicht so. Keine Körpergase, keine Exkremente, kein Geruch nach Blut, Benzin oder menschlichen Eingeweiden. Mir war inzwischen klar geworden, dass optische Eindrücke überschätzt werden, Geräusche und Gerüche terrorisieren die Wahrnehmung viel effektiver. Wie der knirschende Laut, der entsteht, wenn der Hinterkopf einer toten Frau, der man gerade durchs Auge geschossen hat, auf dem Parkett aufschlägt.

»Das sind die Monsen-Zwillinge«, hauchte ich.

»Ja, zu dem Schluss sind wir auch schon gekommen. Die Frage ist nur ...«

Sperre machte eine lange – eine wirklich lange – Kunstpause. Mein Gott.

»Welcher ist Endride und welcher Eskild?«

Trotz der winterlichen Temperaturen im Raum brach mir der Schweiß aus. Sprach er absichtlich so langsam? War das eine neue Verhörmethode, die ich noch nicht kannte?

Mein Blick glitt über die nackten Körper und fand, wonach ich Ausschau gehalten hatte. Die Wunde, die sich von den Rippen über den Bauch zog, klaffte noch immer. An den Rändern hatten sich schwarze, blutige Krusten gebildet.

»Das ist Endride«, sagte ich und zeigte auf den Leichnam. »Der andere ist Eskild.«

»Hm«, sagte Sperre zufrieden und machte sich eine Notiz. »Sie müssen die Zwillinge sehr gut gekannt haben. Nicht einmal ihre Kollegen, die hier waren, konnten einen Unterschied erkennen.«

Ich antwortete mit einem betrübten Nicken. »Die Zwillinge und ich standen uns sehr nah. Vor allem in der letzten Zeit. Kann ich jetzt gehen?«

»Ja, natürlich«, sagte Sperre, machte sich aber noch weitere Notizen, sodass ich nicht einfach verschwinden konnte. Ich blickte auf die Uhr hinter seinem Kopf.

»Eineiige Zwillinge«, sagte Sperre und schrieb gnadenlos weiter. »Ironie des Schicksals, nicht wahr?« Was zum Teufel schrieb er denn da? Der eine war Endride, der andere Eskild, dafür musste man doch nicht so viele Worte machen?

Ich wusste, dass ich einen Fehler machte, fragte aber trotzdem. »Wieso Ironie des Schicksals?«

Sperre hörte zu schreiben auf und sah mich an. »Entstanden in der gleichen Sekunde aus dem gleichen Ei. Gestorben in der gleichen Sekunde im gleichen Auto.«

»Wo ist die Ironie?«

»Wieso?«

»Ich kann darin keine Ironie erkennen.«

»Hm. Sie haben recht. Vielleicht dachte ich eher an ein Paradoxon.« Sperre lächelte.

Ich spürte, wie mein Blut zu brodeln begann. »Paradox ist das auch nicht.«

»Auf jeden Fall ist es merkwürdig. Als hätte es irgendeine kosmische Logik, finden Sie nicht auch?«

Ich verlor die Kontrolle und sah meine Knöchel weiß werden, als meine Finger die Griffe der Plastiktüte zusammendrückten: »Keine Ironie, kein Paradoxon und keine kosmische Logik.« Meine Stimme wurde lauter. »Nur eine zufällige Symmetrie von Leben und Tod, die nicht einmal sonderlich zufällig ist, da sie sich wie viele eineiige Zwillinge entschlossen hatten, ihr Leben in unmittelbarer Nähe zueinander zu führen. Der Blitz schlug ein, und sie waren gerade zusammen. End of story.«

Die letzten Worte hatte ich beinahe gerufen.

Sperre sah mich nachdenklich an. Er hatte Zeigefinger und Daumen an die Mundwinkel gelegt und strich sich damit jetzt langsam bis zum Kinn. Ich kannte diesen Blick. Er war einer der wenigen. Er hatte den Verhörerblick, der eine Lüge entlarven konnte.

»Hm, Bratli«, sagte er. »Stimmt etwas nicht?«

»Tut mir leid«, sagte ich, lächelte vage und wusste, jetzt musste ich meine Worte so wählen, dass ich bei diesem menschlichen Lügendetektor keine Reaktion hervorrief. »Ich hatte gestern Abend einen Streit mit meiner Frau, und jetzt auch noch dieser Unfall. Ich stehe etwas neben mir. Es tut mir wirklich leid. Ich muss jetzt wirklich hier raus.«

Ich machte auf dem Absatz kehrt und ging.

Sperre sagte etwas, möglicherweise ein Wort zum Abschied, aber das wurde von der Metalltür übertönt, die mit einem dumpfen Knall hinter mir ins Schloss fiel.

Kapitel 21

Einladung

Ich stieg an der Haltestelle vor dem Reichshospital in die Straßenbahn, bezahlte beim Fahrer und sagte: »Ins Zentrum.« Er verzog den Mund zu einem Lächeln, als er mir das Wechselgeld gab. Vermutlich zahlte man immer das Gleiche, egal, wohin man wollte. Natürlich fuhr ich nicht zum ersten Mal mit der Straßenbahn, als Kind hatte ich sie häufig genommen, aber die Routine war mir abhandengekommen. Hinten aussteigen, das Ticket für die Kontrolle aufheben, den Halteknopf rechtzeitig drücken und den Fahrer nicht stören. Vieles hatte sich geändert. Der Lärm der Schienen war nicht mehr so stark, die Reklametexte an den Wänden dafür umso aggressiver und die Menschen auf den Sitzen verschlossener und stiller.

Im Zentrum stieg ich in einen Bus um und fuhr in Richtung Nordosten. Man sagte mir beim Einsteigen, dass ich mit dem Straßenbahnfahrschein weiterfahren könne. Fantastisch. Beinahe umsonst fuhr ich auf eine Art und Weise durch die Stadt, von der ich nichts geahnt hatte. Ich war in Bewegung, ein blinkender Punkt auf Clas Greves GPS, und glaubte, seine Verwirrung beinahe körperlich spüren zu können: Was zum Teufel passiert da? Fahren die mit der Leiche durch die Stadt?

In Årvoll verließ ich den Bus und ging bergauf in Richtung Tonsenhagen. Ich hätte dichter an Oves Haus aussteigen können, folgte meinem Plan aber Schritt für Schritt. Vormittags war es in dieser Gegend sehr still. Eine alte Frau mit krummem Rücken lief über den Bürgersteig und zog einen Rollwagen mit quietschenden Rädern hinter sich her. Trotzdem lächelte sie mich an, als wäre es ein herrlicher Tag, eine fantastische Welt, ein Leben voller Glück. Was dachte Clas Greve jetzt? Glaubte er, dass Brown in einem Leichenwagen zu seinem alten Elternhaus gefahren wurde? Aber warum fuhr der Wagen dann plötzlich so langsam? Gab es einen Stau?

Zwei kaugummikauende, dick geschminkte Jugendliche mit Schulranzen und engen Jeans, die ihre Gewichtsprobleme nur unterstrichen, kamen auf mich zu. Sie blickten mich kurz an, unterhielten sich aber weiter laut über irgendetwas, was sie aufregte. Als wir aneinander vorbeigingen, hörte ich ein: »... verdammt ungerecht!« Ich nahm an, dass sie die Schule schwänzten und auf dem Weg zum Bäcker in Årvoll waren. Wahrscheinlich hatte die Ungerechtigkeit nichts damit zu tun, dass 80 Prozent aller Teenager auf dieser Welt sich die Teilchen nicht leisten konnten, die sie jetzt gleich verdrücken würden.

Plötzlich wurde mir klar, dass Dianas und meine Tochter – ich war überzeugt davon, dass es eine Tochter gewesen war, obwohl Diana ihr bereits den Namen Eyolf gegeben hatte – mich eines Tages aus ähnlich mascaraschweren Augen angesehen und geschimpft hätte, dass ich ungerecht sei. Sie wollte jetzt wirklich mit ihrer Freundin nach Ibiza, schließlich sei sie schon in der zwölften Klasse! Und ich ... Doch, ich glaube, ich hätte damit leben können.

Der Weg führte an einem Park mit einem großen See vorbei. Ich nahm einen der braunen Pfade, die in ein Wäldchen auf der anderen Seite führten. Nicht weil das eine Abkürzung war, sondern weil sich so der Punkt auf Greves GPS-Tracker abseits der eingezeichneten Straßen bewegte. Leichen können vielleicht in Autos herumgefahren werden, aber sie laufen nicht durchs Gelände. Mit diesem kleinen Schlenker bestätigte ich den Verdacht, den ich bei dem niederländischen Kopfjäger mit meinem morgendlichen Anruf von Lottes Telefon geweckt hatte: Roger Brown war von den Toten auferstanden. Er hatte nicht in der Leichenhalle des Reichshospitals gelegen, wie es auf dem GPS den Anschein gehabt hatte, sondern vermutlich in einem Krankenbett im gleichen Gebäude. Aber in den Nachrichten hatten sie doch gesagt, dass alle Autoinsassen ums Leben gekommen seien? Wie konnte es sein ...?

Ich besitze vielleicht keine besondere Empathie, kann aber die Intelligenz einer Person gut einschätzen, auf jeden Fall so gut, dass man mich einsetzt, um die leitenden Stellungen in den größten norwegischen Betrieben zu besetzen. Als ich nun um den See herumlief, überlegte ich noch einmal, zu welchem Schluss Clas Greve kommen musste. Eigentlich war die Frage leicht zu beantworten. Er hatte keine Wahl, er musste mir folgen, mich jagen und liquidieren, auch wenn er dabei jetzt ein größeres Risiko einging als zuvor. Denn inzwischen war ich nicht nur in der Lage, HOTEs Übernahmepläne zu vereiteln, sondern überdies ein Zeuge, der ihn mit dem Mord an Sindre Aa in Verbindung bringen konnte. Falls ich denn noch lebte, wenn das Ganze vor Gericht kam.

Ich hatte ihm, mit anderen Worten, eine Einladung geschickt, die er nicht ausschlagen konnte.

Als ich auf der anderen Seite des Parks an einem kleinen Birkenwäldchen vorbeikam, fuhr ich mit den Fingern über die dünne, weiße, papierartig abblätternde Rinde eines Baumes, drückte mit den Fingerkuppen gegen den harten Stamm und grub meine Nägel in die Oberfläche. Dann roch ich an meinen Fingerkuppen, schloss die Augen und sog den Duft ein, während Erinnerungen aus meiner Kindheit auf mich einströmten: Spielen, Lachen, Staunen, Freude, Angst und Entdeckungen. All die winzigen Dinge, die ich vergessen zu haben glaubte, die aber natürlich noch da waren. Eingekapselt, tief in meinem Inneren. Sie waren nicht verschwunden, sie waren Wasserkinder. Der alte Roger Brown war nicht imstande gewesen, zu ihnen zurückzufinden, doch der neue konnte das. Wie lange würde der neue Roger noch leben? Sicher nicht mehr lange. Aber das hatte nichts zu bedeuten, seine letzten Stunden würden intensiver sein als die ganzen 35 Jahre des alten Roger.

Mir war warm, als ich endlich das Haus von Ove Kjikerud sah. Ich ging nach oben zum Waldrand und setzte mich auf einen Baumstumpf, von dem aus ich die Straße, die Reihenhäuser und die Blocks überblicken konnte und überrascht feststellte, dass sich die Aussicht der Menschen im Osten der Stadt kaum von jener unterschied, die die Leute im reichen Westen hatten. Wir alle blickten auf das Postgiro-Hochhaus und das Plaza Hotel. Die Stadt sah von hier weder schöner noch hässlicher aus. Der einzige Unterschied war im Grunde, dass man von hier aus die westlichen Stadtteile sah. Dabei fiel mir ein, dass die Kritiker nach dem Bau von Gustave Eiffels berühmtem Turm für die Weltausstellung 1889 immer betont hatten, den schönsten Blick über Paris habe man vom Eiffelturm aus, weil dies der einzige Ort sei, von dem aus man den Turm selbst nicht sehe. Vielleicht war es auch nicht anders, Clas Greve zu sein: Für ihn war die Welt sicher ein bisschen weniger hässlich als für die anderen, weil er sich selbst nicht mit den Augen der anderen sah. Zum Beispiel mit meinen Augen. Ich aber sah ihn. Und ich hasste ihn. Hasste ihn mit einer solch überwältigenden Intensität, dass es mir selbst beinahe Angst machte. Das war kein aufgewühlter Hass, im Gegenteil, mein Hass war aufrichtig, fast unschuldig rein und klar, ich stellte mir vor, dass so auch die Kreuzritter die Gotteslästerer gehasst haben mussten. Aus diesem Grund konnte ich Greve mit dem gleichen gemessenen, naiven Hass zum Tode verurteilen, mit dem auch die überzeugt christlichen Amerikaner ihre zum Tode Verurteilten zur Schlachtbank führten.

Dieser Hass war in vielerlei Hinsicht ein klärendes Gefühl. So brachte er mich zum Beispiel zu der Erkenntnis, dass das, was ich für Vater empfunden hatte, gar kein Hass gewesen war. Wut? Ja. Verachtung? Vielleicht. Mitleid? Definitiv. Und warum? Es gab viele Gründe, sicher. In erster Linie beruhte meine Wut aber wohl darauf, dass ich mir tief in meinem Inneren eingestehen musste, so wie er zu sein oder so wie er zu werden: ein versoffener, ärmlicher, prügelnder Ehemann, der restlos davon überzeugt war, dass der Osten nun mal Osten ist und niemals Westen werden kann. Jetzt war ich also wie er geworden, endgültig und ohne Abstriche.

Das Lachen stieg in mir hoch, doch ich tat nichts, um es aufzuhalten. Bis es zwischen den Baumstämmen hallte, ein Vogel von einem Zweig aufflog und ich unten auf der Straße ein Auto kommen sah.

Einen silbergrauen Lexus GS 430.

Er war schneller, als ich gedacht hatte.

Ich stand auf und ging hinunter zu Ove Kjikeruds Haus. Als ich auf der Treppe stand und den Schlüssel ins Schloss stecken wollte, sah ich auf meine Hand. Das Zittern war kaum zu sehen, aber ich bemerkte es.

Das waren die Instinkte, die Ur-Furcht. Clas Greve war das Raubtier, das die anderen Tiere das Fürchten lehrte.

Ich traf das Schlüsselloch beim ersten Versuch, öffnete die Tür und ging schnell in die Wohnung. Es stank noch immer nicht, aber das Fenster war ja auch die ganze Zeit offen gewesen. Ich setzte mich aufs Bett, ganz nach hinten, sodass ich mit dem Rücken am Kopfteil lehnte. Dabei achtete ich darauf, dass die Decke den neben mir liegenden Ove ganz verbarg.

Ich wartete. Die Sekunden tickten dahin. Mein Herzschlag ebenfalls. Zwei Schläge pro Sekunde.

Clas Greve war natürlich vorsichtig. Er wollte sich versichern, dass ich allein war. Doch er wusste jetzt, dass ich nicht so ungefährlich war, wie er zu Anfang angenommen hatte, auch wenn ich jetzt allein war. Zum einen hatte ich vermutlich etwas mit dem Verschwinden seines Hundes zu tun. Zum anderen war er höchstwahrscheinlich bei ihr gewesen, hatte ihre Leiche gesehen und wusste nun, dass ich in der Lage war zu töten.

Ich hörte weder die Tür noch seine Schritte. Ich sah ihn nur plötzlich vor mir stehen. Seine Stimme klang weich, und sein Lächeln drückte aufrichtiges Bedauern aus:

»Entschuldige, dass ich wieder so hereinplatze, Roger.«

Clas Greve trug Schwarz. Schwarze Hose, schwarze Schuhe, schwarzen Rollkragenpullover und schwarze Handschuhe. Auf dem Kopf hatte er eine schwarze Wollmütze. Das Einzige, was nicht schwarz war, war die silbern schimmernde Glock.

»Ist schon in Ordnung«, sagte ich. »Es ist Besuchszeit.«

Kapitel 22

Stummfilm

WIE ES HEISST, ist das Zeitempfinden der Fliegen so verlangsamt, dass sie eine auf sie zurasende Handfläche als unglaublich langsam empfinden. Sie sind von der Natur nämlich mit einem extra schnellen Prozessor ausgestattet worden, sonst könnten sie die gigantischen Informationsmengen, die durch ihre Facettenaugen auf sie einströmen, gar nicht verarbeiten.

Ein paar Sekunden lang herrschte vollkommene Stille im Zimmer. Wie lange, weiß ich nicht genau. Ich war eine Fliege, und die Hand raste gerade auf mich zu. Ove Kjikeruds Glock war auf mich gerichtet. Clas Greves Blick fixierte meinen kahlen Schädel.

»A-ha«, sagte er schließlich.

Dieses eine Wort beinhaltete alles. Es erklärte, warum wir Menschen uns die Erde untertan machen konnten, warum wir die Elemente beherrschen und in der Lage sind, Wesen zu töten, die stärker und schneller sind als wir. Prozessorkapazität.

Clas Greves »A-ha« stand am Ende einer Lawine von Gedanken, einer Fülle von entwickelten und verworfenen Hypothesen, von unerbittlichen Ergebnissen, die ihn zu einer unausweichlichen Schlussfolgerung hatten kommen lassen: »Du hast dir die Haare abgeschnitten, Roger.«

Clas Greve war – wie schon früher angedeutet – eine intelligente Person. Natürlich hatte er nicht nur die banale Tatsache festgestellt, dass ich mir den Schädel rasiert hatte, sondern hatte auch verstanden, wie, wo und warum ich das getan hatte. Diese Erkenntnis räumte seine Verwirrung aus und beantwortete alle Fragen. »Im Autowrack«, fügte er hinzu. Das war keine Frage, sondern mehr eine logische Schlussfolgerung.

Ich nickte.

Er setzte sich auf den Stuhl am Fußende des Bettes und kippte ihn nach hinten gegen die Wand, sodass der Lauf der Pistole nicht mehr direkt auf mich zeigte.

»Und dann? Hast du die Haare an einer der Leichen befestigt?«

Ich steckte die linke Hand in die Jackentasche.

»Halt!«, schrie er, und ich sah, wie sich sein Finger fester auf den Abzug legte. Kein erigierter Hahn. Eine Glock 17. Eine Dame.

»Das ist meine linke Hand«, sagte ich.

»Okay, aber langsam.«

Ich zog die Hand langsam heraus und warf den Plastikbeutel mit den Haaren auf den Tisch. Greve nickte langsam, ohne den Blick von mir zu nehmen.

»Dann hast du also kapiert«, sagte er, »dass die Sender in deinen eigenen Haaren waren. Und dass sie sie dort für mich angebracht hat. Hast du sie deshalb getötet?«

»War das ein Verlust für dich, Clas?«, fragte ich und lehnte mich zurück. Mein Herz hämmerte, trotzdem fühlte ich mich in dieser Stunde des Abschieds seltsam entspannt. Die Todesangst des Fleisches traf auf die Ruhe des Geistes.

Er antwortete nicht.

»Oder war sie – wie hast du das genannt – bloß ein Mittel zum Zweck? Eine notwendige Investition?«

»Warum willst du das wissen, Roger?«

»Weil ich wissen will, ob es Menschen wie dich wirklich gibt oder ob sie bloß Erfindung sind.«

»Menschen wie mich?«

»Menschen, die nicht lieben können.«

Greve lachte. »Wenn du darauf wirklich eine Antwort willst, brauchst du doch nur in den Spiegel zu schauen, Roger.«

»Ich habe jemanden geliebt«, sagte ich.

»Mag sein, dass du Liebe imitiert hast«, antwortete Clas. »Aber hast du wirklich geliebt? Kannst du das beweisen? Ich sehe eigentlich nur Indizien für das Gegenteil. Du hast Diana das Einzige verwehrt, was sie außer dir haben wollte: ein Kind.«

»Ich hätte es ihr geschenkt.«

Er lachte wieder. »Dann hast du dich doch noch anders entschieden? Und wann soll das gewesen sein? Wann bist du zum reumütigen Ehemann geworden? Als du gemerkt hast, dass sie es mit einem anderen treibt?«

»Ich glaube an Buße«, antwortete ich leise. »An Buße und an Vergebung.«

»Dafür ist es jetzt zu spät«, sagte er. »Diana hat weder deine Vergebung noch deine Kinder bekommen.«

»Deine auch nicht.«

»Ich hatte nie die Absicht, ihr ein Kind zu machen, Roger.«

»Nein, aber selbst wenn du es dir gewünscht hättest, wärst du wohl kaum dazu in der Lage gewesen, nicht wahr?«

»Natürlich wäre ich das. Hältst du mich für impotent?« Seine Replik kam sehr schnell. So schnell, dass nur eine Fliege mit ihrem besonderen Zeitempfinden diese Nanosekunde des Zögerns bemerken konnte. Ich holte tief Luft. »Ich habe dich gesehen, Clas Greve. Aus der ... Froschperspektive.«

»Worauf willst du hinaus, Brown?«

»Ich habe deine Reproduktionsorgane aus nächster Nähe gesehen. Viel näher, als mir lieb war.«

Ich sah, wie sich sein Mund langsam öffnete, und fuhr fort:

»Auf einem Plumpsklo in der Nähe von Elverum.«

Greves Mund schien Worte zu formen, aber es kam kein Laut über seine Lippen.

»Haben sie dich so zum Sprechen gebracht in diesem Keller in Suriname? Haben sie sich mit deinen Hoden beschäftigt? Mit Schlägen? Mit einem Messer? Die Lust haben sie dir vielleicht nicht genommen, wohl aber deine Fortpflanzungsfähigkeit, nicht wahr? Das bisschen, das von deinen Dingern noch übrig ist, scheint ja mehr schlecht als recht zusammengeflickt worden zu sein.«

Greve hatte den Mund jetzt geschlossen. Ein Strich in einem Gesicht aus Stein.

»Das erklärt deine fanatische Jagd nach einem – wie du selbst gesagt hast – ziemlich unbedeutenden Dealer quer durch den Dschungel. 65 Tage, nicht wahr? Das war der Mann, der dir deine Männlichkeit genommen hat, nicht wahr? Der es dir verwehrt hat, Kopien von dir selbst zu machen. Er hat dir alles genommen. Fast. Und deshalb hast du ihn umgebracht. Das verstehe ich so weit.«

Doch, ja, das war Inbaud, Reid und Buckley, Punkt 2. 3: ein moralisch akzeptables Motiv für das Verbrechen vorschlagen. Aber ich brauchte sein Geständnis gar nicht mehr. Stattdessen bekam er meines zu hören. Im Voraus: »Ich verstehe das, Clas, weil ich vorhabe, dich aus dem gleichen Grund zu töten. Du hast mir alles genommen. Fast.«

Greves Mund machte ein Geräusch, das wohl ein Lachen sein sollte. »Wer von uns beiden hat hier die Waffe in der Hand, Roger?«

»Ich werde dich so töten, wie ich deinen verdammten Köter getötet habe.«

Seine Kiefermuskeln bewegten sich, und seine Knöchel wurden weiß.

»Den hast du nie mehr zu Gesicht bekommen, oder? Er hat seine Tage vermutlich als Krähenfutter beendet. Aufgespießt auf dem Siloschneider von Aas Traktor.«

»Mir wird gleich übel, Roger Brown. Du sitzt da und moralisierst und bist dabei selbst ein Tierquäler und Kindermörder.«

»Das mag stimmen, nicht aber das, was du mir im Krankenhaus gesagt hast. Unser Kind litt gar nicht am Down-Syndrom. Es war absolut gesund, das haben alle Tests bestätigt. Ich habe Diana zu der Abtreibung überredet, weil ich sie ganz einfach mit niemandem teilen wollte. Hast du schon einmal so etwas Kindisches gehört? Reine Eifersucht auf ein ungeborenes Kind. Vermutlich habe ich als Kind nicht genug Liebe bekommen, oder was meinst du? Aber vielleicht war das bei dir nicht anders, Clas? Du warst doch wohl auch nicht von Geburt an böse?«

Ich glaube nicht, dass Clas Greve die Frage gehört hatte, denn er starrte mich mit dem entgeisterten Gesichtsausdruck an, der mir zeigte, dass sein Hirn jetzt wieder auf Hochtouren arbeitete. Er rekonstruierte, verfolgte die logischen Schlussfolgerungen zurück zu ihrem Ausgangspunkt, zur Wahrheit, zu dem Punkt, an dem alles begann. Und fand ihn. Ein einfacher Satz im Krankenhaus, den er selbst gesagt hatte: »... weil der Junge das Down-Syndrom hat.«

»Also jetzt sag schon«, begann ich, als ich sah, dass er verstanden hatte, »hast du jemals jemand anderen als deinen Hund geliebt?«

Er hob die Pistole. Von dem kurzen Leben des neuen Roger Brown waren nur noch Sekunden übrig. Greves eisblaue Augen funkelten, und seine weiche Stimme war jetzt nur noch ein Flüstern:

»Eigentlich wollte ich dir einen einfachen Kopfschuss verpassen. Aus Respekt, weil du nämlich eine würdige Beute warst, Roger. Ich denke aber, ich sollte lieber meinem ursprünglichen Plan folgen und dir in den Bauch schießen. Habe ich mit dir schon über Bauchschüsse gesprochen? Wie es ist, wenn die Kugel die Milz durchbohrt, wenn die Magensäure austritt und die restlichen Organe verätzt? Mit dem finalen Schuss warte ich dann, bis du mich anflehst, dich zu töten. Denn das wirst du, Roger.«

»Vielleicht solltest du das Geschwätz lassen und endlich schießen, Clas. Du solltest nicht wieder so lange warten wie im Krankenhaus.«

Greve lachte erneut. »Oh nein, ich glaube nicht, dass du die Polizei gerufen hast, Roger. Du hast eine Frau getötet. Du bist ein Mörder wie ich. Das hier ist eine Sache zwischen uns beiden.«

»Denk nach, Clas. Warum bin ich wohl das Risiko eingegangen, ins Rechtsmedizinische Institut zu fahren und mir die Herausgabe der Tüte mit den Haaren zu ergaunern?«

Greve zuckte mit den Schultern. »Ganz einfach. Das sind biologische Spuren. Ein DNA-Beweis. Vermutlich der einzige, den sie gegen dich verwenden könnten. Sie halten den Gesuchten ja für Ove Kjikerud. Außer natürlich, du willst deine schicken Haare wiederhaben. Vielleicht willst du dir davon ja eine Perücke machen lassen? Diana hat mir erzählt, dass deine Haare dir sehr wichtig waren. Dass du damit deine fehlende Größe kompensiert hast. Oder sollen wir lieber von körperlichem Kleinsein sprechen?«

»Richtig«, sagte ich. »Und falsch. Es kommt schon mal vor, dass ein Headhunter vergisst, dass der Kopf, den er jagt, selber zu denken in der Lage ist. Ich weiß nicht, ob mein Kopf ohne Haare besser denkt, aber in diesem Fall ist es ihm gelungen, seinen Jäger in die Falle zu locken.«

Greve blinzelte langsam, und sein Körper spannte sich an. Ein ungutes Gefühl überkam ihn.

»Ich kann keine Falle erkennen, Roger.«

»Die ist hier«, sagte ich und zog die Decke neben mir weg. Sein Blick fiel auf Ove Kjikeruds Leiche und auf die Uzi, die auf ihrer Brust lag.

Er reagierte blitzschnell und richtete seine Waffe auf mich. »Wag es nicht, Brown.«

Ich führte meine Hände zur Maschinenpistole.

»Nicht!«, schrie Greve.

Ich hob die Waffe.

Greve drückte ab. Der Knall ließ den Raum erzittern.

Ich richtete den Lauf auf Greve. Der hatte sich auf seinem Stuhl aufgerichtet und drückte ein weiteres Mal ab. Dann schoss ich. Drückte den Abzug ganz durch. Das heisere Brüllen des Bleis zerriss die Luft, Oves Wände, den Stuhl, Clas Greves schwarze Hose, seine perfekte Oberschenkelmuskulatur, seinen Schritt und hoffentlich auch den Schwanz, mit dem er in Diana eingedrungen war, die kräftigen Bauchmuskeln und die darunter liegenden Organe.

Er fiel zurück auf den Stuhl, die Pistole rutschte ihm aus der Hand und knallte auf den Boden. Plötzlich war es wieder still, nur noch eine Patronenhülse war zu hören, die über das Parkett rollte. Ich legte den Kopf zur Seite und sah ihn an. Er starrte zurück, die Pupillen vom Schock ganz schwarz.

»So schaffst du die Gesundheitsprüfung bei Pathfinder nicht, Greve. Sorry. Du wirst diese Technologie nicht stehlen, wie gründlich du auch vorgehst. Im Grunde war es gerade diese Gründlichkeit, die dir ein Bein gestellt hat.«

Greve stöhnte kaum hörbar auf Holländisch.

»Denn deine Gründlichkeit hat dich hierher gelockt«, sagte ich. »Zu dem letzten Gespräch. Weißt du was? Du bist genau der Mann, den ich für diesen Job gesucht habe. Ein Job, der dir auf den Leib geschneidert ist, und das vermute ich nicht bloß, das weiß ich. Dies hier ist wirklich der perfekte Job für dich. Glaub mir, Herr Greve.«

Greve antwortete nicht, sondern starrte an sich herab. Das Blut hatte den schwarzen Pullover noch schwärzer gefärbt. Dann fuhr ich fort:

»Du bist hiermit als Sündenbock eingestellt worden, Herr Greve. Als derjenige, der Ove Kjikerud umgebracht hat.« Ich klopfte Ove auf den Bauch.

Greve stöhnte und hob den Kopf. »Was redest du da für einen Unsinn?« Seine Stimme klang verzweifelt, aber auch schon benommen und schläfrig. »Ruf einen Krankenwagen, bevor du noch einmal zum Mörder wirst, Brown. Denk doch nach, du bist ein Amateur, du wirst damit niemals durchkommen. Ruf an, dann verschon ich dich auch.«

Ich blickte auf Ove hinab. Er sah so friedlich aus, wie er neben mir auf dem Bett lag. »Aber ich habe dich doch gar nicht getötet, Greve. Das war Kjikerud, kapierst du das denn nicht?«

»Nein. Mein Gott, jetzt ruf endlich einen Krankenwagen. Siehst du denn nicht, dass ich verblute?«

»Tut mir leid, es ist zu spät!«

»Zu spät? Willst du mich etwa sterben lassen?«

Jetzt hörte man einen anderen Unterton in seiner Stimme. Konnten das Tränen sein?

»Bitte, Brown! Nicht hier, nicht so! Ich flehe dich an, ich bitte dich.« Tatsächlich, es waren Tränen. Sie rannen ihm über die Wangen. Vielleicht nicht sonderlich erstaunlich, wenn es stimmte, was er mir über Bauchschüsse gesagt hatte. Ich sah das Blut von der Innenseite seiner Hose auf die blank geputzten Prada-Schuhe tropfen. Er hatte mich angefleht. Er hatte es nicht geschafft, sich im Augenblick des Todes seine Würde zu bewahren, nicht einmal er, Greve. Angeblich schafft es niemand, höchstens apathische Opfer oder solche, die unter Schock stehen. Das Erniedrigendste für Greve war dabei natürlich, dass es so viele Zeugen für seinen Zusammenbruch gab, und dass es noch mehr werden würden.

Fünfzehn Sekunden nachdem ich Ove Kjikeruds Tür aufgeschlossen und sein Haus betreten hatte, ohne »Natascha« in die Alarmanlage zu tippen, hatten die Überwachungskameras ihre Arbeit begonnen. Gleichzeitig war bei Tripolis der Alarm eingegangen. Ich stellte mir vor, wie sie vor den Monitoren hockten und ungläubig auf den Stummfilm starrten: Greve, der einzige sichtbare Schauspieler, hatte den Mund geöffnet, ohne dass sie seine Worte hören konnten. Sie haben ihn schießen sehen, haben gesehen, dass er getroffen wird, und Ove dafür verflucht, keine Kamera montiert zu haben, die auch die Person zeigte, die auf dem Bett saß. Ich blickte auf die Uhr. Es waren jetzt vier Minuten vergangen, seit der Alarm ausgelöst worden war, und vermutlich drei, seit sie die Polizei gerufen hatten. Die wiederum hatte das Einsatzkommando alarmiert, das für bewaffnete Einsätze ausgebildet war. Es dauerte immer etwas, bis sie diese Leute zusammenhatten. Außerdem lag Tonsenhagen ein wenig abseits des Zentrums. Das alles waren natürlich Vermutungen, aber die ersten Polizeiwagen würden sicher erst in einer knappen Viertelstunde ankommen. Auf der anderen Seite gab es keinen Grund zu zögern. Greve hatte zwei der insgesamt siebzehn Patronen seines Magazins abgefeuert.

»Gib auf, Clas«, sagte ich. »Ich gebe dir eine letzte Chance. Nimm die Pistole. Wenn du es schaffst, mich zu erschießen, schaffst du es bestimmt auch, den Rettungswagen zu rufen.«

Er starrte mich mit leerem Blick an. Ein eiskalter Wind fegte in den Raum. Der Winter hatte jetzt definitiv begonnen.

»Komm schon«, sagte ich. »Du hast doch nichts zu verlieren.«

Es schien, als dränge die Logik nun doch in sein geschocktes Hirn vor. Mit raschen Bewegungen, viel schneller, als ich es bei seinen Verletzungen für möglich gehalten hätte, warf er sich seitlich zu Boden und ergriff die Pistole. Die Kugeln aus der Maschinenpistole, rabumm!, das weiche, schwere, giftige Metall schlug Splitter aus dem Parkett zwischen seinen Beinen. Doch bevor die Kugelspritze ihn erreichte, über seine Brust fegte, durch sein Herz ging und beide Lungen punktierte, sodass sie sich zischend entleerten, gelang es ihm, noch einen Schuss abzufeuern. Einen einzelnen Schuss. Der Knall hing noch zwischen den Wänden. Dann wurde es still. Totenstill. Nur der Wind flüsterte leise. Der Stummfilm war zu einem Standbild geworden, eingefroren in den Minusgraden, die durch das Fenster in den Raum strömten.

Es war vollendet.

TEIL V

Einen Monat später

Letztes Gespräch

Kapitel 23

Abendredaktion

Die Erkennungsmelodie des Nachrichtenjournals »Abendredaktion« war ein einfaches Gitarrenriff, bei dem der Zuschauer eher an Bossanova, wiegende Hüften und farbenfrohe Drinks dachte als an knallharte Fakten, Politik und gesellschaftliche Probleme. Oder wie an diesem Abend: an Kriminalität. Die Kürze der Erkennungsmelodie brachte dabei zum Ausdruck, dass die »Abendredaktion« ein Programm ohne Schnickschnack war, bei dem es um die sachliche Vermittlung von Fakten ging.

Vermutlich begann die Sendung deshalb auch mit einer Einstellung, die das Studio 3 senkrecht von oben zeigte, bevor die Kamera in einem Bogen nach unten schwenkte und diese Bewegung mit dem eingezoomten Porträt des Programmleiters Odd G. Dybwad endete. Wie gewöhnlich sah er in diesem Moment von seinen Papieren auf und nahm die Lesebrille ab. Vielleicht war das eine Idee des Produzenten, weil sie oder er der Meinung war, man könne bei den Zuschauern so den Eindruck erwecken, die Nachrichten seien noch so neu, dass G. Dybwad sie gerade erst zum ersten Mal überflogen hatte.

Odd G. Dybwad hatte dichtes, kurzes, an den Schläfen leicht ergrautes Haar und das Gesicht eines ewig 40-Jährigen: Er hatte wie 40 ausgesehen, als er 30 wurde, und sah jetzt, da er 50 war, noch immer wie 40 aus.

Odd G. Dybwad hatte ein Diplom in Soziologie, war ein analytischer Denker, wusste sich intelligent auszudrücken und war in seiner ganzen Art öffentlichkeitswirksam. Aber das war vermutlich nicht der entscheidende Grund gewesen, warum man ihm eine eigene Sendung gegeben hatte. Vielmehr zählte seine jahrzehntelange Tätigkeit als Nachrichtensprecher, ging es bei seiner Arbeit doch in erster Linie darum, fertig geschriebene Texte mit der richtigen Betonung und dem richtigen Gesichtsausdruck vorzutragen und dabei den richtigen Anzug und Schlips zu tragen. In G. Dybwads Fall waren Intonation, Gesichtsausdruck und Schlips so richtig, dass sie ihm mehr Glaubwürdigkeit verliehen als jedem anderen lebenden Bewohner Norwegens. Und Glaubwürdigkeit brauchte es für ein Programm wie die »Abendredaktion«. Dabei schien es Odd G. Dybwads unangreifbare Position nur zu stärken, dass er bereits mehrfach eingeräumt hatte, die Einschaltquoten seien ihm wichtig und deshalb setze er sich immer wieder für die kommerziellsten Themen ein. Odd G. Dybwad wollte Inhalte und Aspekte, die die Leute berührten und Gefühle weckten, nicht Zweifel oder Ambivalenz, die die Menschen zum Nachdenken zwangen. So etwas war seiner Meinung nach eher für die Printmedien geeignet. Sein Credo lautete: Warum sollen wir die Debatten über die Königsfamilie, über homosexuelle Adoptiveltern oder Sozialmissbrauch unseriösen Akteuren überlassen, wenn wir sie bei uns in der »Abendredaktion« führen können?

Die »Abendredaktion« war ein uneingeschränkter Erfolg und Odd G. Dybwad ein Star. Ein so großer Star, dass er gleich nach einer ziemlich nervenaufreibenden und ziemlich öffentlichen Scheidung eine jüngere, beinahe ebenso berühmte Kollegin vom Sender hatte heiraten können.

»Wir werden hier heute Abend zwei Themen diskutieren«, sagte er, und seine Stimme bebte bereits vor unterdrücktem Engagement, während er in die Kamera starrte. »In unserem ersten Beitrag geht es um einen der dramatischsten Mordfälle in der Geschichte Norwegens. Nach einem Monat intensivster Ermittlungen glaubt die Polizei nun endlich alle Aspekte des sogenannten Greve-Falls zusammengetragen zu haben. Es hat bei diesem Fall insgesamt acht Todesopfer gegeben: Ein Mann wurde auf seinem Hof in der Nähe von Elverum erdrosselt. Vier Polizisten kamen bei einem vorsätzlich herbeigeführten Zusammenstoß mit einem gestohlenen Lastzug ums Leben. Eine Frau wurde in ihrem Haus in Oslo erschossen, bevor die beiden Hauptakteure sich gegenseitig in einem Haus in Tonsenhagen hier in Oslo erschossen haben. Der letzte Teil dieses Dramas wurde – wie Ihnen bekannt ist – gefilmt, da das Haus alarmgesichert und kameraüberwacht war. Kopien dieser Aufnahmen sind an die Öffentlichkeit gelangt und kursieren seit Wochen im Internet.«

G. Dybwad legte mit noch mehr Pathos nach:

»Und als ob das alles nicht schon genug wäre, steht im Zentrum dieses bizarren Falls ein weltberühmtes Gemälde. Peter Paul Rubens' ›Kalydonische Eberjagd‹ galt seit dem letzten Weltkrieg als vermisst.

Bis dieses Gemälde vor vier Wochen auf einem ...« An dieser Stelle wurde G. Dybwad so von seinen Gefühlen überwältigt, dass er zu stottern begann. »... auf einem norwegischen Klohäuschen gefunden wurde!«

Nach dieser Einleitung musste Odd G. Dybwad eine kleine Zwischenlandung machen, bevor er weiterflog.

»Wir haben hier heute einen Gast, der uns helfen wird, den Greve-Fall zu analysieren und zu verstehen. Brede Sperre ...«

G. Dybwad machte eine kleine Pause, ein Zeichen für den Produzenten im Kontrollraum, die Kamera zu wechseln. Der Produzent entschied sich, den einzigen Gast im Studio, einen großen, blonden, gut aussehenden Mann, in halbnaher Einstellung zu zeigen. Für einen Angestellten des öffentlichen Dienstes trug er einen auffällig teuren Anzug und ein offenes Hemd mit Perlmuttknöpfen, vermutlich zusammengestellt von der *ELLE*-Stylistin, mit der er ein – na ja – »heimliches« Verhältnis hatte. Kein weiblicher Zuschauer würde jetzt umschalten.

»Sie waren der Leiter der Ermittlungen in diesem Mordfall. Haben Sie in Ihren fast 15 Jahren im Polizeidienst jemals etwas Ähnliches erlebt?«

»Kein Fall ist wie der andere«, sagte Brede Sperre. Locker und selbstsicher. Man musste kein Hellseher sein, um zu wissen, dass seine Mailbox anschließend voller SMS sein würde. Eine Frau, die sich fragte, ob er Single ist oder vielleicht Lust auf einen Kaffee mit einer interessanten Person habe – alleinerziehende Mutter, wohnhaft in der Nähe von Oslo, eigenes Auto und viel Zeit in der nächsten Woche. Ein junger Mann, der ältere, entschlossene Männer mochte. Einige übersprangen das Vorgeplänkel und schickten gleich entsprechende Bilder. Aufnahmen, mit denen sie zufrieden waren: auf denen sie hübsch lächelten, frisch vom Friseur kamen, schicke Kleider trugen, mit reichlich Ausschnitt oder ohne Gesicht und ohne Kleider.

»Aber eines ist natürlich klar, acht Mordopfer sind nicht gerade alltäglich«, sagte Sperre. Und als er merkte, dass sein Understatement bestenfalls nonchalant klang, fügte er hinzu: »Weder hierzulande noch in vergleichbaren Ländern.«

»Brede Sperre«, sagte G. Dybwad, der anfangs immer darauf achtete, den Namen seiner Gäste mehrmals zu nennen, damit die Zuschauer sich ihn einprägten. »Dieser Fall hat international Aufsehen erregt. Und obwohl acht Menschen ihr Leben lassen mussten, ist diese Aufmerksamkeit wohl vor allem der Tatsache geschuldet, dass im Mittelpunkt dieses Falls ein weltberühmtes Gemälde steht?«

»Nun ja, es handelt sich auf jeden Fall um ein Bild, das unter Kunstkennern bekannt ist.«

»Also, ich bin der Meinung, wir können durchaus von einem weltberühmten Bild sprechen!«, fiel ihm Dybwad ins Wort und versuchte Sperres Blick einzufangen, vielleicht um ihn an das zu erinnern, was sie vor der Sendung besprochen hatten, dass sie nämlich ein Team waren, zwei Menschen, die zusammenarbeiten sollten, um eine fantastische Geschichte zu erzählen. Die Berühmtheit des Bildes herunterzustufen, machte die Geschichte gleich weniger bemerkenswert.

»Auf jeden Fall hat dieses Bild eine zentrale Rolle bei den Bemühungen des Kriminalamts gespielt, dieses Puzzle zusammenzusetzen, bei dem es weder Überlebende noch andere Zeugen gibt. Das stimmt doch, nicht wahr, Herr Sperre?«

»Ja, das ist richtig.«

»Der offizielle Ermittlungsbericht wird zwar erst morgen vorgelegt, aber Sie können unseren Zuschauern ja schon heute einen Einblick in den Fall geben. Was ist wirklich passiert? Wie ist das Ganze von A bis Z abgelaufen?«

Brede Sperre nickte. Aber statt das Wort zu ergreifen, nahm er erst einmal sein Glas und trank einen Schluck Wasser. G. Dybwad lächelte breit am rechten Bildrand. Vielleicht hatten die beiden diesen kleinen Kunstgriff abgesprochen, um die Spannung bei den Zuschauern auf die Spitze zu treiben, bis sie am äußersten Sofarand saßen und Augen und Ohren aufrissen. Vielleicht hatte aber auch Sperre die Regie übernommen. Der Polizist stellte sein Glas ab und holte Luft.

»Wie Sie wissen, war ich zu Beginn meiner Tätigkeit im Kriminalamt im Raubdezernat mit der Ermittlung der zahlreichen Kunstdiebstähle in Oslo in den letzten Jahren betraut. Die Ähnlichkeit der einzelnen Fälle deutete darauf hin, dass wir es mit einer Bande zu tun hatten, die hinter diesen Diebstählen stand. Schon damals hatten wir die Wachgesellschaft Tripolis im Blickfeld, da die meisten betroffenen Wohnungen und Häuser diesen Wachdienst nutzten. Jetzt wissen wir, dass die Person, die hinter diesen Diebstählen stand, wirklich bei Tripolis gearbeitet hat. Ove Kjikerud hatte Zugang zu den Schlüsseln der Wohnungen und war überdies in der Lage, die Alarmanlagen in den jeweiligen Häusern abzuschalten. Allem Anschein nach hat Kjikerud auch eine Methode gefunden, diese Unterbrechungen auf dem Datafile der Anlage, wo sie normalerweise aufgezeichnet werden, zu löschen. Wir nehmen an, dass Kjikerud die meisten Einbrüche selbst durchgeführt hat. Aber er brauchte jemanden, der sich in der Kunstszene auskannte, der mit anderen Kunstinteressierten in Oslo redete und ihm einen Überblick verschaffte, wo welche Bilder hingen.«

»Und an diesem Punkt kommt Clas Greve ins Spiel?«

»Ja, er hatte selbst eine hübsche Kunstsammlung in seiner Wohnung in der Oscars gate und bewe-te sich unter Kunstkennern, besonders in dem Milieu der Galerie E, wo er häufiger beobachtet worden ist. Dort hat er mit Menschen geredet, die selber kost-are Kunstwerke hatten oder ihm sagen konnten, wer welche Bilder sein Eigen nannte. Diese Informationen hat Greve dann an Kjikerud weitergegeben.«

»Was hat Kjikerud mit den gestohlenen Bildern gemacht?«

»Mithilfe eines anonymen Hinweises konnten wir einen Hehler in Göteborg ausfindig machen, einen alten Bekannten der Polizei, der seinen Kontakt mit Kjikerud bereits zugegeben hat. Im Verhör hat dieser Hehler unseren schwedischen Kollegen gestanden, Kjikerud habe ihm bei ihrem letzten telefonischen Kontakt mitgeteilt, dass er mit dem Rubens unterwegs sei. Der Hehler behauptete, ihm das nicht recht geglaubt zu haben. Und tatsächlich ist ja weder das Bild noch Kjikerud jemals in Göteborg aufgetaucht ...«

»Nein«, kommentierte G. Dybwad mit tragischer Schwere. »Denn dann ist *was* geschehen?«

Sperre lächelte schief, bevor er fortfuhr, als amüsierte er sich über die Melodramatik des Programmleiters: »Es sieht so aus, als hätten Kjikerud und Greve sich entschlossen, diesen Hehler fallen zu lassen. Vielleicht hatten sie beschlossen, das Bild selbst zu verkaufen. Sie müssen bedenken, dass diese Hehler immer gut 50 Prozent vom Erlös einstecken, und dieses Mal ging es ja um ganz andere Beträge als bei den anderen Bildern. Als Leiter eines holländischen Technologie-Unternehmens, das unter anderem Geschäftsverbindungen mit Russland und weiteren ehemaligen Ostblockstaaten hatte, verfügte Greve über reichlich Kon-akte, von denen nicht alle wirklich legal sein mussten. Das war Greves und Kjikeruds Chance, sich für den Rest ihres Lebens finanzielle Unabhängigkeit zu verschaffen.«

»Aber Greve schien doch ein wohlhabender Mann zu sein?«

»Die Firma, an der er selbst beteiligt war, hatte wirtschaftliche Probleme, außerdem hatte er gerade seinen Geschäftsführerposten verloren. Überdies war das Leben, das er führte, nicht gerade billig. Wir wissen unter anderem, dass er sich gerade für eine Stellung in einem norwegischen Betrieb in Horten beworben hatte.«

»Kjikerud ist bei diesem Hehler also nie erschienen, weil Greve und er das Bild selber verkaufen wollten. Was ist dann passiert?«

»Bis sie einen Käufer hatten, mussten sie das Bild an einem sicheren Ort verstecken. Also fuhren sie in die Hütte, die Kjikerud seit Jahren von Sindre Aa gemietet hatte.«

»In der Nähe von Elverum.«

»Ja, der Nachbar sagte, die Hütte sei nur selten genutzt worden, dass aber hin und wieder zwei Männer dort gewesen seien. Niemand hat sie aber je besucht, sodass es mitunter den Anschein hatte, sie versteckten sich dort.«

»Und Sie glauben, dass es sich bei diesen Männern um Kjikerud und Greve handelte?«

»Sie waren ungeheuer professionell und extrem vorsichtig bei ihren Kontakten, sie wollten keine Spuren hinterlassen, die sie miteinander in Verbindung brachten. So gibt es nicht einen Zeugen, der sie jemals zusammen gesehen hat, und auch die Listen ihrer Telefonverbindungen geben keinerlei Hinweis auf ein Gespräch der beiden.«

»Aber dann ist etwas Unvorhergesehenes geschehen?«

»Ja. Was genau, wissen wir nicht. Sie sind gemeinsam dorthin gefahren, um das Bild zu vers-ecken. Bei der Höhe der Summe, um die es hier ging, ist es nicht ungewöhnlich, dass sich Misstrauen auch in Beziehungen von Menschen schleicht, die sich zuvor vertraut haben ... vielleicht ist es zu einem Streit gekommen. Allem Anschein nach standen die beiden auch unter Drogen, wir haben Hinweise dafür in ihren Blutproben gefunden.«

»Drogen?«

»Eine Mischung aus Ketamin und Dormicum. Starke Mittel, sehr ungewöhnlich unter norwegischen Drogenabhängigen. Wir nehmen deshalb an, dass Greve sie aus Amsterdam mitgebracht hat. Die Kombination bewirkte möglicherweise, dass sie unvorsichtig wurden, bis sie die Kontrolle schließlich ganz verloren. Was für Sindre Aa tödlich geendet hat. Dann ...«

»Einen Augenblick«, unterbrach G. Dybwad ihn. »Können Sie unseren Zuschauern genauer erklären, wie es zu diesem ersten Mord kam?«

Sperre zog eine Augenbraue hoch, als wollte er sein Missfallen an der Sensationslust des Programmleiters ausdrücken, bevor er nachgab:

»Nein, wir haben nur Vermutungen. Vielleicht sind Kjikerud und Greve zu Aa nach unten gegangen, um mit ihm zu feiern, und haben dabei mit dem berühmten Bild geprahlt, das sie gestohlen hatten. Vielleicht hat Aa gedroht oder gar versucht, die Polizei zu rufen. Woraufhin Greve ihn mit einer Garotte getötet hat.«

»Eine Garotte, was ist das?«

»Eine dünne Nylon- oder Metallschnur, die man um den Hals des Opfers legt und dann zuzieht, um die Sauerstoffzufuhr zum Gehirn zu unterbinden.«

»Bis das Opfer stirbt?«

»Ja ... äh, klar.«

Unten im Kontrollraum wurde ein Knopf gedrückt, und auf dem Ausgangsmonitor, der das Bild zeigte, das an die Zuschauer ausgestrahlt wurde, nickte Odd G. Dybwad langsam, während er Sperre mit einer einstudierten Mischung aus Abscheu und Ernst anstarrte. Er ließ diese Information wirken. Ein, zwei, drei Sekunden. Drei Fernseh-Jahre. Der Produzent begann bestimmt schon zu schwitzen. Und dann brach Odd G. Dybwad das Schweigen: »Woher wissen Sie, dass Greve der Täter war?«

»Indizien. Wir haben die Garotte später in der Jackentasche von Greves Leiche gefunden. Und konnten daran Blut von Sindre Aa und Hautreste von Greve nachweisen.«

»Sie wissen aber, dass sowohl Greve als auch Kjikerud zum Zeitpunkt des Mordes bei Aa waren?«

»Ja.«

»Wie können Sie das wissen? Wieder Indizien?«

Sperre war sichtlich unwohl. »Ja.«

»Welche?«

Brede Sperre räusperte sich und warf G. Dybwad einen Blick zu. Dieser Punkt schien im Vorfeld diskutiert worden zu sein, und wahrscheinlich hatte Sperre gebeten, dass man ihn nicht nach Details fragte. Trotzdem bestand Dybwad jetzt darauf, weil das der Geschichte mehr »Tiefe« gab.

Sperre nahm innerlich Anlauf. »Wir haben Spuren auf und neben der Leiche von Sindre Aa gefunden. Spuren von Exkrementen.«

»Exkremente?«, unterbrach G. Dybwad ihn. »Von Menschen?«

»Ja. Wir haben sie zur DNA-Analyse gegeben. Ein Großteil davon entsprach Ove Kjikeruds Profil. Ein Teil war aber auch von Clas Greve.«

G. Dybwad breitete die Arme aus. »Was um alles in der Welt ist denn da passiert, Sperre?«

»Im Detail ist das schwer zu sagen, aber es hat den Anschein, als hätten sich Greve und Kjikerud ...« Er atmete noch einmal tief durch. »... mit ihren eigenen Exkrementen eingeschmiert. Es soll ja Menschen geben, die so was machen.«

»Dann reden wir hier mit anderen Worten von sehr gestörten Menschen?«

»Sie hatten, wie gesagt, Drogen genommen. Aber ja, sie scheinen nicht ganz ... normal gewesen zu sein.«

»Ja, denn das war ja noch nicht das Ende der Geschichte?«

»Nein.«

Sperre hielt inne, als G. Dybwad den Zeigefinger hob. Auf dieses verabredete Signal sollte Sperre eine kleine Pause machen. Nur so lang, dass die Zuschauer die Information verdauen und sich auf die nächste vorbereiten konnten. Dann fuhr der Ermittler fort:

»Ove Kjikerud hat im Drogenrausch ein sadistisches Spiel mit dem Hund begonnen, den Clas Greve dabeihatte. Aber das Tier war ein Kampfhund und fügte Kjikerud schwere Bisswunden im Nacken zu. Schließlich gelang es ihm, den Hund auf die Spitzen eines Siloblockschneiders zu spießen. Danach fuhr er mit dem Traktor mit dem toten Hund am Anhänger in der Gegend herum. Er war offensichtlich so berauscht, dass er den Traktor kaum auf der Straße halten konnte, und wurde schließlich von einem Autofahrer gestoppt. Dieser Mann hatte keine Ahnung, womit er es hier zu tun hatte, und er tat, was wohl jeder verantwortungsbewusste Mensch in dieser Situation getan hätte – er packte den verletzten Kjikerud in sein Auto und fuhr ihn ins Krankenhaus.«

»Was für ein Kontrast ... in den menschlichen Qualitäten, meine ich«, platzte G. Dybwad hervor.

»Das kann man wohl sagen. Dieser Autofahrer hat uns auch berichtet, dass Kjikerud von Kopf bis Fuß mit Exkrementen eingeschmiert war. Er glaubte, der Mann wäre in die Jauchegrube gefallen, aber das Krankenhauspersonal, das Kjikerud später gewaschen hat, konnte uns mit Sicherheit sagen, dass es menschlicher Kot war. Die haben ja eine gewisse Erfahrung mit ... mit ...«

»Was hat man in der Klinik mit Kjikerud gemacht?«

»Kjikerud war beinahe bewusstlos, aber sie duschten ihn, verbanden seine Wunde und gaben ihm ein Bett.«

»Und dort haben sie auch festgestellt, dass er Drogen genommen hatte?«

»Nein. Sie haben ihm zwar eine Blutprobe abgenommen, aber als die Ermittlungen diesen Verdacht nahelegten, war die Probe routinemäßig bereits vernichtet worden. Die Spuren der Drogen haben wir bei der späteren Obduktion seiner Leiche gefunden.«

»Okay, aber lassen Sie uns noch mal zurückgehen. Kjikerud ist also in der Klinik und Greve noch immer auf dem Hof. Was passiert dann?«

»Clas Greve hegte natürlich einen gewissen Verdacht, als Kjikerud nicht zurückkam. Er bemerkte, dass der Traktor verschwunden war, holte sein eigenes Auto und begann seinen Kompagnon in der ganzen Gegend zu suchen. Wir nehmen an, dass Greve im Auto den Polizeifunk abgehört und so in Erfahrung gebracht hat, dass die Polizei den Traktor und dann – gegen Morgen – die Leiche von Sindre Aa gefunden hat.«

»Und damit ist Greve in Schwierigkeiten. Er weiß nicht, wo sein Kompagnon ist, die Polizei hat die Leiche von Aa gefunden, und der Hof ist somit ein Tatort. Bei der Suche nach der Tatwaffe besteht natürlich die Gefahr, dass die Polizei das Rubens-Bild findet. Was denkt Greve?«

Sperre zögerte. Im Polizeibericht vermied man es, über die Gedanken der Menschen zu mutmaßen, man konzentrierte sich ausschließlich auf Fakten und auf das, was gesagt wurde. Allenfalls berücksichtigte man, was die Vernommenen selbst über ihre Gedanken gesagt hatten. In diesem Fall aber hatte niemand etwas gesagt. Andererseits wusste Sperre, dass er etwas anbieten musste, um die Geschichte lebendig werden zu lassen, weil ... weil ... Vermutlich hatte er diesen Gedanken nie zu Ende gedacht, weil er ahnte, wie die

Antwort lautete: weil er es liebte, derjenige zu sein, den die Medien anriefen, der zu sein, mit dem sie sprechen wollten, wenn es etwas zu kommentieren oder erklären gab. Es gefiel ihm, auf der Straße erkannt zu werden und MMS-Bilder zugeschickt zu bekommen. Doch wenn er nichts mehr lieferte, verschwand auch das Interesse der Medien. Worauf lief es also hinaus? Integrität oder öffentliche Aufmerksamkeit. Der Respekt der Kollegen oder die allgemeine Popularität. Er musste wählen.

»Greve denkt ...«, sagte Brede Sperre, »... dass er sich in einer schwierigen Situation befindet. Er fährt herum und sucht, und inzwischen ist ein neuer Tag angebrochen. Da hört er im Polizeifunk, dass Ove Kjikerud verhaftet werden soll. Die Polizei ist auf dem Weg in die Klinik, um ihn zum Verhör zu holen. Greve erkennt, dass seine Lage mittlerweile nicht mehr nur schwierig, sondern verzweifelt ist. Er weiß ganz genau, dass die Polizei Kjikerud massiv unter Druck setzen und ihm womöglich auch einen Strafnachlass in Aussicht stellen wird, wenn er seinen Partner verrät. Des Weiteren ist er sich sicher, dass Kjikerud sich den Mord an Sindre Aa nicht anhängen lassen wird.«

»Logisch«, nickte G. Dybwad. Er hatte sich leicht nach vorn gebeugt und blickte Sperre aufmunternd an.

»Greve erkennt also, dass er nur eine Chance hat: Er muss Kjikerud aus dem Gewahrsam der Polizei befreien, bevor das Verhör beginnt. Oder ...«

Sperre brauchte G. Dybwads diskret angehobenen Zeigefinger nicht, um zu wissen, dass es wieder Zeit für eine weitere kurze Pause war.

»Oder ihm bei dem Befreiungsversuch das Leben nehmen.«

Die Luft im Studio schien geradezu zu knistern. Sie war von der Hitze der Scheinwerfer so ausgetrocknet, dass sie sich jederzeit selbst entzünden konnte. Sperre fuhr fort:

»Also macht sich Greve auf die Suche nach einem Auto, das er sich leihen kann. Auf einem Parkplatz stößt er auf einen verlassenen Lastzug. Mit seiner Erfahrung aus der Zeit als holländischer Elitesoldat weiß er, wie man einen Motor kurzschließt. Er nimmt das Funkgerät mit, um weiter den Polizeifunk abhören zu können, und hat die Karte vermutlich gut genug studiert, um zu ahnen, welche Route die Polizisten mit Kjikerud vom Krankenhaus nach Elverum nehmen werden. Auf einer Nebenstraße wartet er mit dem Lastzug ...«

G. Dybwad fiel mit einem dramatischen Hinweis ein: »Und dann geschieht die größte Tragödie in diesem ganzen Fall.«

»Ja«, sagte Sperre und blickte zu Boden.

»Ich weiß, wie sehr Ihnen das wehtut, Brede«, sagte G. Dybwad. Brede. Vorname. Das war das Stichwort.

»Jetzt dicht an Sperre ran«, sagte der Produzent, an Kamera eins gerichtet.

Sperre holte tief Luft. »Vier gute Polizisten wurden bei dem folgenden Unfall getötet, darunter ein enger Kollege von mir vom Kriminalamt, Joar Sunded.«

Sie hatten Sperre so vorsichtig eingezoomt, dass der Durchschnittszuschauer gar nicht bemerkte, wie sich das Gesicht langsam vergrößerte, bis es fast den ganzen Bildschirm einnahm. Er spürte es aber als eine Verdichtung der Stimmung, der Intimität, als ein Gefühl, diesem gutaussehenden Polizisten irgendwie nahezukommen.

»Der Polizeiwagen wird über die Leitplanke geschleudert und verschwindet unter den Bäumen unten am Fluss«, übernahm G. Dybwad. »Aber wie durch ein Wunder überlebt Ove Kjikerud.«

»Ja.« Sperre ist wieder bereit. »Er schafft es, sich irgendwie aus dem Wrack zu befreien, entweder mit Greves Hilfe oder allein. Und er fährt mit Greve zurück nach Oslo, nachdem sie den Lastzug irgendwo abgestellt haben. Als die Polizei später den Unfallwagen findet und eine Leiche fehlt, geht man davon aus, dass sie in den Fluss geschleudert wurde. Kjikerud tauscht die Kleider mit der Leiche eines der Beamten und schafft so einen Moment Verwirrung darüber, wer eigentlich fehlt.«

»Und obwohl Greve und Kjikerud nun für eine Weile in Sicherheit sind, erreicht die Paranoia bei den beiden jetzt ihren Höhepunkt?«

»Ja. Kjikerud weiß, dass Greve bei dem Unfall mit dem Lastzug seinen Tod einkalkuliert hat und es ihm wohl gleichgültig war, ob sein Komplize überlebt. Er erkennt mit einem Mal, dass er sich in Lebensgefahr befindet, denn Greve hat mindestens zwei Gründe, ihn zu töten. Zum einen beseitigt er damit den Zeugen des Mordes an Sindre Aa, zum anderen muss er dann das Geld für das Rubens-Bild nicht teilen. Kjikerud ist sich plötzlich sicher, dass Greve zuschlagen wird, wenn die Gelegenheit sich bietet.«

G. Dybwad beugte sich interessiert vor. »Und damit kommen wir zum letzten Akt dieses Dramas. Sie sind in Oslo, und Kjikerud ist bei sich zu Hause. Aber nicht, um zu entspannen. Er weiß, dass er zuerst handeln muss, dass es heißt: Fressen oder gefressen werden. Er holt also eine kleine, schwarze Waffe aus seinem Waffenarsenal, eine ... eine ...«

»Rohrbaugh R9«, sagte Sperre. »Neun Millimeter, halbautomatisch, sechs Kugeln im Magazin und ...«

»Und die«, unterbrach ihn G. Dybwad, »nimmt er mit dorthin, wo er Greve vermutet. Nämlich bei dessen Geliebter, nicht wahr?«

»Wir sind uns nicht sicher, was für eine Beziehung Clas Greve zu dieser Frau hatte. Wir wissen aber, dass sie regelmäßig Kontakt hatten und sich auch bei ihr getroffen haben. So haben wir Greves Fingerabdrücke unter anderem in ihrem Schlafzimmer gefunden.«

»Kjikerud fährt also zu dieser Frau und bedroht sie mit der Waffe, als sie ihm die Tür öffnet«, sagte G. Dybwad. »Sie lässt ihn in den Flur treten, wo er sie erschießt. Dann durchsucht er die Wohnung nach Clas Greve, findet ihn aber nicht. Kjikerud trägt die Leiche der Frau ins Bett und fährt zurück in sein Haus. Dort sorgt er dafür, dass er ständig eine Waffe griffbereit hat, sogar im Bett. Und dann taucht Clas Greve auf ...«

»Ja. Wir wissen nicht, wie er ins Haus kommt, vielleicht bricht er einfach das Schloss auf. Auf jeden Fall ist er sich nicht im Klaren darüber, dass er damit den stillen Alarm auslöst. So werden die Überwachungskameras gestartet.«

»Was bedeutet, dass die Polizei Bilder von den darauf folgenden Geschehnissen hat, von der Abrechnung zwischen zwei Verbrechern. Können Sie für all jene, die nicht den Mut hatten, sich das im Internet anzusehen, kurz zusammenfassen, was da geschehen ist?«

»Sie schießen aufeinander. Greve feuert als Erster zwei Schüsse mit seiner Glock 17 ab. Erstaunlicherweise verfehlen beide Kugeln ihr Ziel.«

»Erstaunlicherweise?«

»Er hat aus nächster Nähe geschossen. Außerdem war Greve ein ausgebildeter Soldat.«

»Er schießt also stattdessen in die Wand?«

»Nein.«

»Nein?«

»Nein, in der Wand über dem Bett waren keine Einschusslöcher. Er trifft das Fenster. Das heißt, er trifft auch das Fenster nicht, denn das steht weit offen. Er schießt nach draußen.«

»Nach draußen? Woher wissen Sie das denn?«

»Weil wir draußen die Projektile der Pistole gefunden haben.«

»Tatsächlich?«

»Im Wald hinter dem Haus. In einem Vogelhaus für Eulen, das an einem Baumstamm hängt.« Sperre lächelte schief, wie Männer es gerne tun, wenn sie bei einer tollen Geschichte untertreiben.

»Ich verstehe. Und dann?«

»Kjikerud erwidert das Feuer mit der Uzi, die er neben sich im Bett hat. Wie wir im Film erkennen können, trifft er Greve im Schritt und im Bauch. Greve lässt daraufhin die Pistole fallen, aber dann bekommt er sie noch einmal in die Finger und feuert einen dritten und letzten Schuss ab. Dieser Schuss trifft Kjikerud über dem rechten Auge direkt in die Stirn. Die Kugel bewirkt massive Hirnschäden, führt aber nicht direkt zum Tode – so schnell geht das meistens nur im Film –, sodass er eine letzte Salve auf Greve abfeuern kann, bevor er stirbt. Die Kugeln dieser letzten Salve treffen auch Greve tödlich.«

Es war totenstill. Der Aufnahmeleiter gab Odd G. Dybwad mit einem Finger das Signal, dass die Sendung noch eine Minute dauerte und er zu seinem Resümee kommen musste.

Odd G. Dybwad lehnte sich zurück. Er war jetzt deutlich entspannter. »Die Ermittlungsbehörden hatten also nie einen Zweifel daran, dass sich das alles so zugetragen hat?«

»Nein«, sagte Sperre und sah G. Dybwad in die Augen. Dann breitete er die Arme aus. »Aber es ist klar, dass es immer ein paar Ungereimtheiten geben wird, was die Details angeht. Ich will Ihnen nur ein Beispiel nennen. Als der Gerichtsmediziner zum Tatort kam, fand er heraus, dass die Körpertemperatur von Kjikeruds Leiche seltsam schnell gesunken war, sodass er, wenn er nach seinen Tabellen urteilen sollte, den Zeitpunkt des Todes fast einen Tag früher hätte ansetzen müssen. Aber dann kam den Polizisten in den Sinn, dass Kjikerud im Gegensatz zu Greve direkt vor dem offenen Fenster gelegen hatte, und dieser Tag war ja der erste Frosttag in Oslo. Solche Ungereimtheiten gibt es aber immer, das liegt in der Natur unserer Arbeit.«

»Genau. Man kann Kjikerud auf den Filmaufnahmen zwar nicht sehen, aber die Kugel in seinem Kopf stammt eben ...«

»... aus der Glock-Pistole, mit der Greve geschossen hat, ja.« Sperre lächelte wieder. »Die Indizien sind wirklich – wie es in der Presse so gerne heißt – erdrückend.«

G. Dybwad lächelte angemessen breit, während er die Papiere vor sich zusammenschob. Das war das Signal für die Schlussworte. Er musste Brede Sperre jetzt nur noch danken, den Blick in die Linse von Kamera eins richten und das zweite Thema des Abends ankündigen: die neuen Landwirtschaftssubventionen. Aber er verharrte mit halb geöffnetem Mund und sah plötzlich nachdenklich aus. Ein Hinweis über den Ohrhörer? Hatte er etwas vergessen?

»Bevor wir schließen, Sperre«, sagte G. Dybwad ruhig und routiniert. »Was wissen Sie eigentlich über die erschossene Frau?«

Sperre zuckte mit den Schultern. »Nicht viel. Wie gesagt halten wir sie für Greves Geliebte. Einer der Nachbarn hat ausgesagt, dass er Greve hat kommen und gehen sehen. Sie ist nicht vorbestraft, aber von Interpol wissen wir, dass sie vor vielen Jahren einmal in eine Drogensache verwickelt war, als sie mit ihren Eltern in Suriname lebte. Sie war dort die Geliebte eines Drogenbarons, doch als dieser von einer holländischen Spezialeinheit getötet wurde, half sie mit, den Rest des Drogenrings zu enttarnen.«

»Dann wurde sie also nicht verurteilt?«

»Sie war damals noch nicht strafmündig. Und überdies schwanger. Die Behörden schickten sie mit ihrer Familie zurück in ihre Heimat.«

»Und das war ...«

»Genau, Dänemark. Dort wohnte sie, bis sie vor drei Monaten nach Oslo zog und dann ein so tragisches Ende fand.«

»Tja, damit sind auch wir am Ende, Brede Sperre, ich möchte Ihnen ganz herzlich danken.« Brille absetzen und den Blick auf Kamera eins richten. »Muss Norwegen um jeden Preis seine eigenen Tomaten anbauen? In der Abendredaktion werden wir anschließend ...«

Das Fernsehbild implodierte, als ich mit dem linken Daumen auf den Off-Knopf der Fernbedienung drückte. Gewöhnlich machte ich das mit rechts, doch mein rechter Arm war gerade nicht frei. Und obwohl er fast schon eingeschlafen war, wollte ich ihn um nichts in der Welt bewegen. Er stützte nämlich den hübschesten Kopf, den ich kannte. Jetzt wandte dieser Kopf sich mir zu. Ihre Hand schob die Decke zur Seite, um mich richtig zu sehen:

»Und du hast wirklich in ihrem Bett geschlafen, nachdem du sie erschossen hattest? Neben ihr? Wie breit war dieses Bett noch mal?«

»1,01 Meter, jedenfalls laut IKEA-Katalog.«

Dianas große, blaue Augen starrten mich entsetzt an. Aber – wenn ich mich nicht irrte – auch mit einer gewissen Bewunderung. Sie trug ein hauchdünnes Negligé von Yves Saint Laurent, das sich kühl anfühlte, wenn es einem – wie jetzt – sanft über den Körper glitt, das aber wahrlich zu brennen begann, wenn sich unsere Körper aneinanderpressten.

Sie stützte sich auf die Unterarme.

»Wie hast du sie erschossen?«

Ich schloss die Augen und stöhnte. »Diana! Wir haben uns doch geeinigt, nicht mehr darüber zu sprechen.«

»Ja, aber ich bin jetzt bereit dafür, Roger. Ich verspreche es.«

»Schatz, hör mal ...«

»Nein! Morgen wird der Polizeibericht veröffentlicht, dann erfahre ich die Details ohnehin. Ich würde sie lieber von dir hören.«

Ich seufzte. »Bist du sicher?«

»Ganz sicher.«

»Ins Auge.«

»In welches?«

»Das hier.« Ich legte meinen Zeigefinger auf ihre hübsch geformte, linke Augenbraue.

Sie schloss die Augen und atmete tief und langsam durch. Ein und wieder aus. »Womit hast du sie erschossen?«

»Mit einer kleinen schwarzen Pistole.«

»Wo ...«

»Die habe ich in Oves Haus gefunden.« Ich streichelte ihr mit dem Finger von der Augenbraue zu den hohen Wangenknochen. »Und da kam sie dann auch wieder hin. Ohne meine Fingerabdrücke natürlich.«

»Und wo hast du sie erschossen?«

»Im Flur ihrer Wohnung.«

Dianas Atem ging bereits spürbar schneller. »Hat sie etwas gesagt? Hatte sie Angst? Hat sie mitbekommen, was vor sich ging?«

»Ich weiß es nicht. Ich habe gleich geschossen.«
»Und was hast *du* empfunden?«
»Trauer.«
Sie lächelte vage. »Trauer? Wirklich?«
»Ja.«
»Obwohl sie versucht hat, dich in Clas' Falle zu locken?«

Mein Finger hielt inne. Nicht einmal jetzt, einen Monat nach den Geschehnissen, mochte ich es, wenn sie seinen Vornamen nannte. Aber sie hatte natürlich recht. Lottes Auftrag hatte gelautet, meine Geliebte zu werden. Sie sollte mich mit Clas Greve bekannt machen und mich dann überreden, ihn zu einem Bewerbungsgespräch um die Stelle bei Pathfinder einzuladen. Danach sollte sie kontrollieren, dass alles nach Plan ging.

Wie lange hatte sie gebraucht, um mich an den Haken zu bekommen? Drei Sekunden? Und schon hatte ich hilflos gezappelt, während sie mich langsam einholte. Doch dann war etwas Überraschendes geschehen: Ich hatte sie fallen lassen. Mich als ein Mann gezeigt, der seine Frau so sehr liebte, dass er freiwillig auf eine aufopfernde Geliebte verzichtete, die nicht eine einzige Forderung an ihn stellte. Und so war sie gezwungen, ihre Pläne zu ändern.

»Sie tat mir wohl leid«, sagte ich. »Ich glaube, ich war bloß der letzte all der Männer, die Lotte im Laufe ihres Lebens verlassen haben.«

Ich spürte, wie Diana zusammenzuckte, als ich den Namen aussprach. Gut.

»Sollen wir über etwas anderes reden?«, schlug ich vor.

»Nein, ich will jetzt darüber reden.«

»Okay, dann erzähl mir, wie Greve dich verführt und dich dazu gebracht hat, die Rolle derjenigen zu übernehmen, die mich manipuliert.«

Sie lachte leise. »In Ordnung.«

»Hast du ihn geliebt?«

Sie wandte sich zu mir und sah mich lange an.

Ich wiederholte die Frage.

Sie seufzte und schmiegte sich an mich. »Ich war verliebt.«

»Verliebt?«

»Er wollte mir ein Kind schenken. Deshalb habe ich mich in ihn verliebt.«

»So einfach?«

»Ja. Aber das ist nicht einfach, Roger.«

Sie hatte natürlich recht. Es war nicht einfach.

»Und du warst bereit, für dieses Kind alles zu opfern? Sogar mich?«

»Ja, sogar dich.«

»Auch wenn das bedeutete, dass ich dabei ums Leben komme?«

Sie stieß mit ihrer Stirn leicht gegen meine Schulter. »Nein, das wollte ich nicht, das weißt du doch ganz genau. Ich dachte, dass er dich nur überreden wollte, ihm diese Stelle doch zu geben.«

»Hast du ihm das wirklich geglaubt, Diana?«

Sie antwortete nicht.

»Wirklich, Diana?«

»Ja, ich glaube schon. Versteh doch, ich wollte es glauben.«

»So fest, dass du sogar bereit warst, den Gummiball mit dem Dormicum auf dem Autositz zu platzieren?«

»Ja.«

»Und dann bist du in die Garage gekommen, um mich zu dem abgesprochenen Ort zu bringen, nicht wahr?«

»Das haben wir doch alles schon einmal besprochen, Roger. Er meinte, das sei das geringste Risiko für alle Beteiligten. Natürlich hätte ich erkennen müssen, was für ein Wahnsinn das war. Und vielleicht habe ich es auch irgendwie gespürt. Ich weiß nicht, was ich dazu noch sagen soll.«

In unsere Gedanken versunken blieben wir liegen, während wir der Stille lauschten. Im Sommer konnten wir den Regen und den Wind in den Bäumen hören, doch jetzt nicht. Jetzt war alles kahl. Und still. Der einzige Trost war, dass ein neuer Frühling kommen würde. Vielleicht.

»Und wie lange warst du verliebt?«, fragte ich.

»Bis mir klar wurde, was ich da machte. Als du in dieser Nacht nicht nach Hause gekommen bist ...«

»Ja?«

»Da wäre ich am liebsten gestorben.«

»Ich meinte nicht verliebt in ihn«, sagte ich. »Ich meinte verliebt in mich.«

Sie lachte leise. »Wie soll ich das denn wissen, das kann ich doch erst beantworten, wenn ich nicht mehr in dich verliebt bin.«

Diana log fast nie. Nicht, weil sie das nicht konnte – Diana war eine wunderbare Lügnerin –, sondern weil sie ganz einfach keine Lust dazu hatte. Schöne Menschen benötigen keine Fassade, sie brauchen die Verteidigungsmechanismen nicht zu erlernen, die wir anderen entwickeln, um uns gegen Ablehnung und Enttäuschung zu wappnen. Wenn sich aber Frauen wie Diana erst dazu entschieden haben zu lügen, tun sie es schlüssig und effektiv. Nicht weil sie weniger Moral haben als Männer, sondern weil sie diesen Teil des Verrats besser beherrschen. Genau aus diesem Grund war ich an jenem letzten Abend zu Diana gefahren. Ich wusste, sie war der perfekte Mensch für diese Aufgabe.

Nachdem ich die Tür aufgeschlossen, eine Weile im Flur gestanden und ihren Schritten oben auf dem Parkett gelauscht hatte, war ich nach oben ins Wohnzimmer gegangen. Ich hatte gehört, wie ihre Schritte innehielten und das Telefon auf den Wohnzimmertisch fiel. »Roger«, flüsterte sie, bevor ihr die Tränen in die Augen stiegen. Ich hatte nicht versucht, sie aufzuhalten, als sie sich mir an den Hals warf. »Oh mein Gott, danke! Du bist am Leben! Seit gestern versuche ich die ganze Zeit, dich anzurufen ... wo bist du gewesen?«

Und Diana log nicht. Sie weinte, weil sie glaubte, mich verloren zu haben. Weil sie mich und meine Liebe aus ihrem Leben verwiesen hatte, wie man einen Hund zum Einschläfern zum Tierarzt bringt. Nein, sie log nicht. Das sagte mir mein Bauch. Aber ich habe, wie gesagt, nicht allzu viel Menschenkenntnis, und Diana war eine wunderbare Lügnerin. Als sie ins Bad gegangen war, um sich die Tränen abzuwaschen, kontrollierte ich daher kurz auf ihrem Handy, ob sie wirklich die ganze Zeit meine Nummer gewählt hatte. Nur zur Sicherheit.

Als sie zurückkam, erzählte ich ihr alles. Absolut alles. Wo ich gewesen war, wer ich gewesen war und was genau geschehen war. Ich sprach über die Kunstdiebstähle, ihr Telefon unter dem Bett in Clas Greves Wohnung und über die Dänin Lotte, der ich auf den Leim gegangen war. Über das Gespräch mit Greve im Krankenhaus, durch das ich wusste, dass er Lotte kannte und sie seine engste Verbündete war. In diesem Moment wusste ich plötzlich auch, dass nicht Diana mir das Gel mit den Sendern in die Haare gerieben hatte, sondern das blasse Mädchen mit den braunen Augen und den magischen Fingern, die Übersetzerin, die Spanisch sprach und die Geschichten der anderen mehr liebte als ihre eigenen. Ich hatte das Gel schon in den Haaren gehabt, als ich Kjikerud in meinem Auto fand.

Diana starrte mich mit großen Augen an, sagte aber nichts, während ich ihr alles erzählte.

»Greve hat mir im Krankenhaus gesagt, dass ich dich überredet hätte, unser Kind abzutreiben, weil es das Down-Syndrom hatte.«

»Das Down…?« Nach Minuten des Schweigens waren dies Dianas erste Worte. »Wo hatte er das denn her? Ich habe nie etwas …«

»Ich weiß. Das habe ich in die Welt gesetzt, als ich Lotte von der Abtreibung erzählt habe. Sie hatte mir damals anvertraut, dass ihre Eltern sie zu einer Abtreibung gezwungen haben, als sie noch ein Teenager war. Ich hab das mit dem Down-Syndrom erfunden, um in ihren Augen ein bisschen besser dazustehen.«

»Dann hat sie … sie …«

»Ja«, sagte ich. »Nur sie kann Clas Greve das erzählt haben.«

Ich wartete, damit sich diese Nachricht setzen konnte.

Dann erklärte ich Diana, was jetzt geschehen musste.

Sie starrte mich entsetzt an und rief: »Aber das kann ich nicht, Roger!«

»Oh, doch, das kannst du, und das musst du, Schatz«, hatte der neue Roger Brown gesagt.

»Aber … aber …!«

»Er hat dich angelogen, Diana. Er kann dir kein Kind schenken. Er ist steril.«

»Steril?«

»Ich werde dir ein Kind schenken. Ich verspreche es. Wenn du das für mich tust.«

Sie hatte sich geweigert, geweint, mich angefleht. Und es mir schließlich doch versprochen.

Als ich in die Stadt zu Lotte fuhr, um an diesem Abend noch zum Mörder zu werden, hatte ich Diana instruiert und wusste, dass sie ihre Aufgabe erfüllen würde. Ich stellte mir vor, wie sie Greve empfing, ihr strahlendes, täuschendes Lächeln, den Cognac schon in dem Glas, das sie ihm reichte, um mit ihm auf den Sieg anzustoßen, auf die Zukunft, das noch nicht empfangene Kind, das sie so schnell wie möglich von ihm wollte. Noch in dieser Nacht, jetzt!

Ich zuckte zusammen, als Diana mir in die Brustwarze kniff. »Du bist so in Gedanken, an was denkst du?«

Ich zog die Decke hoch. »An die Nacht, als Greve hierherkam. Dass er hier mit dir gelegen hat, hier, wo wir jetzt liegen.«

»Ja und? Du hast in dieser Nacht neben einer Leiche geschlafen.«

Ich hatte die Frage vermieden, doch jetzt konnte ich mich nicht mehr zurückhalten: »Hattet ihr Sex?«

Sie lachte leise. »Du hast ja ganz schön lange durchgehalten, Liebling.«

»Hattet ihr Sex?«

»Lass es mich so sagen: Die paar Tropfen Dormicum, die noch im Gummiball waren und die ich in seinen Drink gemischt habe, wirkten schneller, als ich gedacht hatte. Als ich mich zurechtgemacht hatte und wieder ins Zimmer kam, schlief er bereits wie ein Kind. Aber am nächsten Morgen ...«

»Ich ziehe die Frage zurück«, sagte ich schnell.

Diana fuhr mit der Hand über meinen Bauch nach unten und lachte leise. »Am nächsten Morgen war er sehr wach. Aber nicht wegen mir, sondern wegen des Anrufs, der ihn geweckt hatte.«

»Meine Warnung.«

»Ja. Auf jeden Fall ist er gleich in die Kleider gesprungen und gefahren.«

»Wo hatte er die Pistole?«

»In der Jackentasche.«

»Hat er die Waffe überprüft, bevor er gegangen ist?«

»Das weiß ich nicht. Er hätte aber ohnehin keinen Unterschied festgestellt, das Gewicht war ungefähr das gleiche. Ich hatte ja nur die ersten drei Patronen im Magazin ausgetauscht.«

»Ja, aber die Platzpatronen, die ich dir gegeben habe, hatten hinten ein rotes ›H‹.«

»Vielleicht dachte er ja, das stünde für ›hinten‹.«

Das Lachen von zwei Menschen hallte durch das Schlafzimmer. Ich genoss diesen Laut. Und wenn alles gutging und der Teststreifen die Wahrheit sagte, würde demnächst ein drittes Lachen durch diesen Raum hallen und den anderen Laut verdrängen, das schreckliche Echo, das in manchen Nächten noch immer durch meinen Kopf dröhnte. Das Knallen des Schusses, als Greve abdrückte, das Mündungsfeuer, der Bruchteil der Sekunde, in dem ich fürchtete, Diana hätte die Patronen doch nicht ausgetauscht, sondern wieder die Seiten gewechselt. Doch dann das Klirren der Hülsen auf dem Boden, der scharfen ebenso wie der Platzpatronen, der alten und der neuen. Sie waren so zahlreich, dass die Polizei sie kaum würde unterscheiden können, selbst wenn sie den Verdacht haben sollte, die Filmaufnahmen könnten ihnen ein trügerisches Bild zeigen.

»Hattest du Angst?«, fragte sie.

»Angst?«

»Ja, du hast mir nie gesagt, was du gefühlt hast. Und dich sieht man auf den Bildern ja nicht ...«

»Auf den Bildern ...« Ich rutschte ein Stück von ihr weg, damit ich ihr Gesicht sehen konnte. »Willst du damit sagen, dass du dir das im Internet angesehen hast?«

Sie antwortete nicht. Es gab wirklich noch immer verdammt viel, was ich von dieser Frau nicht wusste. Sie würde mir ein Leben lang ein Rätsel bleiben.

»Ja«, sagte ich. »Ich hatte Angst.«

»Aber wovor? Du wusstest doch, dass die Patronen in seiner Waffe ...«

»Nur die ersten drei. Und die musste er alle abfeuern, damit die Polizei in seinem Magazin keine Platzpatronen fand und auf dumme Gedanken kam, nicht wahr? Da war es doch nicht ausgeschlossen, dass er auch noch eine scharfe abfeuerte. Außerdem hätte er das Magazin vor seinem Kommen wechseln können. Oder sogar noch einen Komplizen haben, von dem ich nichts wusste.«

Es wurde still. Dann fragte sie leise: »Vor etwas anderem hattest du keine Angst?«

Ich wusste, dass sie dachte, was ich dachte.

»Doch«, sagte ich und drehte mich zu ihr. »Vor einer Sache hatte ich noch Angst.«

Ihr Atem strich schnell und warm über mein Gesicht.

»Dass er dich im Laufe der Nacht getötet hatte«, sagte ich. »Greve hatte nicht vor, eine Familie mit dir zu gründen, und du warst eine gefährliche Zeugin. Ich wusste, dass ich dich in Lebensgefahr brachte, als ich dich bat, in dieser Nacht den Lockvogel zu spielen.«

»Liebling, ich wusste die ganze Zeit, dass ich in Gefahr war«, flüsterte sie.

»Deshalb habe ich ihm ja den Drink gegeben, kaum dass er im Haus war. Und ihn nicht geweckt, bevor du ihn angerufen hast. Ich wusste, er würde es eilig haben, wenn er die Stimme des Geistes hörte. Außerdem hatte ich ja die ersten drei Kugeln im Magazin ausgetauscht, nicht wahr?«

»Stimmt«, sagte ich. Diana ist, wie gesagt, eine Frau mit einem unangestrengten Verhältnis zu Primzahlen und Logik. Sie streichelte mir den Bauch. »Aber ich weiß es zu schätzen, dass du mich mit voller Absicht in Lebensgefahr gebracht hast ...«

»Ach ja?«

Sie schob ihre Hand weiter nach unten, streichelte mein Glied und legte die Finger um meine Hoden. Wog sie in der Hand und drückte sie vorsichtig. »Balance ist etwas sehr Wichtiges«, sagte sie. »Das gilt für alle guten, harmonischen Beziehungen. Schuld, Scham und schlechtes Gewissen müssen ausgeglichen sein.«

Ich dachte über ihre Worte nach, versuchte sie zu verdauen und mein Hirn auf diese schwere Kost einzulassen.

»Du meinst ...«, begann ich, zögerte kurz, aber versuchte es dann doch noch einmal: »Du meinst, du hast dich für mich in Lebensgefahr begeben? Dass das ...«

»Ein angemessener Preis für das war, was ich dir angetan habe, ja. Wie die Galerie E ein angemessener Preis für die Abtreibung war.«

»Denkst du schon lange so?«

»Natürlich. Du doch auch.«

»Stimmt«, sagte ich. »Buße ...«

»Buße, ja. Das ist ein ziemlich unterschätztes Mittel für Seelenruhe.« Sie drückte meine Hoden etwas fester, und ich versuchte, zu entspannen und den Schmerz zu genießen. Ich sog ihren Duft ein. Er war angenehm, aber würde ich jemals wieder etwas riechen, das stärker war als der Gestank menschlicher Exkremente? Würde ich jemals wieder etwas hören, das das Pfeifen von Clas Greves punktierter Lunge übertönte? Als ich Oves kalten Finger sowohl auf den Abzug der Uzi als auch der kleinen schwarzen Rohrbaugh-Pistole gedrückt hatte, mit der ich Lotte erschossen hatte, war mir Clas' gebrochener Blick beinahe gekränkt erschienen. Würde ich jemals wieder etwas essen können, was den Geschmack von Oves totem Fleisch überlagerte? Ich hatte mich im Bett über ihn gebeugt, ihm die Zähne in den Nacken geschlagen und die Kiefer zusammengedrückt, bis die Haut riss und der Leichengeschmack meinen Mund erfüllte. Es war kaum Blut gekommen, und als ich meinen Brechreiz überwunden und den Speichel abgewischt hatte, kontrollierte ich das Resultat. Für einen

Ermittler, der einen Hundebiss erwartete, ging das vielleicht wirklich als Hundebiss durch. Dann kletterte ich durch das offene Fenster hinter dem Kopfende des Bettes nach draußen, um nicht gefilmt zu werden. Ich ging querfeldein in den Wald, bis ich einen Pfad fand. Freundlich grüßte ich die Wanderer. Die Luft wurde kälter, je höher ich kam, sie kühlte mich, bis ich oben am Grefsentoppen war. Dort setzte ich mich hin, musterte die Herbstfarben, die der Winter bereits wieder aus dem Wald sog, und schaute über die Stadt, den Fjord und das Licht, das immer ein Vorbote der Dunkelheit ist.

Ich spürte das Blut in mein Glied strömen.

»Komm«, flüsterte sie dicht an meinem Ohr.

Ich nahm sie. Systematisch und gründlich, wie ein Mann, der eine Arbeit zu erledigen hat, die er gerne tut – ohne jemals zu vergessen, dass es seine Arbeit ist. Er arbeitet, bis die Sirene ertönt, sie ihre Hände zart und schützend auf seine Ohren legt, er freihat und sie mit seinem warmen, lebenspendenden Samen vollspritzt. Anschließend schläft sie ein, während er neben ihr liegt, ihrem Atem lauscht und die Zufriedenheit spürt, die einem eine perfekt ausgeführte Arbeit gibt. Er weiß, dass es nie wieder so sein wird, wie es einmal war. Aber es kann so ähnlich werden. Ein Leben werden. Er kann auf sie aufpassen. Auf sie beide. Sie beschützen. Lieben. Und als wäre das noch nicht überwältigend genug, findet er sogar einen Sinn für diese Liebe, einen Grund, das Echo einer Begründung, weshalb man zu einem Fußballspiel im Londoner Nebel ging: »Weil sie mich brauchen.«

Epilog

DER ERSTE SCHNEE WAR GEFALLEN UND WIEDER GETAUT.
Im Internet hatte ich gelesen, dass eine Kaufoption und das Ausstellungsrecht für »Die kalydonische Eberjagd« auf einer Auktion in Paris versteigert worden war. Der Käufer war das Getty-Museum in Los Angeles, das jetzt also das Bild ausstellen durfte und – sollte sich in der zweijährigen Optionszeit kein unbekannter Besitzer melden, der das Bild beanspruchte – die Option einlösen und das Bild permanent in Besitz nehmen konnte. Einige Sätze waren der Geschichte des Bildes gewidmet, insbesondere dem mehrjährigen Expertenstreit, ob das Bild echt war, ob es sich um eine Kopie oder das Original eines anderen Malers handelte. Es gab nämlich keine Belege dafür, dass Rubens jemals einen kalydonischen Eber gemalt hatte. Inzwischen war man sich aber einig, dass das Bild tatsächlich von Rubens stammte. Mit keiner Silbe wurde erwähnt, woher es kam, dass der norwegische Staat der Verkäufer war, oder welchen Preis das Bild erzielt hatte.

Diana hatte eingesehen, dass sie als Mutter die Galerie nicht mehr gut allein führen konnte. Nachdem sie sich mit mir beraten hatte, hatte sie sich deshalb entschieden, einen Partner ins Boot zu holen, der sich um die praktischen Dinge kümmerte – wie zum Beispiel die Finanzen –, sodass sie sich mehr der Kunst und den Künstlern widmen konnte. Unser Haus stand im Übrigen zum Verkauf. Wir waren uns einig geworden, dass ein etwas kleineres Reihenhaus in ländlicher Umgebung ein besserer Ort für ein Kind war. Ich hatte bereits ein sehr hohes Angebot erhalten. Es stammte von einer Person, die sofort nach Erscheinen der Annonce bei uns angerufen und um eine private Führung noch am gleichen Abend gebeten hatte. Ich erkannte den Mann sofort wieder, als ich die Tür öffnete. Corneliani-Anzug und coole Brille.

»Vielleicht nicht gerade das beste von Ole Bang«, kommentierte er, nachdem er mit mir im Schlepptau von Raum zu Raum gelaufen war. »Aber ich nehme es. Wie viel wollen Sie?«

Ich nannte die Preisvorstellung aus der Annonce.

»Plus eine Million«, sagte er. »Frist übermorgen.«

Ich antwortete, dass wir uns das noch überlegen müssten, und begleitete ihn zur Tür. Er reichte mir seine Visitenkarte. Kein Titel, nur sein Name und eine Telefonnummer. Das Logo der Headhuntingfirma war so klein gedruckt, dass man es kaum erkennen konnte.

»Sagen Sie mal«, meinte er, als er auf der Türschwelle stand. »Sie waren doch immer der König der Headhunter, nicht wahr?« Und bevor ich antworten konnte, fügte er hinzu: »Wir überlegen einen Ausbau unserer Firma. Vielleicht rufen wir Sie an.«

Wir. Kleine Buchstaben.

Ich ließ die Frist verstreichen und nannte das Gebot weder dem Makler noch Diana. Und von »wir« hörte ich auch nichts.

Da es eines meiner Prinzipien ist, niemals zu arbeiten, bevor es hell geworden ist, war ich an diesem Tag – wie auch an den meisten anderen Tagen – der Letzte, der auf dem Parkplatz von Alfa ankam. »Die Ersten dürfen die Letzten sein.« Dieses Privileg hatte ich selbst formuliert und durchgesetzt, doch es galt firmenintern nur für die besten Headhunter. Niemand versuchte mir den Parkplatz wegzunehmen, obwohl dieser streng genommen derselben »Wer-zuerst-kommt-mahlt-zuerst«-Regel unterlag wie alle anderen Parkplätze.

An diesem Tag stand dort aber ein anderes Fahrzeug. Ein unbekannter Passat, sicher einer unserer Kunden, der glaubte, dort parken zu dürfen, schließlich hing an der Kette ein Firmenschild. Ein Idiot also, der nicht in der Lage gewesen war, das große KUNDENPARKPLATZ-Schild am Eingang zu lesen.

Trotzdem war ich etwas verunsichert. Konnte auch bei Alfa jemand zu dem Schluss gekommen sein, dass ich nicht mehr ... Ich brachte den Gedanken nicht zu Ende.

Während ich mich ärgerlich nach einem anderen Platz umschaute, kam ein Mann aus dem Bürogebäude geschlendert und ging auf den Passat zu. Sein Gang passte zu einem Passatfahrer, sodass ich erleichtert ausatmete. Das war definitiv kein Konkurrent, sondern ein Kunde.

Ich stellte meinen Wagen demonstrativ vor den Passat und wartete. Vielleicht würde dieser Tag doch noch gut losgehen und ich gleich Gelegenheit haben, einen Idioten zur Schnecke zu machen. Und ganz richtig: Der Mann klopfte an die Seitenscheibe meines Wagens, und ich starrte auf die Bauchregion eines Mantels.

Ich wartete etwas, bis ich den Fensterheber betätigte und die Scheibe langsam – aber trotzdem etwas schneller, als ich es mir gewünscht hatte – nach unten glitt.

»Hören Sie …«, begann er, bevor er von meinem bewusst langsamen »Nuuun, womit kann ich Ihnen dienen, mein Herr?« unterbrochen wurde. Ohne ihn eines Blickes zu würdigen, bereitete ich mich innerlich schon darauf vor, ihm eine erfrischende Schilderlese-Lektion zu erteilen.

»Wenn Sie ein Stück vorfahren könn-en, Sie blockieren meinen Wa-en.«

»Es ist wohl eher so, dass Sie mich aussperren, mein Herr …«

Erst in diesem Augenblick erreichten die sphärischen Störungen mein Hirn. Ich hob den Blick, und mein Herz blieb beinahe stehen.

»Natürlich«, sagte ich. »Einen Augenblick.« Ich tastete frenetisch nach dem Knopf des Fensterhebers, aber meine Feinmotorik versagte.

»Warten Sie«, sagte Brede Sperre. »Haben wir uns nicht schon einmal gesehen?«

»Das bezweifle ich«, antwortete ich und versuchte, ruhig und entspannt zu klingen.

»Sind Sie sicher? Ich glaube wirklich, dass wir uns schon mal begegnet sind.«

Verdammt, wie konnte er den angeblichen Vetter der Monsen-Zwillinge aus der Rechtsmedizin wiedererkennen? Diese Ausgabe meiner Person hatte doch einen kahlen Schädel gehabt und die Kleidung eines Motorsport-Liebhabers getragen, während ich kräftige Haare hatte, einen Ermenogildo-Zegna-Anzug und ein frisch gebügeltes Hemd von Borelli trug. Ich wusste aber, dass ich mich nicht zu entschieden wehren durfte, sonst brachte ich Sperre in eine Verteidigungsposition und er erinnerte sich womöglich.

Ich atmete tief durch. Ich war müde, müder als ich es an diesem Tag hätte sein sollen. Dabei war dies ein Tag, an dem ich etwas leisten musste. Heute musste ich zeigen, dass ich wieder der war, der ich einmal gewesen war.

»Wer weiß?«, sagte ich. »Sie kommen mir auch irgendwie bekannt vor …«

Er schien zuerst etwas perplex über diese Gegenoffensive. Dann setzte er sein charmantes jugendliches Lächeln auf, das ihn zum Liebling der Bildmedien machte:

»Sie haben mich bestimmt nur im Fernsehen gesehen. Ich höre das immer wieder …«

»Genau, bestimmt kennen Sie mich auch daher«, antwortete ich.

»Oh?«, fragte er neugierig. »In welchem Programm?«

»Vermutlich das, welches Sie gesehen haben. Sonst würde ich Ihnen ja nicht bekannt vorkommen. Denn eigentlich ist die Mattscheibe ja gar keine Scheibe, auf der wir andere Menschen sehen, nicht wahr? Auf Ihrer Seite der Kamera ist sie vielleicht eher ... ein Spiegel.«

Sperre sah ziemlich verwirrt aus.

»Ich mache nur Witze«, sagte ich. »Ich fahre jetzt weg. Einen schönen Tag noch.«

Ich ließ das Fenster hoch und fuhr zurück. Es gab Gerüchte, die besagten, dass Sperre mit der neuen Frau von Odd G. Dybwad schlief. Und andere, dass er es auch mit der alten getrieben hatte. Und – der Vollständigkeit halber – auch mit Dybwad selbst.

Als Sperre von meinem Stellplatz fuhr, hielt er noch einmal kurz an, bevor er wegfuhr, sodass wir uns zwei Sekunden gegenüberstanden und uns ansahen. Ich sah seinen Blick. Er starrte mich an wie jemand, der erst jetzt erkannte, dass er gerade an der Nase herumgeführt worden war. Ich nickte ihm freundlich zu. Dann gab er Gas und verschwand. Ich blickte in den Rückspiegel und flüsterte: »Hallo, Roger.«

Ich betrat das Büro von Alfa, rief ein ohrenbetäubendes »Guten Morgen, Oda!« und sah Ferdinand auf mich zulaufen.

»Nun?«, fragte ich. »Sind sie gekommen?«

»Ja, sie sind bereit«, sagte Ferdinand und trippelte hinter mir her über den Flur. »Übrigens, eben war ein Polizist hier, so ein großer, blonder ... ein ziemlich hübscher Kerl.«

»Was wollte er?«

»Er wollte wissen, was Clas Greve in den Gesprächen über sich selbst erzählt hat, als er hier war.«

»Aber der ist doch schon lange tot«, sagte ich. »Ermitteln die immer noch?«

»Nicht wegen dem Mord. Es geht um das Rubens-Bild, sie finden nicht heraus, wem er es gestohlen hat. Es hat sich niemand gemeldet. Jetzt versuchen sie zu kartieren, mit wem er Kontakt hatte.«

»Hast du heute keine Zeitung gelesen? Sie sind sich jetzt plötzlich doch nicht mehr so sicher, ob es wirklich ein echter Rubens ist. Vielleicht hat er ihn gar nicht gestohlen, vielleicht hat er das Bild geerbt.«

»Seltsam.«

»Was hast du dem Polizisten gesagt?«

»Ich habe ihm natürlich unsere Gesprächsprotokolle gegeben. Er schien sie aber nicht sonderlich interessant zu finden. Er meinte, er würde sich wieder melden, sollte er etwas finden.«

»Das wär dir sicher ganz recht, oder?«

Ferdinand lachte sein quietschendes Lachen.

»Wie auch immer«, sagte ich. »Kümmer du dich darum, Ferdy. Ich vertraue dir.«

Ich sah sein Gesicht aufleuchten und wieder verlöschen – erst ließ ihn die Verantwortung wachsen, während er bei seinem Spitznamen wieder klein wurde. Balance ist alles.

Dann hatten wir das Ende des Korridors erreicht. Vor der Tür blieb ich stehen und überprüfte meinen Schlipsknoten. Drinnen saßen sie, bereit für das letzte Gespräch. Eigentlich war es überflüssig. Der Kandidat war bereits ausgewählt und längst eingestellt, nur dass der Kunde es nicht wusste und wohl noch immer glaubte, selbst etwas zu sagen zu haben.

»In exakt zwei Minuten ab jetzt schickst du mir den Kandidaten herein«, sagte ich. »In einhundertzwanzig Sekunden.«

Ferdinand nickte und sah auf seine Armbanduhr.

»Nur noch eine Kleinigkeit«, sagte er. »Sie heißt Ida.«

Ich öffnete die Tür und trat ein.

Stuhlbeine kratzten über den Boden, als sie aufstanden.

»Entschuldigen Sie die Verspätung, meine Herren«, sagte ich und drückte die drei Hände, die mir entgegengestreckt wurden. »Da stand jemand auf meinem Parkplatz.«

»Ist das nicht immer fürchterlich ärgerlich?«, sagte der Vorstandsvorsitzende von Pathfinder und wandte sich seinem Pressesprecher zu, der zustimmend nickte. Auch der Betriebsratsvorsitzende war anwesend, er trug einen roten Pullover mit V-Ausschnitt über einem billigen weißen Hemd. Ohne Zweifel ein Ingenieur der traurigsten Sorte.

»Der Kandidat hat um zwölf eine Vorstandssitzung, wir sollten also vielleicht anfangen?«, sagte ich und setzte mich ans Ende des Tisches. Das andere Ende war bereits für den Mann vorbereitet, der in neunzig Minuten ihr Wunschkandidat für den Chefsessel bei Pathfinder sein würde. Das Licht war so eingestellt, dass er den bestmöglichen Eindruck machen würde. Sein Stuhl sah genauso aus wie unsere, hatte aber etwas längere Beine, und ich hatte die Ledermappe mit seinen Initialen und den goldenen Montblanc-Füller bereitgelegt, die ich ihm gekauft hatte.

»Natürlich«, sagte der Vorstandsvorsitzende. »Ich habe allerdings noch einen kleinen Einwand. Wie Sie wissen, mochten wir Clas Greve nach unserem Gespräch ja sehr.«

»Ja«, ergänzte der Pressesprecher. »Wir waren überzeugt, dass Sie da wirklich den perfekten Kandidaten gefunden hatten.«

»Er war zwar Ausländer«, sagte der Vorsitzende, während sein Nacken sich schlangenartig bewegte, »aber der Mann sprach ja Norwegisch wie ein Einheimischer. Und als Sie ihn nach draußen begleiteten, sind wir intern zu dem Schluss gekommen, dass sich die Holländer mit den internationalen Märkten immer etwas besser ausgekannt haben als wir hier.«

»Und dass wir von jemandem mit einem etwas internationaleren Führungsstil vielleicht noch etwas lernen könnten«, ergänzte der Informationschef.

»Wir waren deshalb sehr überrascht, als Sie zurückkamen und uns sagten, dass Sie sich nicht mehr so sicher seien, ob er wirklich der richtige Mann für uns ist, Roger.«

»Wirklich?«

»Ja, wir glaubten tatsächlich, dass Ihnen die richtige Einschätzung fehlt. Ich habe Ihnen das noch nicht gesagt, aber wir zogen damals in Erwägung, Ihnen den Auftrag zu entziehen und Clas Greve direkt zu kontaktieren.«

»Haben Sie das?«, sagte ich mit schiefem Lächeln.

»Wir fragen uns natürlich«, sagte der Informationschef, tauschte einen Blick mit dem Vorstandsvorsitzenden und lächelte, »wie Sie merken konnten, dass da etwas nicht stimmte?«

»Wie konnten Sie instinktiv erkennen, wofür wir blind waren?«, fragte der Vorsitzende und räusperte sich kräftig. »Wie kann jemand eine solche Menschenkenntnis haben?«

Ich nickte langsam. Schob meine Papiere fünf Zentimeter von mir weg und lehnte mich an die hohe Lehne meines Stuhls. Er kippte – nicht viel, nur ein bisschen – nach hinten. Ich sah aus dem Fenster. Ins Licht. In die Dunkelheit, die kommen würde. Hundert Sekunden. Es war jetzt vollkommen still im Raum.

»Das ist ganz einfach mein Job«, sagte ich.

Aus den Augenwinkeln sah ich, wie sich die drei vielsagend zunickten. Dann fügte ich hinzu: »Außerdem war mir damals bereits ein Kandidat in den Sinn gekommen, der vielleicht noch besser passt.«

Die drei wandten sich mir zu. Und ich war bereit. Ich glaube, so fühlt man sich als Dirigent in den Sekunden vor einem Konzert: Alle Blicke sind auf dich gerichtet, ein ganzes Symphonieorchester klebt an deinem Taktstock, und du hörst, wie das erwartungsvolle Murmeln des Publikums hinter dir langsam verstummt.

»Deshalb habe ich Sie heute hierher gebeten«, sagte ich. »Der Mann, den ich Ihnen heute vorstellen möchte, ist der neue Komet nicht nur in norwegischen, sondern in internationalen Managerkreisen. Bei der letzten Runde glaubte ich keine Chancen zu haben, ihn aus seiner jetzigen Stellung loseisen zu können. Dort ist er schließlich so etwas wie Jesus, Gott und der Heilige Geist in einem.«

Ich sah von einem zum anderen.

»Aber ohne zu viel versprechen zu wollen, kann ich wohl sagen, dass ich sein Interesse geweckt habe. Und sollten wir ihn wirklich bekommen ...« Ich verdrehte die Augen, um einen feuchten Traum anzudeuten, eine Utopie, aber trotzdem ... Der Vorstandsvorsitzende und der Pressesprecher waren, wie ich es erwartet hatte, mit ihren Stühlen schon ein Stück näher gerutscht. Sogar der Betriebsrat hatte seine bislang verschränkten Arme auf den Tisch gelegt und sich vorgebeugt.

»Wer? Wer?«, flüsterte der Informationschef.

Einhundertzwanzig.

Die Tür ging auf. Und da stand er. Ein Mann, 39 Jahre alt, in einem Anzug von Kamikaze im Bogstadveien, wo Alfa 15 Prozent Rabatt bekommt. Ferdinand hatte die rechte Hand des Mannes auf dem Flur in hautfarbenen Kalk getaucht, da er, wie wir wussten, unter schwitzigen Händen litt. Der Kandidat wusste, was er zu tun hatte, denn ich hatte ihn instruiert, die Vorstellung bis ins letzte Detail vorbereitet. Er hatte sich die Haare an den Schläfen kaum merkbar grau gefärbt und war einmal in Besitz einer Lithografie von Edvard Munch mit dem Titel »Die Brosche« gewesen.

»Darf ich vorstellen: Jeremias Lander«, sagte ich.

Ich bin Headhunter. Das ist nicht sonderlich schwer. Aber ich bin der beste von allen.